인류정복자

인류정복자

CONQUEROR OF HUMANITY

❶ 돌연변이

이원호 가상소설

한결미디어 HANGYEOL MEDIA

저자의 말

이 소설은 '가능한 사실의 기록'이라고 말할 수 있겠습니다.

공상소설은 독자에게 미래에 대한 상상력을 심어주는 효과가 있습니다.

우주는 아직도 우리에게 미지의 공간이며 이 지구상에도 풀리지 않는 수수께끼가 가득차 있지 않습니까?

'인류정복자'는 그런 의미에서 공상소설에 인류의 현실을 접목시킨 '가상소설'이라고 말할 수도 있겠습니다.

진화된 인류가 돌연변이로 변하는 것은 충분히 가능한 일입니다. 현재에도 자주 진화되고 있으니까요. 그 돌연변이가 집단으로 조직화되어 우리 사회 각 부분에 암세포처럼 파고든 것입니다.

그들은 인류의 정복을 목표로 수백 년간 돌연변이 조직을 굳혀 왔습니다. 그것이 '오카족'입니다.

그런데 그 돌연변이 종족 중에서 다시 또다른 돌연변이가 진화됩니다. 돌연변이의 돌연변이, 이들은 돌연변이 종족인 '오카'로부터 위협적인 존재로 낙인찍혀 소멸당합니다.

돌연변이 오카 종족보다 더 특별한 능력을 보유하고 있기 때문입니다.

그 신(新)돌연변이가 인류와 연대하여 돌연변이 종족과 전쟁을 벌이는 것입니다.

가능한 이야기 아닙니까?

재미있게 읽어주시기를 바랍니다.

2016. 9. 10. 이원호

내 용

1장 챔피언의 정체

"퍽!"

김칠수의 어퍼가 이강진의 배에 맞았다. 충격, 저절로 허리가 굽혀지는 통증이다.

"퍽! 퍽! 퍽!"

신이 난 김칠수의 연타, 이강진의 커버링 위로 쏟아지는 스트레이트.

"퍽! 퍽!"

이제는 훅.

"와아앗!"

김칠수가 재학 중인 서운대 응원단의 함성이 하늘을 찌른다.

"땡!"

2회전이 끝났다. 땀투성이가 되어서 코너로 돌아온 이강진을 코치 안명재가 대뜸 나무란다.

"얀마, 왜 팔을 안 뻗어?"

코피로 범벅이 되어 있는 얼굴을 닦아주면서 다시 한마디한다.

"쫄았나?"

"3회전에서 끝낼게요."

이강진이 허덕이며 말한다.

"몸이 좀 안 풀렸어요."

"야, 점수 생각 마."

물병을 건네주면서 트레이너 박기동이 위로한다.

"그만하면 잘한 거다."

"넌 닥쳐, 새꺄."

안명재가 박기동을 노려본다.

"이번 3회에서 끝내, 스트레이트로."

"예, 코치님."

"이겨야 돼."

"예, 코치님."

세컨 아웃이 되고 일어선 이강진이 앞쪽에 선 김칠수를 본다.

'이번에는 원투, 다음에 훅이다.'

김칠수의 생각말이 머릿속을 울린다.

'저 새끼, 쫄았어.'

다시 김칠수가 말했다.

"땡."

이강진이 두 손을 늘어뜨린 채 링 중앙으로 다가갔다. 원투 스트레이트를 그대로 맞으려는 자세다.

'옳지.'

김칠수의 번득이는 눈에서 그런 말이 울린다. 바짝 다가섰을 때 김칠수가 바로 원투, 그러나 간발의 차이로 이강진이 올려친 훅이 김칠수의 턱에 작렬한다.

"턱!"

턱뼈가 부서지는 소리다.

"와앗!"

함성과 함께 김칠수가 뒤로 반듯이 넘어졌다, 큰대자로. 뒷머리를 링 바닥에 세게 부딪치면서. 심판이 카운트를 할 것도 없이 두 손을 휘젓 더니 게임 끝을 선언한다.

"와아!"

함성, 함성. 아마추어 미들급 서울시 대학부 준결승에서 이강진은 3 회 KO승을 했다.

"기가 막혀서."

대기실로 돌아왔을 때 코치 안명재가 그랬다. 그러나 웃는 얼굴이다.

"야, 이 새꺄, 그렇게 두 손 늘어뜨리고 가다가 다짜고짜 어퍼를 먹 여?"

주위에서 웃음이 터진다.

"김칠수가 먼저 어퍼 먹이면 어쩔 뻔했어?"

이강진은 그냥 웃었다. 김칠수의 머릿속을 읽었다고 말한다면 장난 인 줄 알겠지, 주장한다면 미친놈 취급을 할 것이고. 그때 박기동이 말 한다.

"어쨌든 사흘 후에 조태영이만 누르면 넌 서울시 챔프야."

"얀마, 조태영이가 김칠수 같은지 알아?"

다시 안명재가 초를 쳤다.

"그 새끼 7전 7케이오 승이다. 그것도 모두 2회전 안에."

머리를 든 이강진이 박기동을 보았다.

'시발놈 좆까네.'

방금 박기동이 그랬다. 시선이 마주친 순간 그렇게 욕을 했다. 상대는 안명재, 다시 박기동의 머릿속 말, 즉 생각말이다.

'시발놈, 훈련비나 떼어먹고 지랄'

그때 안명재가 이강진을 보았다.

'가만, 이 새끼한테 오늘 대전료 줘야 하나? 오만 원뿐인데'

안명재의 머릿속 생각이 이어진다.

'에이, 그냥 보내자, 이 자식들이 학교에서 돈 얼마 나온지 알게 뭐야?'

이강진이 머리를 돌렸다. 과연 열등 종족이다.

"오빠."

샤워를 하고 나왔더니 복도에서 한아영이 불렀다. 함박웃음에 머릿속이 맑아지면서 생각말이 들리지 않는다.

"축하."

바짝 다가선 한아영한테서 오렌지 향이 가득하다.

"어, 아영 씨."

따라 나왔던 박기동이 반색하더니 이강진의 어깨를 툭 쳤다.

"나 먼저 갈게."

박기동은 체육과 3학년, 본래 미들급이었지만 체중이 1백 킬로가 넘는 바람에 급 올리는 것을 포기하고 지금은 이강진의 트레이너로 만족하고 있다.

"형, 그냥 가서 미안."

박기동이 주춤하더니 힐끗 한아영을 보고 나서 말한다.

"그 시발놈이 대전료도 안 줘서 너 밥도 못 먹이고, 내가 미안."

박기동의 얼굴이 분노로 일그러진다. 안명재는 먼저 샜다. 몸을 돌린 박기동의 큰 체구가 앞장서 사라진다.

"오빠, 내가 밥 살게."

이강진의 팔짱을 낀 한아영이 코가 막힌 목소리로 말한다. 치의대 1 학년, 체육관에 왔다가 이강진의 훈련 장면을 보고 팬이 되어 사귄 지 3 개월, 아직 육체관계는 없다. 머리를 돌린 이강진이 한아영의 눈을 보 았다.

'내가 생리를 언제 했더라?'

이강진을 쳐다보는 한아영의 생각말이 그렇게 울렸다. 대황당!

"매운 떡볶이나 먹으러 가자."

이강진이 말했다. 오후 4시 반, 오늘은 합숙소에 들어가지 않아도 된 다.

매운 떡볶이 안주로 소주를 마시니 술보다 더 독한 게 떡볶이다. 하, 하, 매운 혀는 술에 취할 줄을 모른다. 소주 세 병을 둘이서 2:1로 마시 고 나니까 오후 7시, 그동안 이강진은 한아영의 무수한 생각말을 들었 다. 그중 하나가 오늘 잤다가는 아기를 낳을 수도 있으니 오늘은 그냥 집에 가야겠다는 것이다.

'텍스를 끼면 되지 않을까?'

한아영이 스스로 물었다.

'만일 오빠가 텍스 싫다고 하면 어쩌지?'

한아영이 되물었다.

'그럼 대학 1학년에 임신, 2학년에 아이 출산?'

매운 떡볶이를 먹으랴 생각하랴 정신없다가 결국 결론을 냈다.

'안 돼, 오늘은'

그 결론을 생각말로 들은 이강진이 말한다.

"오늘은 그냥 집에 가자."

"응?"

술잔을 쥔 한아영은 그게 무슨 소리냐는 표정, 저 앙큼.

"오늘은 집에 가자구."

"누가 집에 안 간대?"

이 종족은 왜 이런가? 그러나 한아영의 시침 뗀 표정이 귀엽다. 이강진이 자리에서 일어섰다.

"이겼다면서?"

아버지 이동규가 묻는다. 47세, 철도청 기관사, 이곳은 신촌 스타 아파트.

"네, 3회 KO."

방에 가방을 던져 넣은 이강진이 소파로 다가가 이동규 건너편에 앉는다. 그때 주방에서 어머니 서진숙이 머리만 돌리고 묻는다.

"마실 것 줄까?"

"됐어요."

어머니한테는 연락을 했다. 서진숙이 이동규 옆으로 다가와 앉아서 세 식구가 다 모였다. 이동규가 묻는다.

"너, 지금 심사 중이야, 알지?"

이강진이 머리만 끄덕인다.

"별일이야 없겠지만, 너, 여자친구 조심해야 돼."

이번에는 서진숙의 주의다. 서진숙은 성모병원 수간호사다. 날씬한 체격에 미모다.

"곧 행정부에서 소개시켜 줄 테니까 심사 끝날 때까지 조심해."

"알았다니까."

머리를 든 이강진이 서진숙의 생각말을 듣는다.

'좀 이상해, 심사부에 신고를 해야 되나?'

이강진이 얼른 시선을 돌렸지만 생각말이 이어진다.

'인류에 대한 거부감이 없어, 한 여자를 계속해서 석 달이나 만나다니.'

그때 이강진이 이동규에게 묻는다.

"아버지는 인류 여자를 좋아한 적이 없었어요?"

"인류를?"

쓴웃음을 지은 이동규와 서진숙의 시선이 마주친다, 그 순간 이동규의 생각말.

'이 자식, 좀 이상해.'

서진숙의 생각말이 뒤따른다.

'그렇다면 좋아한다는 말인가?'

이동규가 이강진을 본다. 굵은 콧날에 꾹 다문 입술, 호남이다. 이동규가 대답한다.

"만나긴 했지만 우리 오카는 인류에 대한 거부감이 저절로 생성된다. 넌 그렇지 않아?"

"거부감은 있죠."

"너, 한아영이 좋아해?"

서진숙이 묻는다.

"그냥 그래요. 걔가 자주 찾아와서."

"오늘도 걔 만났지?"

"네."

"섹스는 하지 않았지?"

"물론이죠."

"넌 작년까지만 해도 별문제가 없었어."

마침내 이동규가 정색하고 말한다.

"그런데 올해 들어서 좀 그렇다. 더욱이 성년 심사가 시작되고 있는데."

"지금 심사 중인가요?"

"그래."

"아버지, 내가 이상해요?"

다시 이동규와 서진숙의 눈이 마주친다.

'이야기해 줄까?'

이동규의 생각말이다. 그러나 서진숙은 그 생각말을 못 듣고 제 생각말을 한다.

'내 DNA에 이상이 있나? 아니면?'

'말해 주자.'

이동규의 생각말이 들리더니 입이 열린다.

"그래, 네 정서가 불안정하고 가끔 감정이 표출된다. 네 나이에는 이제 극복되었어야 한다."

그렇다. 이강진 자신도 느끼고 있었다. 그런데 어쩌라고? 어쨌든 난 오카다.

오카? 방으로 돌아온 이강진이 책상에 앉았다가 문득 서랍을 열고 커터 칼을 꺼낸다. 틈만 나면 하는 놀이다. 왼쪽 팔을 뻗은 이강진이 커터 칼로 팔 굽혀지는 부분에서 손목까지를 죽 긋는다. 순간 팔이 죽 찢어지면서 여러 개의 층이 드러난다. 깊이가 1센티 정도로 15센티 정도가 갈라진 것이다. 곧 피가 솟구치더니 갈라진 부분으로 뿜어 나온다. 다음 순간 갈라진 부분에서 날카로운 통증이 왔으므로 이강진은 어금니를 문다. 자리에서 일어선 이강진이 피가 흐르기 시작하는 팔을 치켜들고 화장실로 들어간다. 아직 핏방울은 방바닥에 떨어지지 않는다. 곧 세면기 앞에 팔을 늘어뜨리자 그때서야 주르르 피가 쏟아진다. 줄줄 흘러내린다. 팔을 그대로 두고 이강진이 거울 속의 제 얼굴을 본다. 아버지 이동규를 닮은 호남형 얼굴, 굵은 콧날, 두툼하지만 굳게 다문 입술, 눈은 맑고 검은 눈동자는 또렷하다. 신장 185에 77킬로, 이제 곧 스무 살이 된다. 심사부의 스무 살 심사가 끝나면 정식으로 오카족 일원이 되는 것이다. 이윽고 팔을 내려다본 이강진은 피가 멈춘 것을 본다. 흘러내린 핏자국은 남아 있다. 그러나 조금 전 칼로 베었던 흔적은 사라졌다. 세면기의 물을 틀어 핏자국을 씻은 이강진이 방으로 돌아온다. 그렇다. 오카는 불사의 종족이다.

"으악! 살려줘!"
배만식이 몸부림쳤지만 사내들의 힘은 당해내지 못한다. 둘이 양팔을 잡은 사이에 하나가 배만식의 머리에 둥근 통을 씌운다. 그러고는 밑쪽 버튼을 누른 순간 알루미늄 통 밑부분이 와락 조여진다. 두 사내가 팔을 놓고 물러나자 배만식은 둥근 통을 머리에 쓴 채 1초쯤 서 있다가 넘어진다. 그때 사내 하나가 비닐 주머니를 가져와 배만식의 몸을 넣는다.

"벗겨."

그동안 잠자코 뒤쪽에 서 있던 최기종이 말하자 사내가 원통 밑쪽 버튼을 누르고, 방안의 시선이 배만식의 몸통에 모여진다. 배만식의 머리가 통 안에서 분해되어 없어진다. 사내가 비닐 위쪽을 조여 묶는 것으로 처리가 끝난다.

돌아가는 차 안에서 임국도가 최기종에게 묻는다.

"이번 집행은 빠르군요. 이유가 있습니까?"

"예, 제거 결정이 나면 12시간 안에 처리하라는 원로위원회의 지시가 내려왔기 때문이오."

"그렇군요."

머리를 끄덕인 임국도가 다시 묻는다.

"그, 머리에 씌운 통은 처음 봅니다."

"연구소에서 개발했지요. 통 안에 들어간 머리가 분해되면서 몸 안의 수분까지 다 증발시키지요. 그래서 비닐 자루에는 껍질과 뼈만 남습니다. 순식간에 미라가 되는 겁니다."

임국도가 감탄했다. 껍질만 남은 몸은 소각시켜 버리면 존재가 없어지는 것이다. 그때 최기종이 혼잣말을 한다.

"변형체 17대에 이르니까 오카의 본질을 벗어난 변종이 많이 나옵니다."

임국도가 들고 있던 배만식의 판결문을 본다.

< 배만식, 국일증권 증권부장, 42세.

18

⑴ 죄명: 종족의 계율을 어기고 사욕을 채움.

⑵ 심판관: 심사부장 이하 심사위원 6명, 지부위원 12명, 지부장.

⑶ 판결: 소멸.

⑷ 참관인: 지부 행정부장. >

최기종이 말을 잇는다.

"배만식은 증권투자로 번 돈을 속이고 인류처럼 사치와 유흥비로 탕진했습니다. 배만식이 상관한 인류 여자만 무려 12명이나 됩니다."

"인류화가 된 것일까요?"

"배만식은 12대 변형체인데 연구소에서 기억장치를 점검하겠지요."

소멸 집행은 인류로 치면 사형 집행이나 같다. 오카족은 불멸의 존재이나 소멸되면 그 DNA는 사라지기 때문이다.

"난 4대 변형체다."

이동규가 아침밥을 먹으면서 말한다.

"네 엄마는 6대 변형체고."

"그럼 난 몇 대인가요?"

이강진이 묻자 이동규는 쓴웃음을 짓는다.

"대가 많다고 해서 낡은 게 아냐, 지금도 원조가 여러 명 활동하고 있어."

"아니, 그럼."

그때 서진숙이 대답한다.

"그래, 원조는 대충 160년에서 180년이 되었지. 출생지는 영국 맨체스터 근방."

이것이 오카족 교육이다. 어렸을 때는 신체 특징의 비밀엄수 교육부터 시킨 다음 차츰 공동제로서 지켜야 할 규율을 배우게 된다. 만일 어기게 되면 가차 없는 응징이 따른다. 신생 오카는 10세, 15세, 20세까지 3차례나 심사 과정을 겪는데 그동안 부모가 1차 심사위원이 된다. 서진숙이 말을 잇는다.

"우리는 그들을 원조 오카라고 부른단다. 족장을 포함해서 원조위원 대부분, 연구소 간부 여러 명이 포함되어 있지."

"180살이면 얼마나 늙은 얼굴일까?"

이강진의 말에 이동규와 서진숙이 함께 웃는다. 서진숙의 대답이 이어진다.

"그들은 우리보다 젊어. 왜냐하면 외부에 보일 필요가 없으니까, 인연을 맺지 않고 그들만의 공간에서 사니까."

"그럼 우리도 우리끼리만 살면 늙을 필요가 없군요."

"그렇다."

이동규가 수저를 놓으면서 결론을 낸다.

"그것이 우리 목표지, 인류가 없는 지구에서 사는 것, 영원히 젊은 몸으로."

현재의 오카족은 예지 능력이 없다. 이강진에게 예지 능력이 생긴 것은 일 년쯤 전이다. 그것은 갑자기 찾아왔다. 어느 날 아침, 아버지 눈을 보았더니 생각말이 들리는 것이었다. 그것이 처음에는 아버지가 한 말인 줄 알았다. 그래서 되물었더니 깜짝 놀라는 것이 아닌가. 아버지의 표정을 본 이강진이 그다음 순간부터는 조심했다.

"오카의 규율, 신체에 이상이 일어날 경우에는 즉시 부모에게 보고

할 것."

이것이 10세 심사를 받기도 전에 부모한테서 교육받았던 내용이다. 그때 아버지가 눈치 채지 못하고 넘어갔기 망정이지 알았다면 지금쯤 자신은 연구소에 가 있을 것이라고 이강진은 믿는다. 그리고 이런 자신이 일반적인 오카족과 다르다는 것을 알고 있다. 어쨌거나 20세 심사를 통과해야 된다.

오카족?

10세 때 교육받는 내용: 1대 시조가 영국 맨체스터 지역에서 출생한 후에 번식, 세계로 확장, 불멸의 존재, 다만 머리와 몸통을 따로 소각해야 소멸된다. 오카족 간의 결합으로 번식한다. 변형체는 인류사회에 끼어서 인류의 방식으로 살아간다. 같이 늙고 같이 죽는 것처럼 보이기 위해서다. 그래서 죽기 전에 유전자를 뽑아 심사위에서 선정한 오카족 자궁에 주입시키면 다시 태어난다. 그렇게 계속된 것이 현재 17대까지 이르렀다. 사고로 죽어야 하는 오카가 많았기 때문이다. 그러나 그전의 기억은 연구소의 기억 저장소에 보관시킬 뿐 새 변형체는 신생아 오카로 태어난다.

"이강진."

뒤에서 부르는 여자 목소리, 몸을 돌린 이강진이 다가오는 여자를 본다. 체육관 뒤쪽 오솔길, 합숙소로 가는 길이다. 처음 보는 얼굴, 시선이 마주치자 웃는다. 큰 키, 갸름한 얼굴형, 눈부신 미인이다.

"누구야?"

두 걸음 앞에서 멈춰선 여자에게 이강진이 묻는다.

"나, 진세미."

여자의 눈을 보았지만 생각말이 없다.

"그런데?"

오후 1시 반, 이제 합숙소로 들어가는 중이고 2시부터 훈련이다. 그때 여자가 말한다.

"나, 오카야."

"그럴 줄 알았어."

이강진이 시큰둥한 표정으로 묻는다.

"누가 보낸 거야?"

"행정부."

"글쎄, 누가 의뢰했는데? 너네 부모? 아니면….'

"너네 부모지."

"그렇군."

"네가 인류하고 사귀는 게 걱정이 되었나 봐."

"도대체."

이강진의 어깨가 부풀려진다.

"인류한테 병을 옮아오는 것도 아닌데 왜들 그래?"

"내가 오고 싶어서 온 게 아냐."

진세미의 미간이 좁혀졌다. 그때서야 진세미의 생각말이 들린다. 지금까지는 너무 빨리 주고받았기 때문에 안 들렸나?

'이건 좀 위험하군.'

"넌 20세 심사 끝났어?"

"난 작년에 끝났어. 이젠 성년이야."

다시 생각말이다.

'도대체 행정청이 이놈한테 날 보낸 이유는 뭐야? 설마 결혼시키려는 의도는 아니겠지?'

"나 바빠, 합숙소에 가야 돼."

이강진이 진세미의 생각말을 잘랐다.

"내일 시합이 있거든."

"알아."

머리를 끄덕인 진세미가 한 걸음 다가서서 이강진을 보았다.

"내일 게임 응원해 줄게, 지건 이기건 게임 끝나고 술 먹자."

진세미가 눈웃음을 친다.

"너, 섹스 경험 없지? 원하면 해 줄게."

잠깐 진세미의 눈을 보았던 이강진은 생각말을 듣지 못했다. 이것은 말과 생각이 같다는 뜻이다. 갑자기 왜 이럴까? 좋아하는 것 같지도 않은데.

18구역 오카 지부장 김동준이 행정부장 임국도를 보았다.

"이번에 20세 심사 대상이 229명이군."

"그렇습니다."

임국도가 똑바로 김동준을 응시한다. 김동준은 원조 오카로 173세, 오카족 외의 인류와는 상종을 기피하고 산다. 인류와 일생 동안 한 번 이상 만나지 않고 사는 것은 마치 소낙비 속을 비 한 방울 맞지 않고 걷는 것만큼 어렵다. 그러니 밖에 나가지 않는 수밖에. 현재까지 김동준의 아내는 5명째, 둘은 젊은 나이에 김동준의 부인이 된 후에 80세 정도에서 인류처럼 늙어 죽었지만 둘은 사고로 죽었다. 인류와 함께 있다가 자동차 사고, 지진을 겪은 터라 따로 살릴 수가 없었다. 그래서 어쩔 수

없이 마취제를 놓고 DNA를 채집, 변형체로 태아에 주입시켰다. 지금의 아내는 인류 나이로 30세, 김동준은 여전히 30대 초반의 몸과 얼굴을 유지하고 있다. 왜냐하면 김동준은 집 안에만 머물며 모습을 보이지 않는 대신 아내들이 밖에 나가서 인류와 부대끼며 살았기 때문이다. 그러니 같이 늙다가 죽는 시늉을 해야 한다. 김동준이 서류를 보면서 말을 잇는다.

"여기 87번, 이강진의 부모가 이성 보조 신청을 했군, 위험한가?"

"아닙니다. 87번을 안정시키려는 의도라고 했습니다."

"심사부의 중간 조사 결과는 5등급이야. 능력은 1등급 수준이지만 적성이 7등급, 충성도가 6등급이야."

오카족 심사는 3개 부분이 있다. 등급이 높을수록 하위급인데 능력과 적성, 충성도 3개 부분의 평균을 내어서 7등급 이상이 되면 위원회의 재평가를 받고 8등급 이상이면 탈락, 탈락은 곧 소멸을 뜻한다. 집행부가 소멸시키는 것이다. 김동준의 얼굴에 쓴웃음이 번졌다.

"이강진 어머니의 평가가 더 나쁘군. 적성이 7등급, 충성도가 7등급이야."

임국도도 보았다. 아버지 이동규는 적성을 6등급, 충성도를 5등급으로 줬다. 둘 다 능력을 1등급으로 준 것이 전체 평균을 올렸지만 이대로 간다면 소멸될 수도 있다. 1개 부분에서라도 8등급 이상이 되면 위원회의 회의에서 소멸 심판을 받아야 하는 것이다. 이윽고 김동준이 결론을 낸다.

"이성 보조역의 보고서가 중요한 역할을 하겠군."

"이성 보조 신청을 한 것은 잘한 일이에요."

24

서진숙이 말했다. 오후 8시 반, 아파트 안에 다시 두 부부만 남았다. 소파에 나란히 앉은 서진숙이 말을 이었다.

"이성 보조역의 보고서가 심사결과에 반영이 될 테니까 공정성이 더 해지겠죠."

"꼭 그래야 했나?"

TV에 시선을 준 채 이동규가 말한다.

"강진이의 적성과 충성심은 가끔 이해가 가는 부분도 있었어. 그 평가 기준이라는 것이 너무⋯."

"당신도 문제군요."

서진숙이 이맛살을 찌푸렸다.

"종족의 평가 기준에 시비를 걸다니, 연구소의 원조님들이 수백 년 간 연구한 그 기준을."

"시대가 변하고 있어."

"그러니까 기준도 더 엄격해져야 돼요."

"강진이한테 너무⋯."

"그만."

서진숙이 말을 막았다. 이성 보조 신청을 한 것은 서진숙이다. 20세 심사 기간 동안 이성보조 신청을 한 것이 드문 일도 아니었지만 심사관들의 주목을 받을 것이었다. 하지만 신청을 한 부모 측의 성실함도 인정받게 될 것이다. 그렇게 또 오카 가정의 하루가 지나간다.

"땡!"

일회전의 공, 두 손을 올린 상태로 다가간다. 조태영의 눈, 이어서 생각말이 들린다.

'저 새끼 어퍼 조심.'

조태영 또한 두 손을 올린 자세, 저 자세에서 바로 원투 스트레이트가 나온다. 빠르다. 바짝 접근한다. 또 생각말이다.

'바로 어퍼.'

이강진은 그 순간 맞기로 한다. 왜냐면 관중석에 심사원이 있을 가능성 때문이다. 어퍼를 피한다면 심사원이 생각말 의심을 하게 될 것이고, 그것은 '오카 연구소'행이 될 것을 의미한다.

"퍽, 퍽."

바로 그 순간 조태영의 어퍼가 작렬, 이강진은 배에 연타를 맞고 휘청거린다. 통증이 온다.

"와아아."

함성, 조태영의 8번째 케이오 승을 기대하는 관중들, 이번에는 스포츠 채널 TV가 생중계를 한다. 어머니, 아버지도 보고 있을 것이다.

"퍽, 퍽."

이번에는 스트레이트 연타, 커버링이 잠시 느슨해진 상태에서 맞는다. 눈에서 불꽃이 튀고, 머리는 흔들리고, 이젠 소리도 잘 안 들린다. 조태영의 거친 숨소리, 크런치, 부딪친 머리, 그때 조태영의 눈을 보니 생각말이 들린다.

'옳지, 이번에 끝낸다.'

"퍽, 퍽, 퍽."

다시 어퍼 연타, 이강진도 어퍼를 연속 넣었지만 계속 빗나간다.

"브레!"

심판이 떼어놓고 한 걸음 간격이 되었을 때 조태영의 눈에서 생각말이 들린다.

'이번에는 스트레이트 연타.'

1분 35초가 지난다. 이번에도 맞자.

"퍽, 퍽, 퍽, 퍽."

그대로 맞고 두 팔을 벌려 크런치, 그 순간 떠오른 어머니 얼굴, 어렸을 때 병원에서 돌아온 어머니를 향해 달려간다. 두 손을 벌리고 달려 갔을 때 우뚝 서서 내려다보던 어머니 얼굴, 이상하다는 표정, 그때 느낀 먹먹함, 어머니 다리를 부둥켜안았을 때의 허전함, 기다림, 어머니가 안아 올려주기를 기다렸다. 그러나 어머니는 다리를 흔들어 이강진을 떨치고 들어가 버렸다.

"브렉!"

심판이 떼어 놓았을 때 이강진은 코에서 흘러나온 코피를 글러브로 닦으며 물러난다.

"퍽!"

떼어질 때 조태영이 올려친 어퍼가 또 적중, 눈에서 불이 번쩍인다.

"와아앗!"

함성, 관중의 기대 폭발적이다. 2분 20초, 1회전에 넘겨라, 두 손을 올린 이강진이 조태영을 보니 명확한 생각말이다.

'이번에는 스트레이트, 그러고 나서 어퍼로 끝낸다.'

자신만만, 그 순간 둘이 한 걸음씩 다가선다.

"퍽석!"

조태영이 스트레이트를 죽 뻗는 그 순간 올려친 이강진의 어퍼가 턱을 부수고, 두 번째 휘두른 주먹이 조태영의 왼쪽 관자놀이에 적중한다.

"탁!"

주먹이 시멘트에 부딪치는 느낌, 잘 맞은 거다, 그 순간 조태영의 몸이 괴상하게 비틀리면서 구겨지듯 넘어지고 두 눈은 죽은 생선 눈깔 같다. 생각말이 없다. 주변이 음소거를 시킨 TV처럼 조용하다. 그리고 다음 순간 찢어질 듯 터진 함성.

"와아앗!"

박기동의 외침이 제일 컸다. 볼 것도 없다. 심판이 조태영을 내려다보너니 카운트도 하지 않고 두 손을 흔든다. 마치 달려오는 트럭을 세우려고 하는 것처럼.

"넌 챔프다. 내가 진즉 알아봤다."

흥분한 안명재가 소리치고, 옆에 선 박기동의 생각말이 말한다.

'시발놈, 다 제 공이구만.'

"어때? 저녁 같이 먹자, 학장님한테 연락할 테니까, 학장님이…"

"나, 약속 있어요."

이강진이 말을 잘랐다.

"저녁 못 먹어요."

"야, 네가 미들급 우승했어. 이건 우리 극동대의…"

"못 가요."

"야, 이새꺄, 학장님이…"

"학장이고 자시고."

"뭐?"

대당황한 안명재의 얼굴이 하얗게 굳어지고, 이강진은 마무리 펀치를 휘두른다.

"합숙소에 한 번도 안 들른 학장이 무슨, 조까라고 하세요."

대대당황한 안명재가 눈을 치켜떴지만 어쩌라고? 이강진이 몸을 돌렸을 때 기자들이 쏟아지듯 들어오고, 플래시가 펑, 펑, 마이크 대신 요즘은 핸드폰이 쑥, 쑥, 어느새 안명재는 밀려나서 보이지 않는다.

"오빠."

뒷문으로 나왔을 때 기다리고 있던 한아영이 달려온다. 두 손을 활짝 벌려 안아줄 자세다. 한 번도 이런 적 없었는데, 안은 적도 없었는데. 그 순간 덥석, 뭉클, 후끈, 한아영이 안기면서 받은 느낌이 그렇다, 이강진의 심장도 철렁.

"어."

입에서 터진 외침, 어퍼를 맞은 것 같다.

"나, 다 봤어."

두 손으로 이강진의 허리를 감싸 안은 한아영의 몸이 빈틈없이 붙여진다. 특히 가슴살의 촉감이 죽인다.

"야, 팔 좀 풀어."

뒷문 앞으로 사람들이 오가고 있었으므로 이강진이 몸을 비튼다.

"싫어, 좀만 더."

그 순간 이강진의 하복부가 불끈한다.

"윽"

그것이 한아영의 배 근처를 쑤심에 이강진이 엉덩이를 뒤로 빼려고 했지만 늦었다, 한아영이 꽉 안고 있었기 때문. 그때 한아영이 머리를 들고 이강진을 보며 생각말을 한다.

'어머, 이게 뭐야?'

'자진가?'

생각말이 계속된다.

'딱딱해.'

'그럼 이것이….'

한아영의 얼굴이 빨갛게 달아오르고 다음 순간 손이 풀렸고 한아영이 떼어진다.

"밥 먹으러 가자."

이강진이 말했고 한아영이 끄덕.

심사위원 유준기는 36세, 심사부에만 8년을 근무한 적성평가 전문가다. 게임이 끝나고 이강진이 탈의실에서 기자 인터뷰를 했을 때도 뒤에 서서 관찰했는데 표정이 굳어져 있다. 오카족은 모두 적성이 있다. 적성이란 맡겨진 '일'에 대한 적합도다. 오카족은 과학자, 예술가, 의사, 변호사, 교사, 기관사, 간호사 등 온갖 종류의 일, 즉 직업을 갖는다. 그리고 그 직업에 대한 적성과 능력평가를 받는 것이다. 이강진의 체격 조건은 좋다. 이번 게임에서 능력이 1등급이라는 것도 증명되었다. 그러나 적성은? 유준기는 뭔가 꺼림칙했다. 챔피언이 된 이강진의 적성이 미심쩍은 것이다. 부모가 평가한 이강진의 '오카족' 적성이 5등급, 7등급이었다. 그런데 유준기가 본 이강진의 권투선수로서의 적성도 5등급 이상이다. 너무 '인류 같은' 행동을 한다. 오카족에게 '인류 같은' 행동이 보이는 것이다. 감정적이며 즉흥적이고 쉽게 잊고 쾌락에 빠진다. 명성에 현혹되고 욕심이 많으며 무절제하다. 유준기는 이강진의 인터뷰 자세에서 그것을 보았다.

"어디야?"

수화구에서 울린 진세미의 목소리가 밝다. 이강진이 송화구에 손바닥을 붙이고 잠깐 주위를 둘러본다. 이곳은 홍대 앞 돼지갈비집, 앞에는 한아영이 앉아 갈비를 뜯고 있다.

"아, 여기 인사동."

이강진이 대답하고 한아영이 눈을 둥그렇게 떴다가 다시 갈비를 뜯는다. 그때 진세미가 짧게 웃으며 말한다.

"왜 탈의실에서 연락도 않고 샜어?"

"코치가 학장 만나자고 해서."

"지금은?"

"코치하고 술 마심."

"언제 끝나?"

"모름."

"나, 오늘 안 만날 거야?"

"왜?"

"준다고 했잖아?"

이강진의 시선이 다시 한아영을 향한다.

"다음에 줘."

"너, 참 이상하다."

"왜?"

"지금이 어떤 땐지 알아?"

"앎."

"그런데도 그래?"

"왜?"

그 순간 통화가 끊겼으므로 한아영이 갈비를 내려놓고 묻는다.

"왜?"

한아영의 턱에 양념이 묻어 있다.

커피잔을 쥔 진세미가 돼지갈비 식당을 보았다. 식당 안, 테이블에 마주앉은 이강진과 한아영의 모습이 보였다. 이쪽은 길 건너편이었지만 직선거리는 10미터도 되지 않는다. 그러나 행인이 많아서 몸을 감출 필요도 없다. 한동안 둘을 바라보던 진세미의 얼굴에 쓴웃음이 번졌다.

"위험해."

진세미가 혼잣소리로 말했다.

"넌 인류야."

본래 심사부와 계약할 때는 10일 안에 보고서를 제출하도록 되어 있다. 계약금 일당 10만 원씩 1백만 원을 모두 선금으로 받았으니 괜찮은 장사, 보고서를 5일 안에 내버려도 된다. 종이컵의 커피를 한 모금 삼킨 진세미가 이번엔 새삼스러운 눈빛으로 다시 이강진을 본다.

"쟤, 정말 이상해."

이강진은 막 소주를 마시고 잔을 내려놓았다. 앞에 앉은 여자는 열심히 이야기를 하는 중, 표정을 보니 오늘 밤 줄 것 같다.

"내가 7등급만 줘도 쟨 끝나는데."

문득 진세미는 오늘 밤 이강진이 저 여자하고 잔다면 9등급감이라는 생각이 들었다. 자는가 볼까?

"미치겠네."

이것은 저절로 흘러나온 말.

"내가 왜 이러지?"

커피잔을 옆쪽 쓰레기통에 던진 진세미가 제 말에 제가 대답한다.

"저놈한테 물들었나?"

그곳에서 직선거리로 150미터밖에 떨어지지 않은 지하 스튜디오, 각종 기기가 가득 찬 녹음실에 강도가 들었다. 지방에서 상경한 23세의 백길복, 문이 열린 것을 보고 침입. 아예 작정을 하고 손에는 회칼을 쥔 상태, 미리 소주 두 병을 뱃속에 넣은 터라 열이 뻗친 몸이다. 강도 전과가 한 번, 교도소에서 1년 반 살았지만 안 걸렸을 뿐, 실제로는 강도질 다섯 번에 상해 네 번을 했다. 계단을 내려가 문을 열었을 때 놀란 비명.

"아앗!"

30대쯤의 사내, 첫눈에 연약, 꺼칠한 얼굴, 긴 머리, 놀라 크게 뜬 눈, 백길복은 위협하고 자시고 해서 시간 끌 것 없다는 생각으로 그 즉시 회칼을 휘두른다.

"푹, 푹"

"으아악!"

사내의 아랫배를 두 번 찔렀으니 그것으로 끝, 식칼이 들어간 느낌이 10센티, 흰 칼날에 그만큼 피가 묻었다. 쓰러진 사내를 뒤로 하고 안으로 들어간 백길복이 서랍을 뒤지고 곧 현금을 발견, 오만 원권 한 뭉치다. 서랍 안의 지갑을 들고 회칼을 내려놓은 백길복이 지갑을 연다. 안에 10만 원권 수표가 10여 장. 다 주머니에 쑤셔 넣고 옆쪽 서랍을 열었을 때 옆에서 뭔가가 어른거림에 머리를 든 백길복이 놀라 숨을 삼킨다. 조금 전에 자신이 배를 찌른 사내가 회칼을 들고 서 있다. 그 순간 사내가 내지른 회칼이 이번에는 백길복의 배를 쑤신다.

"푹, 푹"

"으아악!"

백길복은 회칼이 배에서 빠져나온 순간의 고통으로 대비명이다.

"푹, 푹, 푹"

다시 심장을 찔린 백길복이 늘어지고 그때 회칼을 내려놓은 사내가 셔츠를 걷어 제 배를 본다. 핏자국만 번져 있을 뿐 멀쩡하다. 그때 사내가 혼잣말을 한다.

"아, 귀찮아. 처리반을 불러야잖아."

오카족이다.

2장 어머니

"시체는 이쪽으로."

연락을 받은 지 25분 후, 서진숙이 지휘하는 처리반이 도착하여 일사불란하게 움직인다. 바닥에 비닐을 깔고 시체를 토막 낸 후에 소각통에 넣고 소각, 18분 후에는 바닥 비닐까지 소각함으로써 종결, 서진숙이 오명재에게 서류를 내밀었다.

"사인."

마치 아파트 소독을 마친 소독원이 확인표에 사인을 하라는 것 같다. 방금 죽었다가 죽인 오명재가 사인을 마치자 서진숙이 몸을 돌렸다. 처리반원도 일제히 몸을 돌린다.

"저기요."

오명재가 서진숙의 뒤에 대고 부르고, 머리만 돌린 서진숙에게 오명재가 묻는다.

"집 앞에 CCTV가 여러 개 있는데…."

"다 지웠어요."

서진숙이 차갑게 말을 잇는다.

"다음 달에 처리비가 조금 나올 겁니다. 다른 문제는 없어요."

"감사합니다."

머리를 돌린 서진숙이 문득 아들 이강진을 떠올린다.

'TV에서 챔피언을 먹는 장면을 보았으니 지금쯤 이성 보조원과 같이 있겠지?'

행정청에서 진세미의 연락처도 받은 터라 갑자기 궁금해진다.

"당신들, 먼저 들어가."

대원들에게 말한 서진숙이 길가에 주차된 차에 올라 핸드폰을 꺼내 든다. 지금까지 처리한 시체만 수백 건이다. 찔려 죽고 맞아 죽고 익혀 죽고 빠져 죽은 온갖 시체들, 서진숙의 적성은 2등급, 능력은 1등급이다. 충성도? 당근 1등급, 곧 지부위원 후보가 될 가능성이 있다. 버튼을 누르자 곧 진세미가 받는다.

"어머, 어머님이 웬일이세요?"

진세미의 놀람과 당황에 서진숙은 이제 겨우 10시가 좀 넘었는데 벌써 뭘 하고 있나, 하고 생각한다.

"아뇨, 별거 아니고. 지금 같이 있어요?"

"아뇨."

"그럼 뭐하고 있는데?"

"식당 앞에서 감시하고 있는데, 왜요?"

서진숙은 은근 짜증이 난다, 요즘 젊은 오카들은 몇 변형체건 간에 인류에 물들어간다는 생각에. 그리고 다시 묻는다.

"지금 어디 있어요?"

"홍대 앞요."

"응?"

놀란 서진숙이 눈을 크게 뜬다. 여기 있다고? 재차 묻는다.

"홍대 앞 어디?"

"의류백화점 앞 골목요."

여기서 1백 미터 거리, 서진숙이 차에서 나오면서 말한다.

"내가 5분 안에 거기로 갈게요."

한아영의 코끝이 슬쩍 들려있다. 그것이 더 귀엽게 보이는 것 같다. 입술을 다물고 있다가 펴면 꼭 윗니가 드러난다. 그것도 귀엽다. 현재 소주 한 병의 삼분의 이를 처들고 조금 해롱댄다. 한 이야기를 두 번째 하는 경우도 있다.

"옵빠."

한아영이 말한다.

"나 고3 때 남자친구가 있었어."

이강진이 한아영을 보았지만 생각말이 없다. 그것은 머릿속과 말이 일체가 된 것이다. 진심인 것이다. 한아영의 꼬부라진 혀가 말을 이어 간다.

"두 번 잤어, 그 애하고."

"…"

"사랑? 지금 생각해보니까, 아냐. 호기심, 호감, 이 정도."

"…"

"옵빠처럼 생각할 때마다 가슴이 찌르르 울리고 목구멍이 아프고 마음이 조급해진 남자는 없었어, 이런 건 처음이야."

이강진이 침을 삼킨다, 자신도 그랬기 때문에. 거시기가 빳빳해졌다는 것만 다르다. 술잔을 들었던 이강진이 어느덧 둘이 소주 다섯 병을 비웠다는 사실을 깨닫는다. 이 대 삼, 물론 이강진이 삼이다.

"야, 가자."

이강진의 말에 한아영이 머리를 들었다.

"응? 어디?"

"모텔."

"나 좀 취했는데, 괜찮지?"

"왜? 취하면 안 돼?"

"뭐가?"

"섹스."

"아니, 될 거야."

"그럼 왜?"

"술 냄새 나서."

"양치질하면 돼, 나도 할게."

"그럼 가자."

한아영이 테이블에 놓인 핸드폰을 집다가 술병을 쓰러뜨린다.

"와장창, 퉁탕"

술병이 바닥으로 떨어졌다. 깨지지는 않았다.

술병 떨어지는 소리가 밖까지 들렸다. 서진숙은 가만있지만 진세미가 깜짝 놀란다.

"어, 나오네."

진세미가 말했지만 서진숙은 태연히 식당 안을 응시한다. 행인은 여전히 많아서 가려지긴 한다.

"어머니, 저쪽으로."

둘은 출입구와 정면 위치여서 급해진 진세미가 서진숙을 옆쪽으로 끌었다. 그때 이강진과 한아영이 식당을 나오더니 하필이면 이쪽으로 온다. 둘은 곧 옆쪽 골목으로 들어섰는데 서진숙이 먼저 진세미의 팔을 잡고 서둘렀다.

"돌아보지 마."

그 순간 모텔을 지나면서 진세미는 오줌이 마려워졌다. 오카도 생리 현상은 똑같다. 골목으로 잘못 들어왔다. 두 연놈은 모텔로 들어오려고 한 것이니 바로 뒤를 따라올 가능성이 높다. 골목 안은 인적이 띄엄띄엄해서 얼굴만 돌리면 발각된다, 젠장.

골목으로 들어서자 조용해졌고 오가는 행인은 한둘뿐, 앞쪽으로 서둘러 가는 두 여자가 보인다. 약속에 늦은 것 같다.

"옵빠, 괜찮아?"

팔짱을 낀 한아영이 묻는다. 이강진의 표정이 굳어져 있는 것이 걸린 것 같다.

"괜찮아."

이강진이 발을 크게 떼고는 곧 모텔 현관 안으로 들어섰다. 인류와의 첫 관계, 이것이 20세 성인통과가 된 후에는 큰 문제가 되지 않는다. 사전, 사후에 지부 행정국에 신고를 하면 된다. 다만 꼭 텍스를 끼고, 사용한 텍스는 처리 기준에 따라 폐기시켜야 한다. 그러나 20세 성인통과 이전에 인류와 성관계를 하게 된 경우는 좀 까다롭다. 먼저 부모의 동의, 지부 행정부의 동의가 필요하다. 사용한 텍스도 정자가 포함된 채 가져가 행정부에 제출해야만 한다. 이강진은 숙박비를 치르고 키를 받아 방에 들어갔다. 203호, 방문을 잠그고 둘이 되었을 때 긴 숨이 뱉어졌다. 이제 들어왔다.

"어머니, 어떡하죠?"

모텔 앞으로 돌아와 선 진세미가 모텔을 바라보며 물었다, 오후 11시 반, 술에 취한 남녀 한 쌍이 흐느적거리며 다가오더니 모텔 안으로 들어간다. 골목은 폭이 3미터쯤 된다. 반대편 담장에 붙어선 서진숙이 가로등 빛을 받아 반짝이는 눈으로 진세미를 본다.

"쟤가 10살 첫 통과를 하고 난 후부터 날 따랐어."

진세미는 시선만 준다.

"아마 인류의 감상적인 TV 드라마 내용에 빠졌겠지, 오카 중 30퍼센트가 그때쯤 빠진다니까."

"…"

"내가 병원에서 오기를 기다렸다가 날 보면 달려오는 거야, 두 팔을 벌리고."

"…"

"처음 그것을 보았을 때 온몸에서 소름이 돋았어, 뱀이 덤벼드는 것 같았어."

"…"

"달려온 쟤를 발로 내지르고 싶었지만 참았지. 그것이 몇 번이나 돼."

"…"

"내 유전자, 남편 유전자에는 이상이 없어, 연구소에 의뢰해서 둘의 전(前) 변형체 기록을 체크했지만 그것도 깨끗해. 아무래도 쟨 돌연변이인 것 같아."

"권투는 1등급이에요, 능력 말이에요."

"운동신경이 뛰어나지."

"아까워요."

그때 서진숙이 머리를 돌려 모텔 창문을 본다. 이강진이 몇 호실인지는 모른다. 5층 건물인 모텔은 불을 환하게 밝히고 있다.

"어머니."

다시 진세미가 불렀다. 이번에는 서진숙이 시선만 주었고 진세미가 말한다.

"텍스에다 정자 담아 갖고 오면 그냥 놔두시죠."

"…"

"챔프 먹었잖아요? 위원회나 심사부에서도 이해할 것 같은데요?"

뜨겁다. 이강진이 한아영의 벌거벗은 몸을 꽉 안았을 때 느낌이다. 그리고 매끄럽다.

"아아, 옵빠."

한아영이 꿈틀거리면서 허덕인다.

"옵빠, 옵빠."

긴 키스, 긴 애무, 한아영의 몸은 타액과 땀으로 빈틈없이 덮여진다.

"옵빠, 옵빠."

발버둥, 부끄러움 상실, 한아영의 뜨거운 샘에서 온수가 철철, 지금 한아영은 애타게 기다리고 있다.

"옵빠아."

숨 가쁘게 불러대면서 허리를 들썩인다. 두 번밖에 안 했다구? 그런데 이래? 이윽고 이강진이 상체를 세우고 자세를 취한다. 발광하던 한아영이 숨을 죽이더니 몸이 굳어진다. 이강진이 자신의 거대한 대포를 보다가 문득 텍스를 떠올린다. 사정, 제출, 그 순간 이강진은 그대로 진입한다.

"아악."

한아영의 벅찬 탄성, 동시에 이강진은 한 몸이 되었다는 감동으로 몸이 떨린다. 오카와 인류가 맨살로 만났다.

"이성 보조원을 떼어놓고 인류를 만났다는 거야?"

오전 12시 반, 늦게 들어온 이동규에게 서진숙이 모텔 사건을 보고하는 중이다. 이동규의 얼굴이 굳어져 있다.

"당신이 직접 보았다구? 어떻게?"

"응급처리 사건으로 출동했다가."

이맛살을 찌푸린 서진숙이 이동규를 본다.

"20세 평가 직전인데 저러다가 큰일 내겠어."

"큰일은 무슨."

"당신이나 내 경력에도 문제가 돼."

서진숙의 목소리가 강경해지고, 눈만 껌벅이는 이동규를 향해 서진숙이 쏘아붙인다.

"도대체 집행반 조장이란 사람이 자식에 대한 자세가 그게 뭐야?"

"뭐?"

마침내 이동규의 표정도 엄격해진다. 철도청 기관사로 인류사회에 섞여 살지만 이동규의 오카족 내부 직책은 집행반 소속 외부조장, 외부조장이란 대인류 관계 집행을 말한다. 즉 방해가 되는 인류를 제거하는 일이다.

"다 자식 문제가 있어, 외부에 노출시키지 않을 뿐이야."

이동규가 이 사이로 말한다. 대부분 서진숙의 말을 따랐지만 이번은 그냥 넘어가지 않겠다는 자세다.

"이성 보조원을 붙인 것도 우리가 과민 반응을 한 것 같아."

"천만에."

서진숙도 물러나지 않는다.

"당신보다 내가 강진이를 더 잘 알아. 내가 더 많이 겪었거든."

"강진이 유전자는 건강해. 더구나 우리 둘이 생산한 순수체라고, 태아에 주입된 변형체가 아냐."

이동규의 목소리가 높아진다.

"난 당신의 자세를 이해 못 하겠어. 강진이가 우리 둘의 유전자를 갖고 대를 이어갈 텐데 말이야."

"강진이가 우는 것 봤어?"

갑자기 서진숙이 묻고, 놀란 이동규에게 서진숙이 말을 잇는다.

"2년 전이야. 밤늦게 걔 방 앞을 지나다가 열린 문틈으로 걔가 TV를 보면서 우는 걸 보았어."

"…"

"인류처럼 울었어, 눈물을 흘리면서."

이동규는 말이 없다.

"이강진의 적성은 7등급입니다."

유준기가 서류를 내밀며 말한다.

"15세 2차 평가 때 5등급이었지만 정서불안, 인류와 유사성이 더 늘어난 것으로 판단됩니다."

서류를 받은 심사부장 강현주가 머리를 갸웃거린다.

"부모가 우등 오카인데 돌연변이인가?"

"아직 돌연변이 증상은 포착 못 했습니다."

강현주는 49세, 인류사회에서는 고법 부장판사를 맡고 있다. 그래서 오카의 심사부장으로 적격, 남편 한석호는 법무법인 '한성'의 대표 변호사다.

"이번 미들급 대학부 챔피언이 되었군."

"예, 부장님."

"인터뷰에서 적성 강등 증거가 나왔어?"

"인류하고 똑같았습니다."

유준기의 얼굴에 웃음이 떠오른다.

"테이프를 보시지요."

손에 쥔 리모컨의 버튼을 누르자 곧 앞쪽 벽에 이강진의 인터뷰 장면이 펼쳐진다. 유준기가 촬영한 것이다.

"챔피언이 된 감상은?"

기자가 묻자 화면에 이강진의 얼굴이 클로즈업, 담담한 표정이다.

"영광이죠, 열심히 훈련한 대가라고 생각합니다."

"이 기쁨을 전하고 싶은 사람은?"

"어머니죠."

"그럼 어머니께 한 말씀."

"어머니, 사랑합니다."

기자 몇 명이 웃었고 화면이 정지, 물론 기자회견 장면은 TV로 나가지 않았다. 그때 강현주가 묻는다.

"이게 어때서? 이상 없잖아?"

"저 손을 보시죠."

다시 화면을 작동시킨 유준기가 필름을 조금 돌리고 나서 이강진의 손을 클로즈업 시키자 강현주가 눈을 크게 뜬다. 이강진의 손가락이 제 다리를 열심히 두드리고 있다. 기자들의 몸에 가려 있었지만 틈 사이로 다 보인다. 조급하게 두드린다. 오카는 저러지 않는다. 평정심을 유지해야 된다. 저건 인류나 하는 짓이다. 그때 유준기가 이제는 이강진의 얼굴을 클로즈업 시킨다.

"눈을 보시죠, 눈물이 고여 있습니다."

과연 눈이 번들거린다. 땀 같다.

"땀 아냐?"

강현주가 묻다가 입을 다문다, 땀은 다 말랐다. 눈만 번들거리는 것이 이상하다. 유준기가 마무리한다.

"게임 장면도 관찰했고 10세, 15세 때의 기록도 참조한 결과 적성은 7등급입니다. 재판정을 받든지 해야 됩니다."

아니면 소멸이다. 강현주가 다시 정지된 상태의 이강진을 본다. 잘생겼다.

아파트에 들어섰을 때는 오전 10시 반.

"어? 어머니."

놀란 이강진이 눈을 크게 떴다가 곧 웃는다. 비어 있는지 알았더니 서진숙이 소파에 앉아 있다. 이 시간에는 서진숙이 병원에 나가 있어야 된다.

"응, 내가 오후 근무라서."

서진숙이 담담한 표정으로 묻는다.

"밥 먹었니?"

"응."

"챔프 된 것 축하한다."

"전화로 했으니까 됐어, 어머니."

"얼굴 보고도 해야지."

방으로 들어간 이강진이 옷을 갈아입고 나와 앞쪽 소파에 앉는다. 이강진이 TV리모컨을 들었을 때 서진숙이 묻는다.

"너, 어제 이성 보조원 안 만나고 누구 만났어?"

이강진의 얼굴에 웃음이 떠오른다. 예상하고 있었다는 표정, 서진숙과 시선이 마주치자 생각말이 들린다.

'아무래도 내가 내 손으로 애를 7등급으로 선언해야 될까봐.'

그렇게 되면 심사부의 심사, 위원회의 결정보다 더 비중 있는 결과가 된다. 부모의 판정이 가장 위력적이다. 그때 이강진이 대답한다.

"응? 나, 인류하고 같이 있었어. 내가 말했지? 치의대 다닌다는 여자애."

서진숙이 머리만 끄덕하며 시선을 주고 있었기 때문에 생각말이 선명하다.

'어디, 어젯밤 사실대로 말하나 보자.'

"나, 어젯밤 개하고 잤어."

"그건 가져왔겠지? 텍스 말이야."

"아니."

"안 가져왔어?"

서진숙의 목소리가 높아지고 생각말도 빨라진다.

'얘가 반발까지, 그럼 8등급이야. 소멸시켜야 된다구.'

46

"섹스를 안 했어."

이강진이 차분한 표정으로 서진숙을 본다. 거짓말은 죄악이다. 오카에게는 말을 배울 때부터 거짓말은 인류나 하는 죄악이라고 주입시켜 왔다. 거짓말이 탄로가 났을 경우에는 가장 큰 벌을 받는다. 실제로 3차례 성장판정 시 거짓말을 했다가 소멸당한 경우가 여러 번이다.

'정말인가? 설마 거짓말은 아니겠지?'

서진숙의 생각말이 계속해서 들린다.

'어떻게 그럴 수가? 저렇게 건장한 사내애가 어떻게 참아?'

'거짓말을 한다면 저 앤 오카가 아냐.'

'돌연변이야.'

'심사부에 다시 연락해서 거짓말인지를 확인시키는 수밖에 없어.'

'그렇지, 한아영이라고 했지? 그 애를 추궁하든지 자백시키든지 해 봐야겠어.'

"어머니."

마침내 이강진이 서진숙의 생각말을 끊고 굳어진 표정으로 묻는다.

"어머니, 날 사랑해?"

"아, 그럼."

그러나 생각말이 이어진다.

'저런 물음, 소름이 끼쳐. 다른 어머니들도 저런 말을 들을까?'

"윤성이 있지? 내 고등학교 동창."

이강진이 화제를 바꾼다. 고윤성 또한 오카족으로 고등학교 동창이다. 대학도 같이 진학해서 요즘도 가끔 만난다. 고윤성도 이번에 20세 성년 판정에 걸려 있다.

"걔도 제 어머니한테 전화할 때 그래. 엄마 사랑해, 하고."

"응, 그래?"

그때 서진숙의 생각말이다.

'놀랍군, 걔 엄마가 행정부 소속이지? 행정부 소속원들은 인류물이 많이 들었어.'

"나 엄마 사랑해."

이강진이 말했으므로 서진숙이 다시 웃는다.

"나도 그래, 강진아."

'소름 끼쳐.'

생각말이 이어서 들리는 바람에 이강진이 어금니를 물었지만 늦었다. 아차, 그 순간 서진숙이 눈을 치켜뜬다. 이강진의 눈에서 두 줄기 눈물이 주르르 흘러내렸기 때문이다, 눈물샘에서 인류처럼. 서진숙이 입을 딱 벌렸고 놀람 때문인지 생각말도 들리지 않는다. 그때 이강진이 손등으로 눈물을 닦고는 서진숙을 보았다. 생각말이 날아온다.

'얘 적성은 오카가 아냐, 9등급이야.'

'끝났어.'

"끝났다."

방으로 들어온 이강진이 혼잣소리로 말했다. 집에 들어와 어머니를 만났을 때 다시 한 번 확인하고 싶은 충동을 느꼈던 것이다. 나는 오카의 적성이 아니다. 요즘 들어서 그것을 확신하고 있다. 20세 성년 판정 기간이 되면서 그것을 더욱 실감하고 있다. 그래서 성년 판정이 있는가? 다시 옷을 갈아입고 나왔더니 서진숙이 물었다.

"왜? 또 운동해야 돼?"

"응, 전국체육대회 준비."

전국체육대회는 한 달 후, 거기서 우승하면 그야말로 대학 챔피언이 된다. 서진숙이 문득 생각이 난 것처럼 말한다.

"네 성년 판정일도 한 달 남았다. 판정일이 10월 10일로 정해졌어."

"그렇군."

이강진이 머리를 끄덕, 그러나 따로 본인이 할 일은 없다.

"어머니, 나, 갈게."

"응, 자주 연락하고."

현관에서 신발을 신던 이강진이 머리를 돌려 다시 서진숙을 보고 싶었지만 참는다, 보면 또 눈물이 날 것 같았기 때문에.

택시 안에서 핸드폰이 진동을 한다. 발신자는 진세미다. 가슴이 뜨끔, 그러나 안 받을 수는 없다.

"웬일?"

핸드폰을 귀에 붙이고 바로 물었더니 싸늘한 대답이다.

"너, 인사동 전주식당으로 와, 오후 1시까지."

"나, 지금 합숙소 가야 하는데."

"너, 어쩌려고 그래? 당장 와."

전화가 끊겼다. 현재 시간은 11시 50분, 이강진이 운전사에게 말했다.

"아저씨, 인사동으로 돌려주세요."

전주식당 안으로 들어선 이강진이 진세미를 본다. 혼자 앉아서 빈대떡을 뒤적거리고 있다. 긴 머리도 아닌데 뒤로 묶어서 참새 꽁지 같다. 그렇지만 귀엽다. 큰 참새 같다. 손님 절반쯤이 중국 관광객이어서 중국말 천지다. 앞쪽에 앉아 진세미가 젓가락을 내려놓고 말한다.

"너, 어젯밤 한아영하고 잤지?"

"응."

진세미의 생각말이 없다. 다시 묻는다.

"텍스끼고 했어?"

"아니?"

"너 어쩌려고."

"안 했어."

"뭐?"

"안 했다고."

"근데 왜 조금 전에는 했다고⋯."

말을 그친 진세미가 눈을 부릅뜬다.

"너, 거짓말해?"

"아니?"

"너, 소멸당하고 싶어?"

"아니?"

"도대체 왜 그래? 너."

"너, 울어본 적 있어?"

그때 진세미의 입은 꼭 닫힌 대신 생각말이 말한다.

'이 바보, 너 어쩌려고 그러니?'

생각말이 애처롭게 들리는 건 처음이다. 숨을 참았던 이강진이 다시 말한다.

"나, 아까 어머니 앞에서 울었다."

"⋯."

생각말도 없다.

"두 줄기 눈물이 주르르르, 뚝, 뚝 흘렀고."

"…"

"어머니가 날 물끄러미 보았다."

생각말도 말해 주려다가 참는다. 그때 진세미가 생각말 없이 말했다.

"이 바보, 어젯밤 나하고 네 엄마가 네가 잤던 그린 모텔 앞에서 한참이나 있었단 말이야."

이제는 놀란 이강진이 침묵, 진세미 역시 생각말도 끊긴 채 쳐다만 본다.

오후 1시 반, 자리에서 일어선 윤성혁이 일행에게 말했다.

"실례, 화장실에."

독립문 근처의 태성식당은 허름하지만 60년 전통의 도가니탕 전문식당이다. 정의실천위원회 위원장 윤성혁은 75세, 40년 동안 이 집 단골로 일주일에 사흘은 이곳에서 점심을 먹는다. 화장실은 주방과 뒷문 사이에 있는데 좁고 지저분하다. 바닥도 울퉁불퉁, 문턱이 높아서 가끔 손님이 자빠진다. 소변기 앞에 선 윤성혁이 바지 지퍼를 내리고 물건을 꺼냈을 때 뒤에서 인기척이 났다. 여기 소변기는 둘, 대변기는 하나, 인기척이 뒤에서 멈춘 기척이 들렸지만 어쩌랴. 오줌이 나오기 시작, 그때 손바닥 두 개가 윤성혁의 양쪽 볼을 감싸는가 했더니 다음 순간 와락 왼쪽으로 비틀려진다.

"우두둑."

윤성혁은 자신의 목뼈가 부서지는 소리를 들으면서 뒤로 반듯이 넘어진다. 열려진 바지 지퍼 사이로 소변이 아직도 흐르고 있다. 화장실을 나와 뒷문으로 나간 사내가 골목을 빠져 나오는 데는 1분도 안 걸렸다. 그때 사내 바지 주머니에서 핸드폰이 진동, 꺼내본 사내가 이제는 대로를 걸으면서 핸드폰을 귀에 붙였다. 차분한 표정이다.

"무슨 일이야?"

전화는 아내 서진숙한테서 왔다.

"상진이가 내 앞에서 울었어."

서진숙의 목소리가 수화구를 통해 귓속으로 파고든다. 이동규는 잠자코 걷는다.

"눈물이 주르르 흘러내렸어."

"…"

"엄마 사랑해, 해놓고 우는 거야."

"…"

"나도 사랑한다고 대답은 했지, 우리가 인류와 섞여 살면서 같은 흉내를 내기로 했으니까."

"…"

"그런데 집에서 둘만 있었단 말이야. 그런데도 그런 흉내를 내고…"

"그만."

말을 자른 이동규가 묻는다.

"지금 나한테 동의 받으려는 거지?"

"그래, 아무래도 심사부에 제출해야 될 것 같아서, 긴급 소견서를 말이야."

"7등급?"

"9등급."

"이봐, 그러면…."

"어쩔 수 없어, 만일 그러지 않으면 나중에 우리가 끝나."

"…."

"어젯밤에 내가 뭘 했는지 알아?"

이제 이동규는 빈 택시 정류장에 멈춰 서고 서진숙의 말이 이어진다.

"강진이가 인류하고 들어간 모텔을 바라보고 서 있었어. 이성 보조원하고 말이야."

다시 이동규의 침묵.

"게임 끝나고 강진이는 이성 보조원을 빼돌리고 걔, 한아영이라는 인류를 데리고 간 거야."

"…."

"이성 보조원은 그 뒤를 미행했고."

"…."

"난 마침 업무가 있어서 걔들이 들어간 모텔 근처에 있었어."

어젯밤 이동규는 야근했다. 그리고 나서 업무를 맡아 윤성혁을 제거한 것이다.

"그런데 조금 전에 강진이가 집에 왔을 때 나한테 뭐라고 한지 알아?"

"…."

"걔하고 섹스 안 했다는 거야. 그게 도대체 말이 돼? 내가 정자가 담긴 텍스를 내놓으라니까 그랬어."

"…."

"거짓말까지 한 거야."

"…"

"그러더니 사랑한다면서 우는 거야."

"내 아들이 왜 이렇게 되었지?"

마침내 이동규가 혼잣소리처럼 말했다.

"오빠, 왜?"

그렇게 물었지만 한아영의 얼굴이 빨개지고, 시선도 마주치지 못한다. 이곳은 치의대 현관 앞, 이강진이 한아영의 강의실로 찾아왔다. 처음 있는 일이다.

"할 이야기가 있어."

이강진이 한아영을 옆쪽으로 데려간다. 바로 옆에 분위기 좋은 벤치가 비어 있지만 이강진은 서서 한아영을 본다.

"왜?"

이제는 한아영이 시선을 들었다. 그 순간 이강진의 머릿속에 생각그림이 펼쳐진다. 한아영의 생각, 어젯밤 둘이 벌거벗고 엉켰던 장면, 한아영의 생각이라 이강진은 자신의 야수 같은 모습을 본다. 그러다 정신을 차린 이강진이 눈의 초점을 맞춘다.

"너, 말이야."

한아영이 눈만 깜박거리며 생각그림이 없어진다.

"누가 물어보면 어젯밤 너하고 내가 섹스하지 않았다고 말해."

"응?"

다시 한아영의 얼굴이 빨개진다.

"누, 누가 물어보는데?"

옆으로 여학생 둘이 지나가다가 힐끗거린다. 잠시 기다렸다가 이강진이 말한다.

"글쎄, 누가 물을지는 몰라, 하지만 누가 묻더라도. 그렇지, 내 어머니가 묻더라도 그런 일 절대로 없었다고 해."

"응? 오빠 엄마가?"

놀람, 한아영의 얼굴이 이제는 하얗다.

"오빠 엄마가 묻는다구?"

"그럴 수도 있고."

"오빠 엄마가 나하고 잔 거 알아?"

"응, 그렇게 되었어."

"화났어?"

"화난 건 아냐."

그때 한아영의 생각말이 들린다.

'그럼 왜?'

"절대 화난 건 아냐, 그렇지만 만일에, 누가, 어머니를 포함해서 나하고 섹스 했느냐고 물으면 안 했다고 해, 응?"

절박하다, 사실을 그대로 알려주지 못하는 안타까움. 이강진이 눈을 치켜뜨고 한아영을 본다. 반쯤 겁을 먹고, 반쯤 황당한 표정의 한아영이 아름답다. 갑자기 안고 싶은 충동이다. 한아영의 생각말이 또다시 말한다.

'오빠 얼굴 좀 봐, 울 것 같아.'

그때 참지 못한 이강진이 말한다.

"나, 널 좋아해, 아영아."

"응?"

놀란 한아영의 생각말도 없어진다.

"나두."

정신없는 대답, 이강진의 발이 이어진다.

"나 연습 끝나고 저녁 먹자."

"응, 근데, 옵빠."

한아영의 얼굴이 부드러워진다.

"나, 오늘은 집에 들어가야 돼."

이강진의 눈이 뜨거워지기에 서둘러 몸을 돌린다. 이강진이 자책한다, 속으로.

'이 병신 오카야, 넌 인류보다 눈물을 많이 쏟으려는 거냐?'

집행부장 최기종은 52세, 서초경찰서장이다. 오카의 3대 부서인 행정부, 심사부, 집행부의 책임자는 직무와 연관된 인류 사회의 직책을 맡는 것이 이롭기 때문이다. 고위직을 맡은 오카들이 적극 배후 지원을 해주는 터라 승진은 빠르다. 심사부장이 현직 부장판사인 것도 같은 맥락이다. 오후 4시 반, 서초동 법원 근처의 사무실 안에서 최기종과 강현주가 마주보고 앉아 있다. 제18 지부의 집행부장과 심사부장이 회동하는 셈이다.

"87번 이강진 어머니가 긴급 소견서를 제출했어요."

강현주가 먼저 말한다. 손에 쥔 서류를 최기종 앞에 밀어준 강현주가 말을 잇는다.

"이강진의 인류화, 거짓말, 인류에게 정자 주입 내용이죠, 보세요."

서류를 본 최기종의 얼굴이 굳어진다. 이강진의 적성등급을 9등급으로 판정하고 제출한 것이다. 이것은 곧 소멸이다. 능력이 1등급이더라도 상관없다. 오히려 더 위험하게 취급된다.

"이것 참."

머리를 들어 강현주를 보는 최기종의 얼굴이 이제는 일그러져 있다.

"이강진의 어머니, 서진숙이 우리 집행부의 처리반장이오."

"알고 있습니다."

"아버지 이동규는 외부조장이고."

"…"

"다행히 이강진 처리는 내부조에서 맡겠구만."

"드문 일이 되겠어요."

강현주가 지그시 최기종을 본다.

"서진숙이 이강진에게 이성 보조원을 신청했는데 곧 보조원의 심사 결과가 제출될 겁니다. 그것까지 포함해서 위원회에 제출하겠어요."

"보나마나 소멸이야."

그때 강현주가 최기종을 보았다.

"그런데 집행부장님."

오늘 회동은 강현주가 만나자고 한 것이다. 강현주가 다시 최기종 앞에 서류 한 장을 밀어놓는다.

"이강진 아버지 이동규가 따로 이강진에 대한 탄원서를 제출했어요. 적성등급을 5등급으로 판정하고 말이죠."

긴장한 최기종이 서류를 보았고 강현주의 말이 이어진다.

"서진숙 모르게 제출한 거죠. 격렬한 운동 중에 감성이 흔들린 것 같으니 자신이 책임지고 교정하겠다는군요."

"이런."

입맛을 다신 최기종이 서류에서 얼굴을 뗀다. 곤혹스러운 표정이다. 서진숙과 이동규 둘 다 최기종 부하다. 이제 강현주가 급히 만나자고 한 이유를 알겠다. 두 부부간 조정이다. 잘못되면 집행부 간부 간 불화가 된다. 그때 강현주가 말한다.

"이동규가 탄원서를 제출했다는 것을 서진숙한테는 비밀로 합시다."

"그렇게 해야겠군요."

최기종도 동의한다. 다시 강현주, 판사답다.

"이동규의 탄원서도 효력이 있습니다. 심사부에서 그렇게 받아들입니다."

"그렇군요."

"이성 보조원 보고와 위원회가 어떻게 될지 알 수 없지만요, 하지만…."

강현주가 말을 멈췄을 때 최기종이 입맛을 다신다.

"만일 소멸 판정이 나면 이동규도 처리하지요. 이동규도 각오하고 한 일일 테니까요."

"아니, 아버지."

놀란 이강진이 이동규를 본다. 체육관에서 나오다가 기다리고 있던 이동규를 만난 것이다. 오후 5시 반.

"응, 운동 끝났어?"

이동규가 지그시 이강진을 본다. 철도 기관사라 자주 집을 비우고 새벽에 들어오거나 해서 일주일에 한 번 얼굴을 볼 때도 있어서 지금도 서먹한 사이다.

"나하고 같이 저녁 먹자."

이동규가 앞장서 가면서 말한다. 큰 키, 넓은 어깨, 언제나 무언가를

생각하는 것 같은 깊고 검은 눈, 이강진은 이동규를 닮았다. 이동규가
이강진을 데려간 곳은 체육관 근처의 한정식집, 비싼 집이다. 방을 예
약해놓아서 둘은 방에서 갈비 4인분을 시킨다. 이강진은 둘이 이렇게
밥 먹은 기억이 있는가 생각하다가 만다. 어렸을 때 있었을지도 모른
다. 고기와 밑반찬이 좌악 깔리고 다시 둘이 되었을 때 이동규가 말한
다.

"너, 스무 살 판정이 가장 중요해, 알지?"

"네, 아버지."

"이번만 통과하면 사회원 취급을 받아서 대개 사후 보고만 하면 되
거든."

"예, 아버지."

"나, 네 엄마한테도 말 안 하고 너 만나러 왔어."

이동규의 눈을 보았더니 생각말이 없다. 이건 말이 진심인 경우다.
다른 말이 떠오를 필요가 있겠는가? 다시 이동규가 말한다.

"너, 이번 판정이 위험해, 네 어머니가 적성판정을 9등급으로 긴급
소견서를 제출했어. 그럼 넌 소멸이야."

"…."

"너 엄마 앞에서 울었다면서?"

"…."

"자꾸 사랑한다고 말했고…."

"…."

"또, 거짓말까지 했지?"

그때 식탁 위에 올려놓은 고기가 익기 시작했다. 이강진이 집게로
고기를 뒤집었더니 이동규가 물끄러미 본다.

"강진아."

머리를 든 이강진에게 이동규가 말한다.

"너, 내 머릿속 말 들어봐."

이강진이 눈을 크게 떴고 이동규는 입을 꾹 다문다. 그때 이동규의 꾹 다문 입에서 말이 나온다. 생각말이다.

'나도 생각말 능력이 있어, 강진아.'

이강진이 숨을 멈췄고 생각했다. 생각말로 대답한다.

'아니, 그럼 아버지도?'

'그래, 난 네가 생각말을 듣는 능력이 있다는 것을 알고 있었다.'

'그럼 아버지, 그것은 어머니도 알아요?'

'모른다. 알았다면 바로 신고했겠지?'

'아버지.'

지금 둘은 입을 꾹 다문 채 서로의 눈만 보고 있다. 생각말 대화 중이다. 그때, 이강진의 얼굴이 굳어진다. 이동규의 눈에서 눈물이 흘러내렸기 때문이다.

'아버지.'

'그래, 나도 눈물이 흐른다.'

이동규의 입이 웃음으로 비틀려졌다. 입은 웃음 짓는 역할만, 아니, 밥도 있군. 다시 이동규의 생각말이 이어진다.

'강진아, 너, 위험해. 내가 탄원서를 냈지만 그것도 안전하지가 않아, 이성 보조원, 심사원의 판정이 따로 나갈 것이고….'

'아버지.'

이제는 이강진의 눈에서 눈물이 흐른다.

'전 아버지가 계신 것만으로 좋아요. 아니, 행복해요. 이런 행복감은

처음입니다, 아버지.'

3장 아버지

이동규가 집에 돌아왔을 때는 오후 9시 반, 오늘도 서진숙이 야근을 하지 않고 기다리고 있다. 이강진의 20세 심사가 다가오면서 둘이 집에서 모이는 횟수가 많아졌다. 이강진은 합숙소에서 토요일 오후에 집에 왔다가 일요일 오후에 돌아가는 생활이다.

"식사는?"

TV를 보던 서진숙이 건성으로 물었고 이동규도 짧게 대답한다.

"먹었어."

"어때? 우리가 소견서 내야지?"

서진숙이 묻자 이동규는 말없이 방에 들어가 옷을 갈아입고 나온다. 그 사이에 서진숙이 TV 음소거를 시켜놓고 기다린다.

"결정했어?"

앞에 앉은 이동규를 향해 서진숙이 묻는다. 집행부 처리반장 서진숙, 이동규의 눈에는 그렇게 보인다. 그때 서진숙의 생각말이 들린다.

'내가 9등급으로 긴급소견서를 낸 줄은 모르겠지?'

이동규가 서진숙의 웃음 띤 얼굴을 주시하고 그때 서진숙의 생각말이 이어진다.

'강진이가 이 사람 유전자를 받았을까? 절대 내 유전자는 아냐, 오카를 위해서는 소멸시켜야 돼.'

그때 이동규가 입을 연다.

"어때? 당신 생각은 몇 등급이 낮겠어?"

"내 생각은 5등급이야."

서진숙이 바로 대답하고 묻는다.

"당신 생각은?"

"나도 그래."

"그럼 소견서를 내지."

머리를 끄덕였던 서진숙이 이맛살을 찌푸린다.

"하지만 이성 보조원이 어떻게 할지 모르겠어. 심사부 판정도 그렇고."

다시 머리를 든 이동규가 서진숙의 생각말을 듣는다.

'그들 핑계를 대는 거지, 내가 낸 긴급 소견서는 나하고 심사부만 아니까.'

그때 이동규가 쓴웃음을 짓고 말한다.

"그들의 심사 결과에 따라서 우린 20년을 키워온 자식을 잃는군."

"할 수 없지."

서진숙이 시선을 돌렸지만 그 순간에 떠오른 생각말은 들린다.

'오카족이 우선이야, 이 사람이 요즘 왜 이래?'

샌드백을 두드리던 이강진이 흐르는 땀을 닦는다. 자신이 느끼기에도 기량이 하루가 다르게 발전된다. 합숙소에서 녹화 필름으로 본 유명 복서들의 눈부신 동작이 그대로 재현되는 것이다. 그들의 모든 장점이 머릿속에 입력되었기 때문인 것 같다. 옆에서 구경하던 선후배들이 가끔 어안이 벙벙한 표정을 짓는다. 그들에게는 기기묘묘한 동작으로 보일 것이다. 그 괴상한 동작들이 지금까지의 '전설의 복서'들이 링에서 해온 동작이라는 것을 알 리가 없다. 다시 샌드백을 정신없이 두들기던 이강진이 왼쪽 머리가 밝아지는 느낌이 든다. 시선, 시선을 받으면 바늘 굵기만 한, 빛이 받는 부분에서 반짝인다. 이것이 이강진의 또 다른 능력, 도대체 왜 자꾸 이런 능력이 생기는가? 그쪽으로 머리를 돌린 이강진이 관중석에 앉아 있는 진세미를 본다. 저 오카 이성 보조원이 왜 또 왔는가? 시선이 부딪치자 진세미는 손만 들었지만 생각말이 옆에서 하는 것처럼 들린다.

'섹시해, 소멸시키기에는 너무 아까워.'

샤워를 하고 나왔더니 진세미가 복도 끝에서 기다리고 있다. 벽에 등을 붙인 채 팔짱을 끼었고 한쪽 다리를 기역 자로 꺾은 자세, 짧은 바지 밑으로 미끈하게 빠진 다리, 샌들을 신어서 가지런한 발가락이 드러났다. 다가가면서 이강진이 진세미를 보며 생각말을 기다린다. 과연 생각말이 터진다.

'바보 같은 놈, 곧 소멸 당할지도 모르는 상황인데 무슨 운동?'

다가가는 도중에 생각말이 이어진다.

'내가 왜 이러지? 얘는 적성 9등급으로 올리기로 했잖아? 왜 여기 온 거지?'

그때 다가선 이강진이 지그시 진세미를 보자 진세미의 검은 눈동자가 반짝인다.

"야, 난 이대로 살고 싶다."

"무슨 말이야?"

진세미가 눈을 크게 떴다. 놀란 듯 생각말이 없어졌다.

"그냥 이대로, 오카건 인류건 구별하지 않고."

"미쳤어."

"이대로 인류에 섞여서 살고 싶어, 인류가 우리한테 해코지한 것이 뭔데?"

"얘 좀 봐."

놀란 진세미가 주위를 둘러보았지만 복도는 비어 있다. 오후 4시 반, 다시 이강진이 말한다.

"왜 인류를 말살한다는 거야? 왜? 도무지 이해를 못 하겠어."

"너, 큰일 나, 그럼 네 부모까지 당해."

진세미의 얼굴이 하얗게 굳어지더니 마침내 생각말이 나온다.

'얘는 10등급이야, 내가 괜히 왔어.'

"너, 나하고 오늘 잘 거야?"

이강진이 바짝 다가서며 물었으므로 질색을 한 진세미가 벽에 딱 붙어 선다.

"저리 가."

"네가 섹스 해준다고 했잖아?"

"비켜."

"해줘, 오늘."

"글쎄, 비켜."

그때 더 바짝 다가선 이강진이 진세미의 얼굴을 두 손으로 감싸 안는다. 진세미는 오카다. 오카는 처음 안아본다. 숨을 들이켠 이강진이 이미 몸을 굳힌 진세미에게 머리를 숙인다. 진세미가 눈을 감았고 곧 이강진의 입술이 부딪친다. 달콤하다. 포도 맛이 난다. 이를 굳게 붙이고 있어서 혀는 나오지 않는다.

집행부장 최기종이 술잔을 들고 말한다.

"들어, 이 조장."

최기종은 이동규의 오카족 직책을 부른다. 그것이 오카족 사이의 관습이나 강제성은 없다. 인류와 섞여 살다 보니 조심해야 되기 때문이다. 오후 6시 50분, 둘은 서초경찰서 근처 한식당의 방안에서 저녁을 먹는 중이다. 이동규가 소주잔을 들자 최기종이 잔을 부딪치며 웃는다.

"심란해하지 마."

이동규는 잠자코 술을 삼키고 나서 시선을 내린다. 방금 최기종의 생각말을 들었기 때문이다.

'이거 곤란하군, 87번 이강진은 소멸될 텐데, 이자는 희망을 버리지 않는 것 같아.'

술을 삼킨 최기종이 이동규를 본다.

"요즘 아들 때문에 고민이 많지?"

"예, 부장님."

"자네 와이프도 내 부하 직원이라 나도 남의 일 같지가 않아."

오늘 만남은 최기종이 이동규를 같이 밥이나 먹자고 부른 것이다. 이동규가 만나자는 이유를 모를 리가 없다. 최기종이 말을 잇는다.

"지부장님도 신경을 쓰고 계셔, 이런 일은 드물어서 말이야."

생각말이 없다.

"자네가 5등급으로 적어낸 탄원서도 내가 보았어. 심사부장이 보여

주더군."

그때 생각말이 이어진다.

'서진숙이 9등급으로 긴급소견서를 낸 걸 안다면 이동규가 놀라겠군.'

이동규가 입을 연다.

"제가 적극적으로 교육시키겠습니다. 부장님, 구제해 주십시오."

"이것 보게."

술잔을 내려놓은 최기종이 이동규를 본다. 생각말이 없다.

"내가 자넬 부른 건 오카 간부로서 중심을 잡으라는 말을 해주려는 거야."

생각말이 없다.

"상황이 비관적이야, 심사부 담당도 이미 이강진을 7등급으로 판정했어."

이동규가 시선을 내린다. 그렇다면 서진숙이 9등급으로 냈으니 결정이 된 것이다, 소멸이다. 근래에 들어서 5등급 이상은 거의 없었던 오카족이다. 최기종의 말이 이어진다.

"내일쯤 이성 보조원 평가가 나오겠지만 거기도 5등급 이상이 나올 거네, 그러면 며칠 내로 소멸되네."

생각말이 없다.

"판정 결과가 20일쯤 후에 발표되지만 소멸될 오카는 바로 집행이되지."

생각말이 없다.

"이 조장, 각오를 하고 있게."

"예, 부장님."

마침내 이동규가 말한다.

"신경 써주셔서 감사합니다."

"그래서 말인데."

최기종의 얼굴이 굳어진다.

"이 조장, 일본 지부로 출장을 가야 할 일이 있어."

생각말이 없다.

"일본 지부장한테도 연락이 되었어. 일본 도쿄에 출장 가 있는 인류 하나를 제거시켜야 돼."

생각말이 없다.

"국정원 요원인데 우리 오카족 하나를 의심하고 있어. 우리 오카족 도 같은 요원인데 같이 부대끼다 보니까 꼬투리를 잡힌 모양이야."

생각말이 없다. 이것은 이동규가 상대의 눈을 들여다보는 상황이다. 최기종이 말을 잇는다.

"조원 둘만 데려가서 제거하게, 우리 오카족 국정원 요원이 도와줄 거네."

그때 최기종의 생각말이 이어진다.

'이동규가 도쿄에서 일하는 사이에 이강진이 소멸되겠지.'

가쁜 숨을 몰아쉬는 진세미를 내려다보면서 이강진은 문득 한아영 과 비교해 보고 있는 자신을 발견한다. 정확히 말하면 오카와 인류의 차이를 비교한 것이다. 진세미가 오히려 더 뜨겁다. 더 적극적이고 더 힘찼다. 왜 그럴까? 오카끼리였기 때문? 아니면 경험이 많아서?

"뭘 봐?"

눈을 흘긴 진세미가 밀치는 바람에 이강진이 옆으로 굴러 떨어진다.

방안의 끈적끈적한 습기, 열기, 그리고 정액의 냄새도 인류와 비슷하다. 그때 가쁜 숨을 고르면서 진세미가 말한다.

"너, 도망가."

생각말이 없다. 진세미의 이마에 땀이 배어 나와 있다, 한아영도 그랬는데.

"나도 내일 소견서를 내야 돼, 그런데 어제 심사부에 알아보니까 심사부 판정은 나왔다는 거야, 7등급."

"…."

"나도 어쩔 수 없이 그렇게 내야 돼. 네 엄마하고 같이 모텔 앞에 서 있었을 때 이미 끝났어."

"…."

"아마 네 엄마도 등급을 낮추지 않을 거야."

"…."

"도망가."

"어디로?"

마침내 이강진이 묻자 진세미가 눈을 크게 뜬다. 생각말이 들린다.

'애 좀 봐, 아무 준비도 안 한 것 같아.'

'위기의식이 없어, 왜 이러지?'

'소멸이 뭔지 모르나?'

그때 이강진이 또 묻는다.

"도망간 오카가 있어?"

"있어, 넌 못 들었어?"

"응, 전혀."

"집행부 내부조원한테 들었는데 아주 드물지만 있다는 거야."

"…"

"그리고 그 도망자들의 모임도 있고, 그자들을 소탕하기 위한 특수부도 있다고 했어."

"…"

"도망자들은 범죄자가 대부분이지만 돌연변이도 있다는 거야."

진세미가 손을 뻗어 이강진의 어깨를 당겨 안는다. 이강진이 진세미의 허리를 안자 둘은 모로 딱 붙은 자세, 한 쌍의 알몸이 빈틈없이 엉킨다.

"나, 이성 보조원 규칙을 위반했지만 후회 안 해."

진세미가 이강진의 가슴에 대고 낮게 말한다.

"넌 나에게 감동을 준 유일한 오카야, 널 기억하고 있을게."

"이번 판정은 빨랐어."

집행부장 최기종이 말한다. 어깨가 늘어졌고 외면한 채 말을 잇는다.

"바로 집행하라는 지시야."

지부장 지시, 심사부장을 포함한 심사위원 6명, 지부위원 12명이 만장일치로 소멸 판정을 내렸다. 그것을 지부장에게 보고, 집행 지시를 받기까지 24시간밖에 걸리지 않았다. 최기종의 앞에 앉은 사내는 내부 조장 백천수, 인류사회 직책은 관악경찰서 강력1팀장, 오카 및 인류 나이 47세, 최기종이 찌푸린 얼굴로 말한다.

"이 조장 아들이야."

"이강진이 말입니까?"

놀란 백천수가 손에 쥔 서류를 본다. 이강진의 사진과 인적사항이 적혀 있다. 이곳은 서초경찰서장실, 관악경찰서 강력팀장이 업무 협조

차 호출된 것이라 아무도 이상하게 보지 않는다. 백천수의 어깨도 늘어진다. 오전 10시 반이 되어 있다.

"아, 이것 참."

백천수와 이동규는 친구 사이다. 서로 외부, 내부 업무를 바꾼 적도 있고 대신 처리한 적도 있다. 그때 최기종이 말한다.

"이동규가 내일 일본 출장을 갈 거야, 그러니까 출장 간 후에 처리해."

"친구 아들을 처리하게 됐는데요."

"어쩔 수 없지, 적성이 최고 수준이야. 어머니가 9등급으로 긴급 소견서까지 올린 상황이라고."

"그래도 18지부는 양호한 편입니다. 19지부에서는 적성 5등급이상이 5퍼센트가 나온 지역도 있다고 합니다."

서류를 가방에 챙겨 넣은 백천수가 자리에서 일어선다.

"그럼 처리하겠습니다."

하청 공사를 받은 것 같은 태도다.

"당신 출장 간다구?"

서진숙이 묻자 가방을 꾸리던 이동규가 허리를 편다. 서진숙은 어젯밤 야근을 하고 방금 들어왔다.

"응, 일본으로. 며칠 걸릴 거야."

다시 허리를 숙인 이동규가 가방에 옷을 담는다. 서진숙이 다가오더니 침대 끝에 앉아 이동규의 옆모습을 본다. 오전 11시, 집안은 조용, 서진숙이 입을 연다.

"나, 내년쯤이면 지부위원 후보가 될지도 몰라."

"잘됐구만."

"3년쯤 더 있어야 위원이 될 거야."

"그래도 빠른 거야, 18지부의 5천 오카 중에서 서열 50위 안에 드는 것이라구."

"당신도 기회가 있어."

그때 허리를 편 이동규가 서진숙을 본다.

'집행부에 있으니 강진이가 소멸 판정을 받는다는 건 알고 있을 거야.'

생각말이 크게 들린다. 이동규의 시선을 받은 채 서진숙이 열심히 생각말을 한다.

'나 모르게 강진이한테 5등급 판정 소견서를 내다니, 그것으로 이 사람은 오카족 장래에 치명상을 입었어.'

다시 이동규가 허리를 굽힌 순간 서진숙의 생각말이 이어진다.

'집행부에서 강진이를 소멸시키는 동안 외국으로 보내는 것 같군.'

"뭐, 사올 것 있어?"

이동규가 물었으므로 서진숙이 서둘러 입말로 대답한다.

"출장비가 남으면 쿠바산 커피 좀 사와, 면세점에서."

"그러지."

가방을 잠근 이동규가 서진숙을 보았다.

"강진이 일은 잘되겠지?"

"글쎄, 우리가 5등급으로 공동 서명을 하고 잘 교육시킨다고 했으니까…."

둘은 적성 5등급으로 심사부에 부모 소견서를 낸 것이다. 이동규의 주장을 서진숙이 못 이긴 척 받아들인 것이다. 그때 서진숙의 생각말이 들린다.

'곧 소멸될 걸 모르는 모양이네.'

이번에는 이동규가 시선을 떼지 않는다.

'돌아오면 강진이 문제로 조장 자리도 유지하기 힘들 거야.'

'이제 강진이도 없으니 헤어지는 것도 부담이 없겠는데.'

'내 장래를 위해서 우수 오카와 재혼하는 게 낫지 않을까?'

'인류처럼 생각하다니, 그냥 갈라서면 되는 거야.'

그때 이동규가 입말로 말한다.

"나, 그럼 갈게."

"강진이한테는 연락했어?"

서진숙이 생각난 것처럼 묻자 이동규가 씩 웃는다.

"뭐, 다녀와서 보지."

합숙소에서 나온 이강진이 체육관 안으로 들어서고 나서 옆쪽 기둥에 등을 붙이고 선다. 오전 11시 반, 오늘은 오후에 스파링 훈련, 안쪽에서 낮은 소음이 울렸지만 이쪽 로비는 조용, 핸드폰의 버튼을 누른 이강진이 귀에 붙인다. 발신음, 한 번, 두 번, 다섯 번, 여덟 번이 울리고 나서 곧 사내 목소리가 받는다.

"여보세요."

핸드폰을 잠깐 귀에서 떼었던 이강진이 묻는다.

"저기, 한아영 핸드폰 아닌가요?"

"맞는데."

사내의 목소리는 잔뜩 가라앉아 있다.

"누군가?"

"저, 친군데요."

"아영이 찾아?"

"네."

"아영이가 아침에 죽었네."

이강진이 숨을 들이켜고 사내의 말이 이어진다.

"계단에서 떨어져서."

"지, 시금 어딘데요?"

"성모병원 영안실."

통화가 끊겼으므로 이강진이 앞을 노려본다, 아연한 얼굴이다.

아니다. 진세미 생각이 틀렸다. 위기의식이 없는 것도 아니고 소멸이 무엇인지 모르는 것도 아니었다. 어머니와 아버지, 진세미를 겪으면서 차분하게 마음을 다져가는 중이었다. 스스로 자신의 위치를 재확인하며, 어떻게 할 것인지를 궁리하고 있었던 것이다. 그런데 갑자기 한아영이 죽다니, 전혀 상관없는 인류가 왜? 성모병원으로 달려가는 택시 안에서 이강진이 머리를 기울이며 생각한다. 갑자기 왜? 이 사고는 우연인가? 나 때문에 한아영이 죽은 것은 아닐까? 그렇다면 왜? 적성 판정과 한아영의 관계는? 갑자기 호흡이 빨라진 이강진이 눈을 부릅뜬다. 도대체 오카가 무엇이냐? 그때 핸드폰이 진동으로 울렸다. 핸드폰을 꺼내본 이강진이 발신자가 아버지 이동규임을 확인한다.

"예, 아버지."

"너, 어디냐?"

이동규가 대뜸 물은 순간 이강진이 쏟아붓듯 말한다.

"지금 성모병원에 가는 중인데요, 제 여친 한아영이가 아침에 사고로 죽었어요."

이동규는 말이 없고 이강진의 말이 이어진다.

"아버지, 이것이, 왜…."

"너, 지금 차 안이냐?"

"예, 택시…."

"말조심해."

"예."

"그럼 성모병원에서 보자."

통화가 끊겼을 때 이강진이 운전사를 본다. 백미러에서 운전사와 시선이 마주쳤을 때 생각말이 들린다.

'여친이 죽었다구? 쯧쯧.'

가벼운 말소리, 오카는 아닌 것 같다. 그러고 보니 지금 오카를 피하려는 의식이 돋아나 있다.

"목뼈가 부러진 거야."

사내 하나가 말을 잇는다, 긴 얼굴의 사내.

"계단에서 발을 헛디뎠다는데 재수 없으면 뒤로 넘어져도 코가 깨진다니까."

한아영의 클래스메이트 같다. 사내는 황당해서 달려온 친구, 선배들에게 사건 설명을 해주고 있었는데 일찍 와서 한아영 측으로부터 전말을 들은 것 같다. 아직 장례식장은 어수선, 영정도 놓지 않았고 상주들은 상복도 갖춰 입지 못했다. 영안식장만 배정받아놓고 갈팡질팡, 어머니로 보이는 중년 여인은 몸부림을 치며 울기만 한다. 그래서 이강진은 긴 얼굴의 사내로부터 사건을 들었을 뿐 한아영의 가족과는 인사도 못 한다. 하긴 무슨 인사를 하겠는가? 석 달 사귀었고 며칠 전 한 번 갔던 사이라고? 허망하다. 오카족 사회에서는 죽음이란 행사가 없었기 때문에 이강진으로서는 처음 겪는 경험이다. 오카족은 불멸이다. 어쩔 수 없이 인류와 함께 사고로 죽을 수밖에 없었다고 해도 실은 죽은 것이 아니다. 죽기 전에 DNA를 채취, 오카족 자궁에 넣으면 몇 대째의 변형체가 태어나기 때문에. 죽음이란 이렇게 슬픈 것인가? 그렇구나, 인류는 영영 이별하는 것이구나, 이렇게 사고로 죽거나 늙어서 죽어도 되살아나지 못하고. 그러고 보니 인류는 다 죽는다. 어머니의 울음은 그치지 않는다. 그것을 우두커니 보던 이강진의 가슴도 차츰 젖어간다. 한아영의 죽음을 실감하게 된다. 다시 만나지 못하게 되었다니, 갑자기 왜? 이강진의 눈에 눈물이 고인다. 그때 옆에서 인기척이 난다. 아버지 이동규, 시선이 마주치자 이동규가 이강진을 끌고 영안실 옆쪽 빈 복도로 데려간다.

"아버지."

둘이 복도 벽에 등을 붙이고 나란히 섰을 때 이강진이 부른다.

"왜 여기까지 왔어요?"

"쟤는 우리 오카가 죽였다."

이동규가 눈으로 영안실을 가리킨다.

"내가 집행부 조장이다. 다른 조에서 오늘 아침에 쟤 목뼈를 부러뜨리고 계단 밑으로 밀어 넘어뜨렸다."

"아버지."

이강진이 멍한 표정으로 이동규를 본다.

"무슨 말씀이에요? 쟤를 왜 오카가 죽여요?"

"너하고 관련이 있기 때문에."

생각말이 없다.

"네 정자를 받았기 때문이지."

"아버지."

"너, 쟤하고 잤잖아?"

이강진이 시선만 준다. 아마 이동규는 이강진의 생각말을 듣지 못했을 것이다. 멍한 상태였으니까, 다시 이동규의 말이다.

"너, 소멸 지시가 내려졌다. 그래서 네 주변도 함께 없애는 거다."

"…."

"나도 오늘 일본 출장 지시를 받았어. 내가 떠나면 곧 너를 소멸시킬 것이다."

이동규가 얼굴을 일그러뜨리며 웃는다.

"강진아, 난 이미 오카 조직의 규율을 여러 개 어겼다. 나한테는 치명적이지, 이젠 할 수 없다."

이동규가 눈을 치켜뜬다.

"강진아, 내가 너한테 하는 말을 잘 들어. 이것이 앞으로 네가 살 길이다."

"뭔데요?"

이강진의 이마에서 진땀이 배어 나온다. 긴장했기 때문이다. 아버지 이동규의 분위기가 절박했고 그것이 가슴을 미어지게 만든다. 그때 이동규가 이강진의 팔을 끌고 지하 2층 계단으로 내려간다. 둘은 지하 1층 복도에 있었던 것이다. 지하 2층 계단에는 수리 중 팻말이 놓였고 시멘트 부스러기가 쌓여 있다. 불도 켜지 않아서 계단을 내려가자 어둠에 싸인 공간이 드러난다. 안으로 들어선 이동규가 이강진의 팔을 끌어 벽에 나란히 붙어 선다. 이동규가 먼저 긴 숨부터 뱉는다.

"내가 네 소멸 집행을 막을 거야. 그러니까 넌 그사이에 도망쳐."

"아버지."

"일산으로 가면 돌연변이 오카가 있다. 그놈을 찾아가면 도움이 될 거다."

이동규가 이강진의 주머니에 쪽지를 넣어주며 말한다.

"그놈 전번이다. 그놈한테 이야기했으니까 널 기다리고 있을 거다."

"아버지, 그럼 저는 이 세상에서 사라지는 것인가요?"

"그렇게 되겠지, 넌 네 엄마가 실종신고를 하게 될 거다."

"…"

"널 찾으려고 집행부는 물론 특수부까지 움직이겠지."

그때 이동규가 손을 뻗어 이강진의 어깨를 움켜쥔다.

"강진아, 살아남아야 한다."

이동규의 목소리가 가라앉아 있다.

"이것이 네 아버지로서의 마지막 부탁이다."

"아니, 웬일이야?"

화들짝 놀란 백천수가 앞에 선 이동규를 본다. 놀란 나머지 생각말이 없다. 방배동 대성아파트 지하 2층 주차장, 밤 10시 반이다. 백천수는 차를 주차시키고 막 차에서 내린 참이다.

"할 이야기가 있어."

다가온 이동규가 두 걸음 간격을 두고 마주보며 선다. 지하 주차장은 조용하다. 만차가 되어서 차량만 가득 차 있다. 백천수의 얼굴에 웃음이 떠오른다.

"네 아들 때문이군."

이동규는 시선만 주었고, 백천수의 말이 이어지고 생각말은 없다.

"너도 알다시피 어쩔 수 없어, 이건 오카족의 숙명이다."

"놓아줘."

이동규의 목소리는 갈라져 있다.

"대신 내가 소멸 되겠다."

"이 오카가 미쳤네."

놀란 백천수의 얼굴에서 웃음기가 지워지고 순간 생각말이 들린다.

'이 자식 위험하군, 조심해야겠어.'

그때 이동규가 말한다.

"만일 놓아주지 않는다면 내가 자폭한다고 전해."

"야, 이 조장. 너, 제정신이야?"

"제정신으로 말하는 거다."

"너, 자식 때문에 소멸되겠다는 거야? 그런 오카가 어디 있어?"

"여기 있지 않아?"

이동규가 엄지를 구부려 제 몸을 가리키며 웃는다.

"이 오카다."

"자폭을 해?"

"그래."

"어떻게?"

"여러 가지야, 너도 짐작하고 있을 거다."

"그게 성공할 것 같으냐?"

"네 예상보다 더 강한 방법도 있지."

백천수가 머리를 저으면서 어깨를 늘어뜨린다.

"진정해, 이 조장. 너답지 않게 왜 그래?"

"네가 집행부장한테 전해. 위원회, 지부장한테도, 내일 12시까지 결론을 내라고, 이강진에 대한 소멸 지시를 공식적으로 취소하라고 말이야."

생각말이 없다.

"내일 오전 12시까지 취소 지시가 내려오지 않으면 내가 자폭하겠다고."

생각말이 없다.

"취소 지시를 확인하면 난 네 앞에서 소멸당하겠다."

생각말이 없다.

"오카 세계에서 지부장 공식 지시가 거짓으로 내려온다면 누구도 신뢰하지 않게 될 테니까, 그렇게까지 장난을 치지는 않겠지."

'안 되겠군.'

백천수의 생각말이 들렸다.

'여기서 놈을 잡는 수밖에 없겠는데.'

'그런데 이놈이 호락호락 당할 것 같지가 않은데.'

'차에 무기가 있는데, 차로 유인해야 될 것 같군.'

백천수가 입말로 말했다.

"차에 가서 이야기할까?"

"네 차에 무기가 있지?"

되물은 이동규가 가슴에서 소음기가 끼워진 스미스앤웨슨을 꺼내 백천수에게 겨누었다. 오카는 불사의 존재이나 머리를 부수면 의식불명 상태가 된다. 그때 머리를 분해하면 소멸되는 것이다. 백천수와 이동규는 내부, 외부 업무를 번갈아 맡아서 인류와 오카를 소멸시키는 데는 전문가다.

"백천수, 쓸데없는 생각하지 말고 내 말을 전해라."

그 순간 이동규가 쥔 총구가 들썩이더니 낮은 발사음이 울렸다.

"퍽!"

"악!"

짧은 비명을 뱉은 백천수가 무릎을 두 손으로 감싸 안고 주저앉는다.

"이 빌어먹을 자식."

"내일 오전 12시다, 백천수."

"이 미친놈아! 그게 먹힐 것 같으냐!"

주저앉은 채 백천수가 악을 썼을 때 이동규가 한마디씩 분명하게 말한다.

"컴퓨터에 오카 지휘부의 모든 명단이 뜰 것이고 언론사에도 마찬가지, 인터넷에 뜨면 호기심 많은 놈들이 개미떼처럼 몰려와 추적하겠지, 그것을 수습하느니 나를 이강진이 대신으로 소멸시키라는 것이다."

핸드폰 발신자는 이강진, 한동안 진동으로 떨고 있는 핸드폰을 응시하던 진세미가 이윽고 마음을 굳힌다.

"웬일?"

밤 11시 10분, 진세미의 집 방안이다.

"지금 어디야?"

대뜸 이강진이 묻는 순간 진세미가 소리친다.

"네가 무슨 상관이야? 네가 지금…."

진세미가 말을 그친다. 네가 지금 그것 물을 때냐고 되물을 뻔했다. 그때 이강진이 묻는다.

“너, 괜찮아?”

“왜?”

“오늘 아침에 나하고 같이 모텔에 갔던 그 인류….”

숨을 죽인 진세미, 이강진의 말이 이어진다.

“한아영이가 죽었어. 아니, 살해된 거지.”

“….”

“나 때문에, 나한테서….”

“정말이야?”

저도 모르게 물은 진세미가 핸드폰을 고쳐 쥔다.

“진짜 살해당했어? 네가 본 거야?”

“영안실까지 다녀왔어.”

“사고인지도 모르잖아?”

“오카 집행부가 내 주변을 정리하는 거야. 그래서 너한테 연락했어.”

“….”

“넌 괜찮아?”

“내가 왜?”

“나하고 같이 잤잖아?”

“난 오카야.”

“….”

“넌 지금 어디야?”

이번에는 진세미가 조금 가라앉은 목소리로 묻는다. 이강진이 잠깐 가만있다가 대답한다.

“도망 중이야.”

“….”

"집행부가 날 소멸시킨다고 해."

"누가 그래?"

"말할 수 없어, 그럼…"

이강진이 전화를 끊을 기색이었으므로 진세미가 서둘러 말한다.

"끊지 마, 끊지 마."

"왜?"

"너, 앞으로 어떻게 할 거야?"

"도망."

"…"

"그리고 살아야지."

그때 통화가 끊긴다. 진세미가 핸드폰을 귀에서 떼고 나서 물끄러미 내려다본다. 이성 보조원 소견서에 이강진의 적성등급을 7로 써내었다. 어쩔 수 없었고 이강진도 이해하리라고 믿었다. 곧 소멸될 터이니 미안한 감정은 길게 품지 않아도 될 것이라는 생각도 했다.

오전 11시 반, 김포공항의 출국장 기둥 옆에 선 김금동이 핸드폰을 귀에 붙인다.

"예, 조장은 나오지 않았습니다."

"그렇다면."

숨 들이켜는 소리를 낸 최기종의 목소리가 송화구에서 울린다.

"찾아."

"예, 부장님."

"여기서도 전원이 뛰고 있다. 너희들도 일본 출장은 포기하고 찾아서 소멸시켜."

"예, 부장님."

통화가 끊겼을 때 뒤쪽에 서 있던 조수영이 묻는다.

"뭐라는 거야?"

"찾아서 소멸시키라는 거야."

"젠장."

"제 아들을 살리려고 오카를 배신하다니, 조장이 미쳤어."

눌은 가방을 들고 공항 건물을 나온다. 이동규와 함께 일본 출장을 떠나려던 조원들이다. 이제 둘의 타킷은 조장이 되었다. 택시 정류장에 선 김금동이 투덜거린다.

"지미, 대합실에서 한 시간 반 동안 있다가 돌아가는군. 도대체 조장을 어디서 찾는단 말이야?"

"찾아도 우리가 소멸시킬 수가 있을 것 같아? 우리가 당하지."

외면한 조수영이 맞장구, 그때 조수영의 핸드폰이 울린다. 핸드폰을 꺼내본 조수영이 질색한다, 발신자가 이동규였기 때문에. 김금동을 툭 친 조수영이 핸드폰을 귀에 붙인다.

"조장, 지금 어딥니까?"

"너희들도 내 수색 지시 받았겠지?"

이동규가 누르듯 물었고 조수영이 어깨를 부풀리며 대답한다.

"예, 그래요, 조장."

"미안하다. 거기 김금동 있나?"

"예, 조장 수색 지시를 받고 신이 난 것 같습니다."

"야, 이 새끼야."

김금동이 얼굴까지 붉히며 소리치자 택시를 기다리던 승객들이 돌아본다.

"옆에서 소리친 놈이 김금동이냐?"

이동규가 묻고 조수영이 차분하게 대답한다.

"예, 조장."

"아직 본부에서 다른 지시 없지?"

"예? 조장 잡으라는 지시밖에…."

"너희들."

숨을 고르는 듯 이동규가 잠깐 말을 멈췄다가 잇는다.

"혹시, 만일의 경우에…."

"예, 조장."

"내 아들, 이강진을 만나거든 말이야."

"예, 조장."

"잘 부탁한다."

"…."

"그저 내가 지금 한 말을 한 번만 떠올려주기 바란다."

조수영이 입을 열었을 때 통화가 끊긴다.

11시 45분이 되었을 때 최기종이 핸드폰을 귀에서 떼고 말한다.

"거부되었어."

앞에 앉은 백천수는 묵묵부답, 어제 스미스앤웨슨에 맞은 부서진 무릎은 말짱한 상태, 오카는 그쯤은 한 시간이면 회복한다. 최기종이 쓴 웃음을 짓는다.

"교활한 놈."

"누구 말씀입니까?"

긴장한 백천수가 묻자 최기종이 말을 잇는다.

"이동규 말이야."

"…."

"그놈은 오카 조직을 잘 안다. 행정부, 심사부, 집행부가 그놈 제의를 분석하고 위원회와 지부장까지 의견이 모아지는 과정을 알아."

최기종의 얼굴이 일그러진다.

"그놈은 12시면 제의에 대한 결론이 나리라고 계산한 거야. 그래서 12시로 시간을 정했어."

"부장님, 그러면…."

"당연히 거부될 줄 알았지, 하지만…."

최기종이 어깨를 부풀렸다가 내린다.

"시간을 번 것이지, 그동안 이강진에 대한 소멸 작전은 중지되어 있었거든, 그놈은 아들놈이 도피할 시간을 벌어준 거야."

"아니."

눈을 크게 뜬 서진숙이 주춤 멈춰 선다. 오후 12시 20분, 성모병원의 수간호사실, 점심시간에 옷을 갈아입으려고 들어온 서진숙이 방안에 있는 이동규를 본다. 시선이 마주친 순간 이동규가 빙긋 웃는다. 서진 숙은 이동규의 손에 쥐어진 스미스앤웨슨을 본다. 자주 본 권총, 거리는 2미터, 눈감고도 맞추는 거리다. 그때 이동규가 말한다.

"강진이는 내가 도망시켰어, 여보."

생각말이 없다.

"내가 12시까지 시간을 벌어준 것이지."

생각말이 없다.

"여보, 강진 엄마."

이동규가 한 자씩 또박또박 부른다.

"이 말을 하고 싶어서 왔어."

생각말이 없다.

"강진 엄마라는 말을."

그러고는 이동규가 빙긋 웃고 나서 총구를 제 머리에 붙이며 말한다.

"자, 그럼 날 처리해."

4장 돌연변이

"누구요?"

대뜸 묻는 사내의 목소리는 거칠다. 어깨를 부풀린 이강진이 대답한다.

"예, 전 이동규 씨 소개를 받고….."

저쪽은 침묵이다.

"예, 제가 이동규 씨 아들 이강진입니다."

"…."

"아버지가 알려 주셨어요."

"…."

"저, 일산 정발산역 앞에 있는데요."

"거기 있어."

사내가 마침내 말한다.

"예?"

"거기 있으라구, 내가 갈 테니까."

"예, 저는 검정색 점퍼를 입고….."

"알아."

"예?"

"찾아갈 테니까 그냥 있으라구."

통화가 끊겼으므로 이강진이 주위를 둘러본다. 오후 1시 반, 전철역 안은 오가는 손님들로 혼잡한 편이다. 기둥 옆에 붙어 선 이강진이 주위를 둘러본다. 시선이 마주친 인류의 생각말이 가끔씩 들리는 바람에 심심하지는 않다. 이제 믿고 의지할 존재는 방금 전화를 한 돌연변이라는 사내뿐, 이름도 모른다. 20분쯤 지났을 때 이강진은 다가오는 사내를 본다. 스물대여섯쯤, 175센티, 70킬로쯤 되겠다. 둥근 얼굴, 후줄근한 감색 점퍼, 그런데 이강진과 시선이 마주친 순간 생각말이 들린다.

'이강진이야?'

'예, 전데요?'

시선을 준 채 둘의 생각말 대화가 이어진다. 머리를 끄덕인 사내가 옆을 지나면서 말한다.

'따라와.'

이제 둘은 나란히 걸으면서 입말을 한다.

"난 문영철이야. 네 아버지가 날 살려주셨다. 나하고 같이 생각말을 했기 때문이지."

문영철이 에스컬레이터에 먼저 오르더니 이강진을 돌아보았다.

"너, 아버지가 생각말 하신다는 거 알고 있었지?"

"예."

"너, 생각말 외에 또 다른 돌연변이 특징은 없어?"

"없는데요."

잠시 주위를 살핀 문영철이 말을 잇는다.

"돌연변이는 특징이 갑자기 생성돼, 난 우습지만 시간이 지날수록 후각이 발달되어서 한 번 맡은 냄새는 결코 잊지 않아."

"…."

"지우는 이제 시체 상태로 3시간 동안 있을 수가 있어."

"지우라니요?"

전철역 밖으로 나온 문영철이 갓길에 주차시킨 차로 다가가면서 대답했다.

"우리 같은 돌연변이야. 숙소에 명식이까지 셋이 사는데 네가 왔으니 넷이 되었다."

문영철의 차는 소형 프리마다. 차에 탄 문영철이 시동을 걸면서 긴 숨을 뱉었다.

"우린 인류에도, 오카에도 어울리지 못하는 왕따야. 우리 같은 돌연변이가 18지부에만 1백 명도 더 넘는다고 한다."

차도로 나오면서 문영철이 말을 잇는다.

"네 아버지가 우리 리더가 되었으면 했는데 이젠 틀린 것 같다."

이강진의 시선을 볼에 받은 문영철이 길게 숨을 뱉는다.

"네 아버지는 널 살리려고 몸을 던진 모양이야."

문영철의 집은 탄현 쪽의 단독주택이다. 위쪽에 잘 지어진 주택단지와 대조적으로 문영철의 집은 슬라브 지붕에 벽은 거친 시멘트를 입혔다. 그러나 건평은 꽤 넓었고 산 바로 밑이어서 뒷담이 없다. 차가 대문 안으로 들어갔을 때 마당에 서 있던 여자가 물끄러미 시선을 준다. 긴 치마를 입고 헐렁한 가을 스웨터를 걸쳤는데 긴 머리를 뒤로 묶었다. 흰 얼굴, 눈동자가 유난히 검어서 인형 같다. 차에서 내린 문영철이 여자를 가리키며 말한다.

"쟤가 지우다. 정지우, 생각말은 못하니까 입말로 해."

그러나 이쪽은 상대방의 생각을 듣는다. 다가간 이강진의 시선을 받은 정지우가 이맛살을 찌푸리며 생각말을 한다.

'망할 자식, 내 생각을 듣고 있구만.'

이건 들으라고 작정하고 욕을 한 것이다. 다가간 이강진에게 정지우가 손을 내밀며 묻는다.

"영철 오빠한테 들었어. 도망쳐 나왔다며?"

"응."

"탄로 났어?"

"응."

"야, 이제 손 놔."

옆으로 다가온 문영철이 말한다. 이강진이 먼저 손을 놓았더니 문영철이 정지우를 흘겨본다.

"장난치지 마."

정지우가 웃기만 했을 때 문영철이 이강진에게 말한다.

"얘는 한동안 죽었다가 살아나서 돌연변이 판정을 받았는데 도망친 후에 특징이 나타났어, 그것은."

숨을 들이켠 문영철이 정지우를 흘겨보고 나서 말한다.

"손을 잡으면 두 가지 재주를 부려, 한 가지는 상대방 피를 식혀서 30초만 지나면 기절을 시킨다. 또 하나는…."

"내가 말할게."

정지우가 이강진 앞으로 바짝 다가와 선다. 검은 눈동자가 반짝이고 있다.

"뜨거운 손이야, 내 손을 뜨겁게 만들면 상대방 남자는 엄청난 욕정을 느끼게 돼, 내가 저 오빠한테 시험했더니…."

그때 문영철이 몸을 돌렸고 그 등에 대고 정지우가 말한다.

"나한테 막 덤벼들어서 넘어뜨렸어."

이강진이 눈만 껌벅였더니 정지우가 바짝 다가와 선다.

"그 후가 궁금하지 않아?"

"아니?"

그때 현관 앞에 선 문영철이 손짓으로 이강진을 부른다.

"일로 와, 네가 살 집 구경해라."

방이 여섯 개나 되었고 비닐 장판은 깔렸지만 응접실도 넓다. 가구는 변변한 게 없어서 TV와 냉장고, 세탁기가 전부였고 나머지는 폐품을 주워 갖다놓은 것 같다. 그러나 집안은 깨끗했고 잘 정돈되었다. 낡은 소파에 앉았을 때 문영철이 차분해진 얼굴로 말한다.

"난 명식이하고 둘이 학교 앞에서 문구점을 해. 주민증, 카드, 다 새로 발급받아서 신분 세탁은 다 되었어. 오카 감찰대가 가끔 훑고 가지만 지금까지 잘 지냈지."

옆쪽에 앉은 정지우도 차분해져 있다. 두 손으로 무릎을 끌어안고는 물끄러미 이강진을 보았는데 생각말이 없다. 다시 문영철이 말을 잇는다.

"지우는 아직 신분 세탁이 안 되어서 경찰의 단속에 걸리면 자동으로 오카 집행부로 연결된다. 경찰, 검찰에 오카가 침투해 있거든."

그것은 이강진도 마찬가지일 것이다. 그때 정지우가 말한다.

"오카가 우리를 죽이면 우리도 오카를 죽일 거야."

억양 없는 목소리가 선뜩했으므로 이강진이 시선을 든다. 생각말 없이 정지우의 말이 이어진다.

"나는 둘이나 오카를 죽였지만 앞으로 더 죽일 거야."

"서울에 갔다가 감찰반을 만났거든."

문영철이 쓴웃음을 짓고 설명한다.

"나이트에 놀러갔다가 계산을 훔친 카드로 한 거야. 경찰보다 감찰반이 빨리 왔지. 그 카드가 오카 것이었거든."

"어떻게 죽였냐고 물어봐."

정지우가 이강진에게 말한다.

"어서."

"어떻게 죽였는데?"

"아까 네 손을 잡은 것처럼 감찰반 손을 잡았지."

"…."

"웃으면서, 그러면서 손으로 냉기를 흘려보냈어. 이야기를 하면서 말이야."

"…."

"감찰반 오카는 서른 살쯤 되었어. 경찰이었는데 내 손을 쥐더니 점점 힘을 주었지, 시간이 지날수록 뗄 수가 없었지. 30초가 지났을 때 오카는 내 손을 놓고 쓰러졌어. 심장이 굳어진 것이지."

이강진이 소리죽여 숨을 뱉는다. 이곳은 딴 세상이다. 인류도 아니고 오카도 아닌 버림받은 존재들, 돌연변이 집단이 사는 세상.

오후 6시쯤 되었을 때 한명식이 돌아왔다. 23세로 체격이 컸고 피부가 검다. 문영철과 교대를 하고 돌아온 것이다.

"응, 만나서 반갑다."

이강진의 인사를 받은 한명식이 음식물이 담긴 비닐 봉투를 정지우에게 넘겨주며 말한다.

"영철 형한테서 네 이야기 들었어."

"앞으로 잘 부탁합니다."

"네 아버지 소식 들었어?"

불쑥 한명식이 묻는다. 머리를 든 이강진이 한명식의 생각말을 듣는다.

'모르는 모양이군.'

입말이 이어진다.

"네 아버지가 성모병원에서 자살하셨어."

"…."

"종편에서 잠깐 보도되었다가 사라졌어. 오카 관계자들이 서둘러 덮은 것이지. 오카가 섞이지 않은 곳이 없으니까."

"…."

"권총으로 머리를 쏘아서 총성이 울린 데다 병원 한복판이야. 숨길 수가 없었던 것 같다."

"…."

"나도 네 아버지 이름을 영철 형한테 들어서 알고 있었거든."

한명식의 시선이 비껴났다.

"네 어머니 방에서 자살하셨더군."

"그만."

정지우가 손바닥을 펴 한명식의 말을 막는다.

"이제 그만."

다 듣고 나서 그런다.

뒷마당에는 나무판자로 만든 평상이 있다. 한명식과 이강진이 나란히 앉아 뒷산을 보고 있다. 오후 8시, 이미 주위는 어둡고 뒤쪽 슬래브 집에는 불빛이 환하다. 정지우의 그림자가 어른거리더니 보이지 않는다.

"안됐다."

앞쪽 산을 보면서 한명식이 불쑥 말한다.

"네 아버지가 널 도피시키고 자살한 것이지?"

"예."

"그냥 반말해, 형이라고 하고."

"응."

"네 어머니는?"

"날 돌연변이로 고발했겠지."

어둠에 덮인 숲을 보면서 이강진이 말한다.

"그래서 엄마 앞에서 아버지가 죽은 거야."

"그렇겠군."

"…."

"머리가 부서진 데다 네 아버지도 돌연변이였어. 소멸되셨겠다."

"…."

"우리도 마찬가지야, 변형체 선정국도 없고 조직도 없어. 이러다 죽는 거지."

"…."

"인류와 오카 양쪽에 쫓기면서."

"형은 어떤 특징이 있어?"

그때 한명식이 머리를 돌려 이강진을 본다.

"난 열네 살 때 돌연변이 특징이 나타났어."

"어떻게?"

"50미터."

"50미터라니?"

"내가 요즘 시험한 최대치야."

"뭔데?"

"근데 자꾸 늘어나, 한 달 반 전에는 40미터였거든."

"글쎄 뭐가?"

"내가 사흘 전에 18층 건물에서 뛰어내렸어."

"…"

"땅바닥에 발을 딛고 나서 5미터쯤 튕겨지더니 사뿐히 내려앉았어."

"…"

"그 반대로 뛰어오르면 다섯 번 만에 18층 건물에 올라가. 그게 내 돌연변이다."

그러고는 한명식이 길게 숨을 뱉는다.

"난 투신자살은 못 해."

"이동규는 돌연변이였습니다."

집행부장 최기종이 지부장 김동준에게 보고한다. 오후 8시 반, 지부장 김동준은 숨도 쉬지 않는 것 같았고 최기종이 말을 잇는다.

"DNA 검사를 했더니 돌연변이 인자가 검출되었습니다. 87번 이강진도 그 때문에 돌연변이가 된 것 같습니다."

96

"그렇군."

이윽고 김동준의 얼굴에 쓴웃음이 번진다.

"오카가 증가할수록 돌연변이도 늘어난다. 야단이야."

"이강진은 집행부는 물론이고 전 오카가 찾고 있습니다."

"돌연변이 색출과 처리는 감찰대 소관이야."

김동준이 맑은 눈으로 최기종을 본다. 30대 모습의 김동준이 아버지뻘처럼 보이는 50대의 최기종에게 해라를 하는 장면을 인류가 본다면 이상할 것이다. 그러나 김동준은 원로 오카로 현재 173세, 다섯 번째 부인을 맞고 있는 오카의 산증인이다. 김동준이 인삼차 잔을 들어 한 모금 마신다.

"이동규의 처가 집행부 처리반장이지?"

"예, 우수 오카입니다."

"그렇다면."

눈을 가늘게 뜬 김동준이 말을 잇는다.

"돌연변이의 약점을 이용하기로 하지."

"어떻게 말씀입니까?"

"돌연변이는 능력이 오카보다 향상된 부분이 있지만 정서면은 인간과 가깝다. 무슨 말인지 이해가 가나?"

"그렇습니다."

최기종의 얼굴에 웃음이 떠오른다.

"미처 그 생각을 못 했습니다."

"서진숙이 협조해 줄 거야."

"물론입니다, 지부장님."

김동준이 머리를 끄덕이자 최기종이 자리에서 일어선다. 지부장 면

담은 일 년에 한두 번 정도였는데 이번에는 특별한 경우로 방문한 것이다. 집행부 조장이 제 아들을 도피시키고 자살한 사건이다. 더구나 조장은 돌연변이였던 것이다.

학교에서 돌아온 진세미가 오피스텔의 비밀번호를 누르고는 손잡이를 비튼다.

"철컥."

잠금장치가 풀리는 소리와 함께 문이 열렸고 진세미는 안으로 들어선다. 그 순간 진세미가 숨을 들이켠다. 응접실에 두 사내가 앉아 자신을 노려보고 있었다.

"누구세요?"

물었지만 다음 순간 진세미는 둘이 누구인가를 깨닫는다. 집행부거나 감찰반이다. 이유는 도망친 이강진, 나는 이강진과 자기도 했고 이성 보조원 역할을 했다. 그때 사내들이 엉거주춤 일어나더니 한 사내가 말한다.

"우리가 누군지 알지?"

진세미가 시선만 주었더니 다른 사내가 나선다.

"감찰반이야, 이강진 때문에 왔어."

"자, 여기 앉지."

사내가 권하는 앞쪽 자리에 앉았을 때 그중 나이 든 사내가 다시 묻는다.

"연락 안 왔지?"

"네."

"이강진 아버지가 자살한 것도 알지?"

"네."

"자살한 이유도 알아?"

그것도 오카 세상에는 소문이 다 퍼진 상태, 모른다고 할 수는 없다.

"네, 알아요."

사내가 머리를 끄덕였다가 다시 묻는다.

"이강진 아버지도 돌연변이였어. 그것도 아나?"

"아, 아뇨."

숨을 들이켠 진세미의 눈앞 사물이 흐려진다. 놀랐기 때문이다. 다시 머리를 끄덕인 사내가 말을 잇는다.

"큰 사건이야."

"…."

"우리 오카족을 위험에 빠뜨릴 사건이지. 이동규는 이강진을 도피시키고 자살했어. 돌연변이들의 저항이지."

"…."

"그런데."

어깨를 부풀렸다가 내린 사내가 똑바로 진세미를 응시한다.

"그 돌연변이들의 약점이 있지. 인간적이라는 약점 말이야. 우리 순수 오카들은 그것을 이용해서 놈들을 잡아야 돼."

사내의 목소리에 열기가 띠어진다.

"진세미 씨도 협조하겠지?"

저녁때 가게에서 돌아온 문영철이 말한다.

"강진아, 너, 당분간 밖에 나가지 마. 일산에서도 갑자기 경찰 불심검문이 늘어났다."

이강진의 시선을 받은 문영철이 쓴웃음을 짓는다.

"다 널 잡으려는 거야. 경찰 수뇌부에서 아마 다른 핑계를 댔겠지."

문영철이 눈으로 마당에 세워놓은 차를 가리킨다.

"차 안에 샌드백하고 운동기구 들었다, 네가 꺼내."

"고맙습니다, 형님."

서둘러 몸을 돌리는 이강진의 등에 대고 문영철이 말한다.

"놈들이 CCTV도 다 장악하고 있으니까 지우한테 CCTV 위치 익히도록 해."

"익히고 있습니다."

차에서 운동기구를 꺼내면서 이강진이 말한다. 학교와 체육관에서는 지금쯤 난리가 났을 것이다. 핸드폰도 다 버리고 왔기 때문에 찾을 방법이 없다. 어머니 서진숙은 실종 신고를 냈을 테니 전 경찰이 나서고 있을 것이다. 경찰이 대신 찾아주는 셈으로 신고만 들어오면 오카 집행부, 감찰대, 처리반까지 몰려올 것이다.

밤 9시 반, 온몸에 물벼락을 맞은 것처럼 땀을 흘리면서 이강진이 샌드백을 치고 있다. 치고 또 치고, 나중에는 머리로 받고 발과 무릎까지 사용해서 샌드백을 두들긴다. 가쁜 숨소리가 마치 쇠를 긁는 것처럼 들린다. 한 시간, 이제는 두 시간째 쉬지도 않고 치고 찍고 차고 있다. 머릿속에 무수한 생각이 떠올랐다가 산산조각으로 부서진다. 아버지, 아버지, 아버지, 아버지, 머릿속에서 그 말이 떠올랐다가 가슴으로 내려온다. 어머니는 떠오르지 않는다. 아버지의 얼굴, 목소리, 그 눈빛, 그 모습, 마침내 샌드백을 치던 이강진이 늘어진다. 샌드백을 부둥켜안았지만 다리의 힘이 풀려 주르르 주저앉는다. 앞쪽 산속에서 꾹꾹대는 산

비둘기 소리, 그때 뒤에서 목소리가 들린다.

"그만해."

정지우다, 목소리가 가라앉아 있다.

"그러다 죽겠다."

죽으라지, 그러나 나는 죽지 못하는 불멸의 오카, 거기에다 돌연변이, 거친 숨만 몰아쉬는 이강진의 뒤로 정지우가 다가와 선다.

"한국은 오카 18지부야, 알지?"

이강진의 땀으로 범벅이 된 볼 위에 뜨거운 물줄기 두 개가 흘러내린다, 눈물. 정지우의 목소리가 꼭 잠결에서처럼 들린다.

"내가 소문을 들었는데, 경기도 어느 곳에 돌연변이 대장이 있대."

"…."

"대장이라 하기도 하고 선생이라고도 해. 이 말 처음 듣지?"

"…."

"나도 여기서 들었으니까, 그분은 1백 살이 넘은 데다 초능력을 갖고 있어서 언젠가는 오카를 없애고 돌연변이 세상으로 만든다고 했어."

"…."

"영철 오빠나 명식 오빠도 알아."

그때서야 몸을 돌린 이강진이 얼굴의 땀과 눈물을 손바닥으로 닦고는 정지우를 본다.

"너 몇 살이야?"

"스물하나, 너보다 한 살 많아."

"네 부모는?"

"멀쩡해."

어둠 속에서 정지우의 흰 얼굴에 웃음이 떠오른다.

"내가 돌연변이인 것을 알고 둘이 서둘러 신고를 했고 나는 그보다 조금 더 빠르게 도망을 친 거야."

"…."

"지금은 잡혀 죽었지만 돌연변이 아저씨가 날 구해줬어. 날 영철 오빠한테 소개시켜준 언니도 감찰대한테 잡혀 죽었고."

"…."

"나, 지금 4년째야. 17살 때 도망 나왔거든."

"…."

"너, 아까 울었지?"

정지우의 두 눈이 어둠 속에서 번들거린다.

"그래도 넌 울 수 있는 대상이 있어서 좋겠다. 난 그런 아버지도 없어."

다음 날 아침, 오늘도 아침부터 샌드백을 두들기던 이강진이 머리를 든다. 어느새 문영철이 다가와 있다. 오전 7시 반쯤이다. 문영철이 가라앉은 목소리로 말한다.

"일찍 일어났구나."

"예."

그때 문영철이 이강진에게 신문을 내민다, 조간신문이다.

"거기 내가 접어놓은 곳 읽어라."

이강진이 신문을 펴고 읽는다. 그 순간 이강진이 숨을 들이켠다. 어머니 이름, 서진숙, 그리고 기사.

"남편 자살, 아들은 실종, 어머니 상심한 나머지 식음 전폐, 쓰러짐."

다 읽은 이강진이 머리를 들었을 때 문영철이 묻는다.

"어때? 네 생각은?"

이강진의 시선을 받은 문영철의 생각말이 없다. 그때 문영철이 말을 잇는다.

"네 어머니가 정말 쓰러졌다고 생각하나?"

"…."

"알고 있지?"

"압니다."

마침내 샌드백 쪽으로 이강진이 몸을 돌리고 말을 잇는다.

"돌연변이가 인간적이라는 것을 이용하려는 거죠."

"맞다."

"함정을 파놓고 내가 연락해오기를 기다리고 있을 겁니다."

"그래."

"아버지가 어머니 방에서 죽은 것은 나를 기억해보라는 의미였을 것입니다."

"…."

"둘이 나를 만들었으니까요, 아버지가 그 방으로 갈 이유가 없었지요."

"그렇군."

"그런데 어머니는 함정을 파고 나를 제거하려고 하는군요."

"오카다."

문영철이 어깨를 부풀리며 말했다.

"어머니가 아니라 오카야."

몸을 돌린 이강진이 다시 샌드백을 치기 시작했고 문영철이 잠시 그 모습을 보다가 몸을 돌린다.

"퍽! 퍽! 퍽!"

문영철이 떠난 지 10분쯤 되었을 때다. 쉬지 않고 샌드백을 두드리던 이강진이 숨을 들이켜면서 움직임을 멈춘다, 샌드백의 형겊이 찢어졌기 때문에. 커다란 포탄을 맞은 것처럼 구멍이 세 개 뚫려 있다. 주먹에 뚫린 것이다. 이 형겊은 특수재질이어서 칼로도 찢기지 않는다. 한동안 샌드백을 응시하던 이강진이 가쁜 숨을 고르고 나서 다시 두 번 샌드백을 친다.

"퍽! 퍽!"

이번에는 자신의 주먹이 샌드백을 뚫고 들어가는 것을 본다. 이강진이 샌드백 안에 들어갔다가 나온 제 주먹을 본다. 이 엄청난 파워, 이 주먹으로 치면 바위도 깨뜨릴 것이다. 사람은 말할 것도 없다. 그렇다면, 이강진이 머리를 든다. 눈동자의 초점이 흐려져 있다. 이것이 돌연변이인 나의 또 다른 특징인가? 인류와 비슷한 정서, 시선을 맞춘 상대의 머릿속 생각말을 읽는 능력, 그리고 이 엄청난 파워. 그때 뒤에서 인기척이 났으므로 이강진은 몸을 돌린다. 정지우가 다가오고 있다. 포탄에 뚫린 것 같은 샌드백을 몸으로 감추며 이강진이 시선을 준다. 그때 정지우의 생각말이 들린다.

'그래, 내 머릿속 말을 읽으라구.'

'우리, CCTV 피해서 놀러 가지 않을래?'

정지우의 눈이 번들거린다.

'아주 조용하고 아늑한 곳이 있어.'

뒷산은 가파르다. 그 뒷산을 타고 올라가 능선을 따라 북상, 길도 없는 산등성이를 정지우는 다람쥐처럼 앞장서 간다. 스키니 진에 검정색 스웨터, 긴 머리를 고무줄로 묶은 날렵한 차림이다. 그 뒤를 이강진이 바짝 붙어 따른다. 30분쯤 지났을 때 집과는 산 하나가 떨어졌고 두 시간이 지나자 산 세 개를 넘어서 전혀 다른 곳이 드러난다. 산속, 이곳은 사방이 바위와 나무로 둘러싸인 산마루. 그러나 아늑하다. 발목까지 닿는 연한 풀이 깔린 10평쯤 되는 평평한 땅에 닿는다. 오전 11시 40분, 햇살은 포근했고 바람도 없다. 그때 잔디밭에 앉은 정지우가 운동화를 벗어놓고 두 다리를 쭉 뻗는다. 웃음 띤 얼굴이다.

"이곳이 내 궁전이야."

이강진은 위쪽 끝에 서서 사방을 내려다보는 중이다. 이강진의 옆모습에 대고 정지우가 말한다.

"내 비밀의 궁전."

이강진은 사방이 인적도 없는 것에 놀라고 있다, 집도 없다. 지금까지 이런 곳은 처음 본다. 인간의 흔적이 전혀 보이지 않는다. 송전탑의 전선도 떠 있지 않고 사방이 산으로 뒤덮였다. 그때 정지우가 뒤쪽에서 말한다.

"난 자주 이곳에서 쉬었다가 가."

"…"

"누워서 남자하고 같이 있는 상상도 하고."

"…"

"애인하고."

"…"

"이곳에서 섹스를 하겠다고 마음먹었어."

"…"

"나, 아직 섹스 경험이 없거든."

마침내 이강진이 몸을 돌려 정지우를 본다. 그 순간 몸을 굳힌 이강진이 주위를 둘러본다. 정지우가 보이지 않는다. 그때 다시 정지우의 목소리가 들린다.

"나, 여기 있어."

옆쪽 바위 있는 곳에서 소리가 들린다. 눈썹을 찌푸린 이강진이 그곳을 응시하자 곧 웃음소리가 들린다.

"내 또 하나의 특징이지."

그 순간 바위가 흔들리는 것 같더니 정지우의 모습이 보인다. 정지우의 몸이 바위에서 떼어지는 것 같다. 바위에 정지우의 윤곽이 드러나면서 곧 조각처럼 돌출되었고 마침내 떨어져 나오더니 제 색깔을 찾는다, 카멜레온보다 더 완벽한 변신. 정지우가 이강진의 시선을 받더니 쓴웃음을 짓는다.

"이 특징은 너한테만 보여 준 거야."

"도망치기 쉽겠다."

"도망치는 것도 지겨워."

다시 풀밭에 두 다리를 뻗고 앉은 정지우가 이강진을 본다. 검은 눈동자가 번들거리고 있다.

"어때? 나 가질래?"

"싫어."

"왜? 섹스 경험 없어?"

"그건 많아."

"난 열일곱 때 도망 나와서 경험이 없어."

이맛살을 찌푸린 정지우가 이강진을 본다.

106

"안 할래?"

"뭘?"

"섹스."

"너, 그게 재미있는 놀이 같냐?"

"너, 날 어린애 취급하냐?"

되물은 정지우가 눈을 흘기더니 다리를 오므리고 다리 사이에 팔을 넣어 깍지를 낀다.

"섹스가 서로 좋아서 하는 건지도 알아."

"그러니까 그런 식으로 말하지 말란 말이야."

"그럼 생각말로 해?"

"자연스럽게…."

"그럼 네 성기나 좀 보여줘."

"뭐?"

"네 다리 사이에 달린 성기."

정지우가 웃지도 않고 말했으므로 이강진이 한숨을 쉰다. 다시 정지우가 말한다.

"내 특징을 보여준 대가로."

"너 어떻게 된 여자 아냐?"

"정상이야."

턱을 무릎 위에 놓은 정지우가 물끄러미 이강진을 본다.

"네가 와서 참 좋다."

"…"

"생각나면 말해, 기다리고 있을 테니까."

"…"

107

"내 몸에 들어오는 첫 남자로 너를 찍은 거야. 그러니까 영광으로 생각해."

오카 간 교류를 막지는 않으나 오카끼리 서로 모르고 지나치는 경우도 많다. 그것은 철저한 비밀생활 규칙 때문으로 지부장을 중심으로 위원회, 행정부, 심사부, 집행부 등 고위직에 있는 요인만이 전체를 파악하고 있다. 오카는 인간 세상에서 공존하고 있지만 그들만의 또 다른 세상을 살고 있는 것이다. 철저한 이중생활이다. 오카도 가족생활을 하면서 다른 오카 가족과 교류, 인연을 맺을 수는 있다. 그러나 인간 사회에 의심받지 않기 위해서 허락을 받아야만 한다.

"뭘 찾냐?"

오후 1시, 문영철이 가게에 들어선 아이에게 묻는다. 남자아이인데 가방을 메었고 손에 천 원짜리 지폐를 쥐었다. 1학년 같다.

"저기, 샤프요."

아이가 맑은 눈으로 문영철을 본다. 그 순간 문영철의 심장 박동이 빨라진다. 아이는 오카다. 문영철은 생각말을 들을 수 있을 뿐만 아니라 후각이 특징적으로 발달되어 오카의 냄새를 맡을 수 있다. 지난번 전철역에서 이강진을 찾은 것도 냄새로 찾은 것이다. 오카의 냄새는 비리면서 썩은 냄새가 섞여 있다. 인간은 물론, 짐승의 후각에도 전혀 감지되지 않는 이 냄새를 오카 돌연변이인 문영철이 맡는다. 샤프가 1,500원이었지만 문영철이 천 원을 받고 건네주면서 묻는다.

"너, 1학년?"

"네."

"어디 살아?"

"문촌동이요, 극동아파트 12동 302호."

유치원에서부터 집 주소를 외우게 한다는 것을 문영철은 알고 있다. 오카도 인류를 따른다.

"그래?"

문영철이 200원짜리 연필깎이를 아이에게 주면서 다시 묻는다.

"네 아빠는 뭐 하셔?"

부모 직장 외우는 것도 필수다.

"일산경찰서 이경호입니다."

"그렇구나, 똑똑하다."

머리를 끄덕인 문영철이 외면한다. 이쪽 지역의 정보는 이경호가 수집해서 오카 지부에 보고해 왔을 것이다.

TV 화면을 응시한 이강진이 소리죽여 숨을 뱉는다. 화면에는 병실 침대에 누운 어머니 서진숙을 간호하는 진세미의 얼굴이 클로즈업 되어 있다. 진세미가 차분한 표정으로 말한다.

"식사도 거부하셔서 겨우 영양제를 맞고 계세요."

진세미의 눈에 눈물이 고여 있다.

"친척이 하나도 없거든요, 그래서 제가 왔어요."

화면 밑의 자막에는 '이강진의 여자친구 진세미'라고 적혀 있다. 그때 뒤에서 인기척이 나더니 정지우가 묻는다.

"저 애도 오카지?"

"맞아."

화면을 음소거 시킨 이강진이 쓴웃음을 짓는다. 그때 정지우가 다시 묻는다.

"잤어?"

"응."

"몇 번?"

"한 번."

"좋았어?"

"응."

그때 화면이 바뀌었으므로 이강진이 자리에서 일어선다.

"저것도 함정이야, 그렇지?"

마루방을 나가는 이강진의 뒤를 따르며 정지우가 묻는다. 오후 4시 반, 산에서 돌아온 지 한 시간밖에 되지 않았다. 집안에는 둘뿐이다. 마당으로 나가면서 이강진이 앞쪽에 대고 대답한다.

"그래, 함정이야, 두 년이 합세해서."

정지우는 입을 다물었고 이강진의 말이 이어진다.

"그년들 소원대로 찾아가서 소멸되어 주고 싶다."

"나도 그런 마음이 여러 번 일어났어."

뒤를 따라오며 정지우가 말한다.

"그러다가 목표를 세웠지. 그 목표가 뭔지 말해줄까?"

뒷마당으로 나온 이강진이 찢어진 샌드백을 어루만진다. 이제는 안에 든 내용물도 빠져나와서 폐품이 되었다. 정지우가 말을 잇는다.

"돌연변이의 세상을 만들기로 했어."

"…"

"우리가 더 우월하다는 것을 증명해 보이고 말 거야. 그러다가 죽겠다고 생각하니까 기운이 났어."

"…"

110

"나하고 너하고 섹스를 하면 2세가 태어날 거야. 그럼 그 2세가 더 강력한 특징을 갖고 나오지 않을까?"

이강진이 샌드백을 풀어 내린다. 문영철에게 사온 지 이틀 만에 찢어놓은 이유를 뭐라고 할까 궁리한다. 그때 정지우가 말한다.

"네가 샌드백 터뜨리는 것 보았어. 엄청난 파워였어."

몸을 돌린 이강진을 향해 정지우가 이를 드러내고 웃는다.

"내 특징 보여줬잖아? 난 네가 운동 시작하면 따라 나와서 나무가 되기도 하고 기둥이 되기도 하면서 쳐다보는 것이 취미거든."

"형님, 돌연변이 대왕이 있어요?"

오후 8시 반, 넷이 둘러앉아 밥을 먹을 때 이강진이 문영철에게 묻는다.

"대왕?"

문영철은 밥만 씹었고 한명식이 되묻더니 픽, 픽, 웃는다.

"너 지우한테서 들었구나?"

정지우는 시치미를 뗀 채 국을 떠먹는다. 한명식이 말을 잇는다.

"소문이야, 그런 사람이 있기를 바라는 마음에서 만들어진 소문."

이강진이 밥을 떠 넣었을 때 이번에는 문영철이 대답한다.

"한 30년쯤 전부터 소문이 났다고 들었다. 돌연변이가 하나둘씩 잡혀 죽으면서 그 소문이 더 많아졌고."

머리를 든 이강진에게 문영철이 웃어 보인다.

"돌연변이들이 희망을 버리지 않으려는 것이지. 나도 그런 소문을 퍼뜨리고 싶은 충동을 느끼니까."

"아녜요, 실제로 있어요."

갑자기 머리를 든 정지우가 소리치듯 말한다. 흰 얼굴이 조금 상기되었고 눈의 흰자위도 붉어진다. 바로 옆에 앉아 있던 이강진은 정지우의 입술 끝이 희미하게 떨리는 것까지 본다. 정지우가 말을 잇는다.

"날 구하고 죽은 언니가 말했어요. 대장이 자기한테 특징 하나를 심어 주었다고, 그것은…."

숨을 들이켠 정지우가 머리를 숙이고 말한다.

"영혼을 갖게 해줬다고 했어요."

"그거, 사기야."

대번에 점퍼 한명식이 되받는다. 얼굴에 웃음을 띤 한명식이 말을 잇는다.

"영혼을 증명할 수가 없거든, 영혼하고 악수 한 놈이 있으면 나와 보라고 해."

이강진이 머리를 돌려 정지우를 본다. 갑자기 정지우를 안아주고 싶은 충동이 일어났지만 지금 그런다면 미쳤다고 할 것이다. 그때 문영철이 이강진을 본다.

"너, 샌드백을 쳐서 터뜨렸지?"

"예? 예."

놀란 이강진이 거짓말도 못 하고 대답했더니 문영철이 머리를 끄덕인다.

"넌 복서였으니 그 특징이 일어난 건 당연한 거야. 넌 이제 무적이 되겠다."

"전쟁 나갈 데가 있나요?"

이강진이 쓴웃음을 짓고 말했더니 문영철이 머리를 저었다.

"아냐, 더 개발이 될 거다. 네 파워가 샌드백 터뜨리는 것으로 끝나지 않아."

"형, 정말요?"

한명식도 처음 듣는지 문영철과 이강진을 번갈아 본다. 얼굴이 굳어져 있다.

"강진이가 주먹으로 샌드백을 터뜨렸어요?"

문영철이 머리만 끄덕이자 한명식이 어깨를 부풀렸다가 내린다.

"잘 되었구나. 이제 오카 집행반 놈들 겁 안 난다, 강진이가 모두 배를 터뜨려 죽일 테니까."

5장 왕의 특징

　점퍼 한명식의 취미는 점심시간과 퇴근 후에 한 시간이나 길어야 두 시간쯤 PC방에 가서 게임을 하는 것이다. 요즘은 스마트폰 게임이 대세여서 PC방 인기가 줄었지만 매니아 입장은 다르다. 큰 화면과 장엄한 배경, 음악에 빠지면 만사를 잊는 것이다. 오후 12시 반, 며칠 전 점심때 한 시간 반 동안 PC방에서 놀았다고 문영철한테 잔소리를 들은 터라 오늘은 30분만 놀기로 작정한 한명식이 자리에 앉는다. 올해 23세, 돌연변이 고발이 되어 도망쳐 나온 지 8년, 오카 돌연변이 도망자만큼 외로운 존재가 있을까? 인류에 발각되면 해외토픽으로 동물원 짐승 꼴이 될 것이고 오카는 소멸시키려고 쫓는 중, 이 상황에서 인류에게 도움을 요청하거나 오카 신고를 할 수가 없다. 어느 돌연변이가 인류에 오카 신고를 하려고 경찰서에 갔다가 피살된 적이 있다. 오카는 그럴 경우에 대비하여 감찰대가 특별반을 운용하고 있다. 한명식이 컴퓨터 전원을 켰을 때다. 만일의 경우에 대비해서 항상 출입구 쪽을 향한 구석 자리에 앉는 터라 안으로 들어서는 두 사내가 보인다.

　'처음 보는 사내들.'

한명식의 머리에 경고음이 울린다. 사내 둘은 주위를 둘러보는 시늉을 했지만 시선 끝에 한명식을 넣고 있다.

'위험.'

두 번째 경고음이 울린다. 이곳 PC방은 8층에 위치하고 있다. 한명식의 옆쪽 유리문을 열면 두 평쯤 되는 베란다가 나오는데 그곳이 흡연실이다. 사내들이 곧장 다가오기 시작한다. 거리는 10미터, 이제 둘의 시선은 한명식에게 맞춰져 있다. 30대쯤 되었을까? 눈빛과 표정이 똑같다. 무표정한 얼굴, 꾹 다문 입술, 걸음걸이도 같다, 오카다. 저것들은 오카 감찰대다. 어떻게 알게 되었을까? 둘의 뒤에서 PC방 주인이 이맛살을 찌푸린 얼굴로 바라보고 있다. 그때 한명식이 자리에서 일어선다. 두 걸음을 떼어 베란다 문을 열었을 때 사내들과의 거리는 3미터, 한명식은 앞장선 사내의 얼굴에 떠오른 웃음기를 본다. 베란다로 나온 한명식이 난간으로 다가가면서 힐끗 뒤를 돌아본다. 사내들은 이제 베란다 안으로 들어서는 중, 거리는 2미터. 둘의 표정은 만족감, 성취감 등이 뒤섞여 있다. 그때 한명식이 펄쩍 뛰어오르면서 머리만 돌려 두 오카에게 말한다.

"병신."

"아앗!"

앞쪽 오카가 놀라 외침을 뱉는다. 뒤쪽 오카는 입만 떡 벌리고 있다. 한명식은 8층 난간에서 떨어지는 동안 두 번 몸을 회전시킨다. 가만있어도 되었지만 그동안 연습을 했다. 다음 순간 27미터 상공에서 떨어진 한명식의 두 발이 땅바닥에 닿자마자 용수철처럼 굽혀졌다가 펴지더니 5미터쯤 옆쪽으로 솟아오른다. 그러고는 옆쪽 기와지붕을 넘어 골목으로 떨어지고 나서 보이지 않는다.

핸드폰의 벨이 울렸으므로 진세미는 발신자부터 본다, 모르는 번호다. 그러나 진세미가 핸드폰을 귀에 붙인다.

"여보세요."

오후 2시 반, 진세미의 오피스텔 방안, 그때 수화구에서 사내 목소리.

"나야, 이강진."

"응."

놀란 진세미가 그렇게만 대답했을 때 소파에 앉아 있던 감찰대원 하나가 손짓으로 계속하라는 신호를 보낸다. 다른 감찰대원은 발신지 추적기를 가동시키는 중이다.

"엄마한테 한번 가보지그래?"

진세미가 묻자 이강진은 침묵, 사내가 다시 손짓한다.

"엄마가 보고 싶어 하셨어. 네 이야기하면서 막 우셨다구, 아버지도 그렇게 되셔서 충격이 크신가봐. 지금까지 식사도 거의 하지 않으셨어."

"감찰대 놈들하고 같이 있니?"

불쑥 이강진이 묻자 진세미가 저도 모르게 사내들을 본다. 사내들도 움직임을 멈췄으나 당황하지는 않는다. 이강진이 말을 잇는다.

"내 인간성을 이용한 어설픈 작전은 그만두는 게 나을 거라고 전해."

"잘 지내고 있어?"

진세미의 입에서 저절로 그렇게 말이 나온다. 사내들도 잠자코 있다.

"목소리 들으니까 반갑다."

"너도 나 때문에 고생이 많아, 미안해."

이강진이 가라앉은 목소리로 대답한다.

"그리고 내 엄마라는 여자한테 전해줘, 내가 아버지처럼 쉽게 끝내지는 않을 것이라고. 그리고…."

이강진의 목소리에 웃음기가 실린다.

"너하고 같이 있는 감찰대 놈들한테도 전한다. 난 그렇게 간단한 돌연변이가 아니다, 이 병신들아."

"일산 지역입니다."

감찰대 부관 박남구가 보고한다.

"대포폰을 사용해도 반경 1백 미터 안까지는 추적이 되는데 이건 범위가 5킬로나 됩니다. 방해 장치를 붙였습니다."

"돌연변이 중 컴퓨터에 뛰어난 놈들도 있어."

윤태성이 쓴웃음을 짓고 말한다.

"조금 전에도 3팀이 일산 PC방에서 돌연변이 한 놈을 놓쳤다. 하지만 성과는 있지."

커피잔을 든 윤태성이 말을 잇는다.

"도망친 놈은 점퍼라는 별명을 가진 한명식이란 놈이야, 그동안 점프 실력이 많이 늘었군, 전에는 20미터였는데 이번에는 27미터 건물에서 뛰어내려 도망쳤어."

"대단하군요."

"그놈도 일산에서 놓쳤어."

한 모금 커피를 삼킨 윤태성이 지그시 박남구를 본다.

"CCTV를 많이 장착해놓을수록 우리들의 돌연변이 검거율도 높아질 것 같다."

"대장님, 이강진 작전은 계속합니까?"

박남구가 묻자 윤태성이 먼저 심호흡부터 한다. 감찰대장 윤태성은 52세, 동대문에서 한일 자동차정비공장을 운영하는 사장이다. 자수성가한 사업가이며 동대문경찰서에서 주관하는 청소년 후원 회장, 또한 한국당 동대문 지구당 의원인 이기준의 후원 회장 등을 맡고 있는 유명 인사다. 그리고 박남구는 정비공장의 총무부장이다. 윤태성이 머리를 끄덕인다.

"그놈은 꼭 잡아야 돼. 그놈 아비 이동규가 자살하면서 지부장은 물론이고 아시아 본부에서도 주목하고 있어."

윤태성의 얼굴이 굳어진다.

"덕분에 18지부 감찰대가 능력 평가를 받게 생겼다."

오카의 아시아 본부는 일본 도쿄에 있다. 아시아 본부 소속의 지부는 모두 22개, 한국은 18지부인 것이다. 윤태성이 말을 잇는다.

"점퍼 한명식을 놓친 지점에서부터 CCTV를 다시 한 번 체크해보도록. 그놈의 활동 반경이 나타날 거다."

"알겠습니다. CCTV에 한 번 발각되면 잡는 확률은 90% 이상이니까요."

박남구가 몸을 돌렸을 때 윤태성이 등에 대고 말한다.

"한명식 한 놈만 잡으면 돌연변이가 여러 명 따라 잡힐 거야. 돌연변이들은 뭉쳐 사는 습성이 있으니까."

"옮겨야 될 것 같다."

그날 저녁 8시가 되었을 때 뒷마당에 모여 앉은 넷을 둘러보면서 문영철이 말한다.

"이곳에서도 2년 살았으니까 오래 산 편이야."

"난 싫어요."

정지우가 머리를 저으면서 말을 잇는다.

"난 여기가 좋아. 여기 있을 거야."

"너, 전화했지?"

문영철이 정지우는 무시하고 이강진에게 묻는다. 어둠 속에서 네 쌍의 눈이 반짝이고 있다.

"예, 했습니다."

"추적 방지 장치는 끼웠지?"

"예, 그리고 대포폰 버렸습니다."

"누구한테 했다는 거야?"

도망쳐 오느라고 정신없었던 한명식이 묻자 정지우가 대신 대답한다.

"오카 여친한테, 한 번 잔 여자."

한명식이 그 말에는 감동하지 않고 이강진을 본다.

"뭐라고 했는데?"

"오카 감찰반이 시켜서 하는 짓인 줄 다 안다고. 그리고 그 여자한테 전하라고 했지요."

"뭘?"

"내가 쉽게 끝내지 않을 것이라고요."

"잘했다."

한명식이 머리를 끄덕였을 때 문영철이 다시 말한다.

"내가 리더니까 잘 들어, 명식이가 CCTV에 꼬리가 잡힌 이상 여기 오래 못 간다. 아마 지금쯤 감찰대가 이 근처로 쏟아져 올 거다. 그러니까…."

"난 안 간다니까?"

정지우가 다시 끼어들었지만 문영철이 말을 잇는다.

"문구점은 내일 넘기겠어. 10퍼센트 깎아주면 환장하겠지, 잘되는 곳이니까. 내일 이사를 간다."

"어디로 간다는 거야?"

뒷마당의 터진 샌드백 위에 앉은 이강진이 묻자 정지우가 앞쪽 나무 벤치에 앉는다. 누워서 역기를 드는 벤치인데 다리 한쪽이 부서져 있다.

"파주 쪽인데 나두 잘 몰라."

팔짱을 끼고 앉은 정지우가 긴 숨을 뱉는다.

"만날 도망만 다니고 짜증 나, 벌써 네 번째야."

"그럼 여기 있다가 잡힐 거냐?"

"싸워야지."

"게임이 되어야 싸우지."

"넌 그 주먹으로 되잖아?"

"혼자 어떻게?"

"병신."

병신 소리를 들었지만 이강진은 잠자코 시선만 준다. 산 바로 밑이어서 위쪽 산에서 꾹꾹대는 산새 소리가 난다. 그때 정지우가 묻는다.

"너, 나하고 같이 도망갈래?"

"…"

"내가 널 먹여 살릴 수 있어."

"그만해."

"내 비밀 알려줄까?"

"비밀이 또 있어?"

"그동안 내가 돈 많이 가져왔어. 아마 몇 억 될 거야."

이강진의 시선을 받은 정지우가 어둠 속에서 흰 이를 드러내며 웃는다.

"은행에 가서 가져올 때도 있었고 저기, 잘사는 동네에 가서 아마 30번은 털어왔을 거야. 그런데도 한 번도 안 걸렸어."

"…"

"돈 가방까지 변형이 되거든, 벽이나 옷장, 나무로…"

"…"

"우리 둘이 도망가서 아이 낳고 살자."

"…"

"저 위쪽에 파묻어 놓았는데 오빠들 모르게 숨겼어. 그러니까 오늘 밤에 캐내야 돼."

"그때 이강진이 자리에서 일어선다.

"어디 가?"

조금 불안해진 정지우가 묻자 이강진이 걸음을 떼면서 말한다.

"형들한테 네 돈 말하려고."

"야, 너, 미쳤어?"

"물론 네 특징은 말 안 할게, 걱정 마."

이강진이 달래듯이 말하자 정지우가 몸을 일으킨다. 크게 뜬 눈으로 이강진을 응시하면서 정지우가 묻는다.

"그럼 다음에 나하고 같이 도망갈래?"

"그래, 그러니까 우선 돈부터 캐내자."

"약속하는 거지?"

"그래, 약속."

"알았어, 그럼."

정지우가 앞장서며 말을 잇는다.

"내가 오빠들한테 말할게."

파낸 돈은 다 세어보지도 못한다. 비닐 봉투에 쓰레기처럼 담긴 데다 오만 원권, 만 원권이 섞여 있고 그런 봉투가 30여 개나 되었기 때문이다. 돈이 대형 트렁크 2개에 가득 채워졌고, 한명식이 두께로 계산해서 대략 3억 원쯤 될 것이라고 추정한다.

"앞으로 너, 돈 가져오지 마."

밤늦게서야 돈 가방 정리까지 마친 리더 문영철이 정지우에게 명령한다. 돈 가방 문 닫을 때까지 싱글거렸던 문영철이었다.

"위험해, 네가 투명인간이라면 몰라도."

투명인간보다 더한 특징이 있다는 것을 모른다.

새로운 거처는 파주 교외의 양계장, 닭 2천 마리, 오리 3백 마리를 기르는 축사와 주택을 인수한 것이다. 이곳은 민가와 2백 미터쯤 떨어진 외진 곳으로 양계장을 판 노인 부부는 당분간 아래채에서 살다가 고향으로 돌아갈 것이다. 다음날 밤, 이삿짐 차량도 쓰지 않고 직접 렌트한 트럭으로 이삿짐을 옮긴 넷이 안채 앞마당에 둘러앉아 늦은 저녁을 먹는다. 미리 옮겨갈 집과 가게를 팔아넘길 대상을 준비해놓고 있었던 터라 만 하루 만에 실행이 된다. 이제 또다시 다른 집과 다른 사업을 대비해놓고 있어야 될 것이다.

"당분간 우리들은 바깥출입을 하지 말고 잠수를 탄다."

문영철이 삼겹살을 구우면서 말을 잇는다.

"내일부터는 양계업자가 되는 거야."

양계업자는 겉보기용이다. 이제 정지우가 가져온 돈만으로 네 식구가 몇 년은 놀고먹어도 될 것이다. 그때 한명식이 정지우에게로 머리를 돌린다.

"그것 참. 너, 돈 훔칠 때 사람들 기절시킨 거냐? 그랬다면 신고했을 텐데 왜 반응이 없지?"

정지우가 고기만 씹었고 한명식이 다시 묻는다.

"혹시 죽인 거냐? 아니면 기억 상실증이 되게 한 거냐?"

"야, 그만해."

문영철이 말린다.

"어쨌든 지우 덕분에 지금 여유가 생겼다. 그 돈으로 집도 수리하고 함정도 파 놓을 거다. 이곳을 요새로 만들겠어."

"이제는 도망치지 않는단 말인가요?"

이강진이 묻자 문영철이 머리를 젓는다.

"아니, 시간을 번단 말이다. 지난번 주택은 안전장치가 없어서 불안했어. 이번에는 갑자기 감찰단이 쳐들어와도 몇 시간은 버틸 방어막과 도피로를 만들어 놓겠단 말이야."

"둘이 영업을 했습니다."

감찰대장 윤태성이 지부장 김동준에게 보고한다. 밤 11시 반, 둘은 차 안에 나란히 앉아 있었는데 길 건너편의 문구점을 응시하고 있다. 그 문구점이 이틀 전만 해도 두 돌연변이가 장사를 하고 있었던 곳이다. 초등학교 앞이어서 거리 주위는 조용하다. 윤태성이 말을 잇는다.

"또 한 놈도 변장했겠지만 곧 신원이 밝혀질 것입니다. 그럼 거처도 알게 되겠지요."

"그리고 또 한 발 늦겠지."

앞쪽을 응시한 채 김동준이 낮게 말한다. 입을 다문 윤태성이 몸을 굽혔고 김동준의 말이 이어진다.

"우리가 돌연변이의 수준을 따라가지 못하는 것 같다. 놈들의 두뇌가 우리들의 조직력과 힘을 앞서는 것 같단 말이야."

"…"

"거기에다 돌연변이는 또 다른 특징을 생성해낸다. 우리에게는 또 다른 흉측한 병균이 솟아난 것 같지만 놈들에게는 선물이야. 축복이라구."

"지부장님, 돌연변이 소멸률은 증가하는 추세입니다."

윤태성이 조심스럽게 말한다.

"CCTV와 수사기법이 발전되었고 요직에 우리 오카가 다 자리 잡았습니다. 게다가 돌연변이는 오카 조직을 방해할 어떤 조직력도 없습니다. 곧 18지부의 돌연변이를 궤멸시키겠습니다."

"자네, 돌연변이 왕에 대한 소문을 들었겠지?"

불쑥 김동준이 물었으므로 윤태성이 숨을 들이켠다. 김동준이 일산 오카의 사업장을 같이 가자고 한 이유가 이것 때문인가? 엔진을 끈 차 안은 어둡고 적막에 덮였다. 운전사와 감찰대원들은 모두 밖에 나가 어둠 속에 서 있다. 다시 김동준이 말을 잇는다.

"감찰대장이 모를 리가 없지, 말해보게."

"지부장님, 이건 돌연변이들이 퍼뜨린 소문입니다."

"그렇더라도 말해보게."

윤태성이 어깨를 늘어뜨리더니 입을 연다.

"돌연변이 왕이 지구를 정복할 것이라는 소문입니다."

"더 자세히."

"돌연변이 왕이 나타난다는 것입니다."

"계속하게."

"왕은 오카부터 전멸시킨다는군요."

"말하게."

"왕은 엄청난 특징을 보유하고 있다고 했습니다. 마치 신(神) 같다는 군요."

그러고는 윤태성의 입술이 비틀려진다.

"작년에도 왕의 특징을 갖췄다는 돌연변이를 두 놈이나 현장에서 소멸시켰지요. 그중 하나가 이곳 일산 근처에서 재가 되었습니다."

윤태성이 머리를 돌려 김동준을 본다.

"그랬더니 사기를 일으키려고 일산 지역에서 소문이 더 무성해졌습니다. 왕이 곧 나타난다고 말입니다."

"그 소문을 아시아 본부에서도 알고 있어."

불쑥 김동준이 말을 자른다. 윤태성의 시선을 받은 김동준이 말을 잇는다.

"내가 지난번 아시아본부에서 주목하고 있다고 했지? 그건 그 소문 때문이야."

"…"

"아시아 본부는 소문만으로 움직이지 않아, 그건 자네도 알 거야."

김동준이 입을 다물었고 윤태성은 입안에 고인 침을 삼킨다. 아시아

본부의 정보력은 국가기관 급이다. 아니, 각국의 정보 전체를 이용한다고 봐도 될 것이다. 그때 김동준이 말한다.

"서둘러 소탕해야 돼. 잡초는 뿌리부터 뽑아야 돼. 소문의 뿌리부터 잘라내야 한단 말이야. 우선 이 두 놈의 뒤를 캐. 놈들을 바짝 쫓으란 말이야."

꿈이다. 꿈을 꾸면서 이강진이 꿈이라는 사실을 확인한다. 나는 지금 꿈을 꾸는 중이다. 이강진은 흰 공간에 서서 앞에 떠 있는 아버지 이동규를 본다. 이동규는 웃고 있다. 환한 웃음, 이런 웃음은 처음 본 것 같다. 이강진이 다가가 이동규 앞에 선다. 꿈이다, 꿈이야.

"아버지."

"강진아."

이동규가 팔을 뻗어 이강진의 한쪽 어깨를 쥔다. 묵직한 촉감, 꿈이다, 꿈이야.

"아버지, 왜 왔어요?"

"너 보고 싶어서."

"지금 어디 계세요?"

"돌연변이 세상."

"거기가 어딘데요?"

"돌연변이는 영혼이 있단다. 그래서 공간을 떠다니지, 형체는 없지만 다 느낀단다."

"행복해요?"

"행복?"

갑자기 눈을 크게 뜬 이동규의 눈에서 눈물이 흘러내린다, 눈물. 꿈이다, 꿈이야. 그때 이동규가 이강진의 어깨를 쥔 손에 힘을 준다, 이건 꿈인데.

"강진아."

"예, 아버지."

"컴퓨터를 봐."

"왜요?"

"다 네 것이 된다."

"뭐가요?"

"또 올게."

어깨를 쥔 손의 압력이 풀렸으므로 이강진이 조급해진다. 꿈이지만 안 돼, 아버지.

"아버지, 잠깐만."

그때 이동규가 사라진다. 그리고 꿈이라고 느낀 꿈에서 깨어난 이강진이 눈을 뜬다. 깊은 밤, 양계장도 조용, 방안은 어둡고 창밖도 어둡다. 자리에서 일어선 이강진이 창으로 다가가 밖을 본다. 어둠 속에 옆쪽 산의 숲이 보인다. 이강진의 입에서 저절로 목소리가 나온다.

"아버지."

"내가 시장 다녀올게."

아침에 정지우가 말하자 모두 침묵한다. 넷이 아침을 먹는 중이었는데 오늘 식사 당번은 한명식, 반찬이 간장과 계란프라이, 그리고 밥이다. 그것이 미안했던지 한명식은 라면을 삶아 놓았는데 모두 라면만 먹는다. 냉장고가 텅 비었기 때문이다. 전에 살던 집에서 냉장고째 옮겨 왔지만 도중에 쏟아서 반찬은 다 버렸다. 그래서 반찬은 간장 하나, 양계장이니 계란은 많다. 그때 문영철이 입을 연다.

"할 수 없지, 조심해서 다녀와라."

"근데 강진이하고 같이 갈게."

정지우가 문영철과 한명식을 번갈아 본다. 얼굴이 굳어져 있다.

"짐 들어줄 사람이 필요해."

"얘가 강진이한테 마음이 있군."

한명식이 쓴웃음을 짓고 말한다.

"내, 처음부터 눈치가 수상했어."

"시끄러!"

얼굴이 금방 상기된 정지우가 소리친다. 그러자 한명식이 소리 내어 웃는다.

"저것 봐, 얼굴 빨개진 것 봐."

정지우의 얼굴이 일그러졌을 때 문영철이 나선다.

"그래, 같이 갔다 와. 시장은 의정부 쪽으로 가는 게 낫겠다."

"오래 있지 말고."

계란프라이를 뒤적이며 한명식이 거든다.

"모텔 앞 CCTV 조심하고."

그때 정지우가 던진 계란프라이가 한명식의 얼굴에 붙었다가 떨어진다.

잠시 후에 문영철이 이강진과 정지우를 불러놓고 말한다. 앞마당에 계사에서 도망 나온 10여 마리의 닭이 모이를 쪼고 있다. 따스한 햇살, 한명식은 설거지를 하는 중이다.

"이미 일산은 물론 이쪽까지 감찰대가 퍼져 있을 거다. 그러니까 조

128

심하도록.”

“내가 일, 이 년 이 짓 했나요?”

정지우가 쓴웃음을 짓고 말을 잇는다.

“걱정 마세요, 별일 없을 테니까.”

“요즘 소문이 퍼지고 있어.”

한 걸음 다가선 문영철이 둘을 번갈아 본다.

“돌연변이 왕이 세상을 평정할 것이라는 소문.”

“그 소문은 몇 년 전부터 퍼졌다가 없어지곤 했죠.”

정지우가 시큰둥한 표정으로 말한다.

“감찰대가 우리를 들뜨게 만들어놓고 잡으려는 수작이죠.”

“네 특징을 잘 이용해서 강진이를 보살펴줘.”

불쑥 문영철이 말하자 정지우가 숨을 들이켰고 이강진은 몸을 굳힌다.

“내 특징이요? 알았어요. 오래 붙이고 있으면 죽을 테니까.”

정지우가 덮듯이 말했더니 문영철이 눈을 가늘게 뜬다.

“네 변신술 말이다. 네 변신술을 믿고 강진이를 보내는 것이니까 조심해서 다녀와.”

문영철이 몸을 돌렸으므로 정지우가 이맛살을 찌푸리고 이강진을 본다.

“어떻게 알았지?”

“네가 집안에서도 변신하고 다녔기 때문이지.”

이강준이 말을 잇는다.

“영철 형은 냄새로 오카 구분한다는 말 못 들었어? 네가 변신해도 냄새로 알아낼 것이란 말이야.”

129

"그렇구나."

머리를 끄덕인 정지우가 발을 뗀다.

"벽장에 붙어 선 내 냄새를 맡고도 모른 척했겠구나."

찻잔을 내려놓은 서진숙이 앞에 앉은 진세미를 본다, 차분한 표정이다. 오전 10시 반, 성모병원 지하 커피숍 안, 오늘은 진세미가 서진숙을 찾아왔다.

"요즘 고생했지?"

"네, 하지만 성과가 없어서요."

쓴웃음을 지은 진세미도 묻는다.

"연락 없었지요?"

"연락이 왔다면 내가 바로 알려줬겠지."

서진숙이 굳은 얼굴로 말을 잇는다.

"그놈, 우리 작전을 알고 있었나 봐."

"저한테 연락이 왔었어요."

그 순간 서진숙이 숨을 들이켠다. 눈을 크게 뜬 서진숙의 눈동자가 커진다. 그때 진세미가 외면한 채 말한다.

"어머니께 전하라고 하더군요, 자기가 아버지처럼 쉽게 끝내지는 않을 것이라고요."

"…"

"자기 인간성을 이용한 어설픈 작전은 그만두라고도 했어요."

그때 서진숙이 풀썩 웃었으므로 진세미가 시선을 든다. 웃음 띤 얼굴로 서진숙이 말한다.

"그놈, 그런 말을 하는 것부터가 인간화된 것이지."

"무거워?"

앞장서 걷던 정지우가 웃음 띤 얼굴로 묻는다. 정지우는 한 손에 비닐봉지 하나만 들었다. 대신 이강진은 두 팔이 늘어질 정도로 양손에 봉지를 들고 있다. 의정부 재래시장 안, 오후 3시 반, 이제 시장에서 물건은 다 샀다. 다가선 정지우가 이강진이 쓴 선글라스를 조금 추켜올려 준다.

"저기 왼쪽 이불가게 위에 CCTV 있어. 감춰져 있으니까 오른쪽으로 붙어서 가."

"알았어."

둘은 각각 변장을 했는데 정지우는 가발에 도수 없는 뿔테 안경, 입술에 루즈를 발라서 30대쯤의 아줌마, 이강진은 선글라스에 야구모자, 양볼은 둥그렇게 부풀어서 전혀 다른 얼굴, 입안에 고무를 넣었기 때문인데 정지우의 작품이다. 다시 발을 떼어 이불가게 앞을 지난 정지우가 택시정류장 앞에 멈춰 서더니 이강진을 본다. 안경 너머로 눈이 반짝인다.

"우리, 모텔에서 한 시간만 쉬어 갈까?"

정류장 안은 둘뿐이었지만 이강진이 주위를 둘러본다.

"미쳤냐?"

"언제 잡힐지도 모르잖아? 섹스도 못 하고 잡혀 죽는다고 생각하면 억울해."

"시끄러."

"너, 정말 그렇게 나오면 명식 오빠하고 섹스할 거다."

"…"

"준다고 하면 대번에 달려들걸?"

"해라, 해."

"너, 나, 안 좋아해?"

"응."

어깨를 부풀렸던 이강진이 정지우의 눈을 보았을 때 곧 생각말이 울린다.

'나, 너, 좋아한다구, 멍청아.'

'너한테만 주고 싶다구.'

참지 못한 이강진이 입을 연다.

"나도 너 좋아해. 하지만 다음에 하자."

그때 택시가 멈춰 선다.

"고양경찰서로 가 주세요."

뒷좌석에 먼저 탄 정지우가 말한다. 고양경찰서라고 말한 것은 무의식중에 나온 것이다. 어쨌든 고양경찰서 근처에서 다시 택시를 갈아타고 파주 쪽으로 올 때와 마찬가지로 세 번쯤 갈아탈 것이다.

"예, 그러지요."

운전사는 40대쯤의 사내, 장거리 손님에 신이 난 것 같은 목소리다. 그때 이강진이 백미러로 뒷좌석을 보는 운전사의 시선을 받는다. 이쪽은 선글라스를 끼고 있어서 운전사는 시선이 부딪친 것도 모를 것이다. 그 순간 이강진의 가슴 박동이 빨라진다. 운전사의 생각말이 들린다.

'여자는 가발로 변장을 했고 이놈은 선글라스군, 수상한데.'

오카다, 오카가 침투하지 않은 곳이 없다, 청소부, 시장상인, 퀵서비스까지. 택시가 출발했을 때 이강진이 정지우의 팔을 슬쩍 건드려 신호한다. 정지우가 시선을 돌리지 않았지만 몸이 굳어진다. 그때 이강진이 정지우의 손등을 손끝으로 가볍게 세 번 두드린다, 모스 부호처럼. 그 것은 '오카다'라는 의미다. 시내를 벗어난 택시가 속력을 내었을 때 이 강진이 운전사에게 말한다.

"아저씨, 잠깐만요, 저기 길가에 차 좀 세워주세요."

"왜요?"

운전사가 다시 백미러를 본다. 강한 눈빛, 세울 분위기가 아니다. 그 때 이강진이 주먹으로 운전사의 뒷목을 친다.

"퍽석."

목뼈가 부러진 운전사가 앞차를 들이받으면서 멈춰 섰고 다시 뒤차 가 택시를 들이받는다. 그때 이강진이 손을 뻗어 백미러 위에 붙은 블 랙박스를 송두리째 뜯어내 비닐봉지에 담는다. 정지우는 이강진의 행 동을 주시하고 있었던 터라 몸을 숙여 다친 곳이 없다. 이강진이 택시 문을 열면서 소리친다.

"빨리 나와!"

그때 앞뒤의 부서진 차에서도 운전사가 내린다. 한 명은 뒷머리에 손바닥을 붙이고 있다.

"어떻게 된 거야?"

앞차 운전사가 소리쳤지만 쓰러진 택시 운전사를 보더니 이강진에 게 묻는다.

"무슨 일이요?"

"운전사가 갑자기 쓰러졌어요."

이강진이 비닐 봉투를 들어 올리면서 다리를 절름거리며 신음한다.

"나도 병원에 가야겠습니다."

길가로 다가가면서 이강진은 앞뒤 차에 블랙박스가 없는 것을 확인한다.

"자, 어서 도망치자구."

이강진이 말했을 때 정지우가 힐끗 뒤쪽을 보더니 말한다.

"다시 의정부로 돌아갔다가 가야겠어. 저놈들이 우리가 어디로 간 것을 말할 거야."

그리고는 정지우가 먼저 발을 뗀다. 이제 앞뒤 차 운전자는 택시 앞에 서서 제각기 핸드폰을 귀에 붙이고 서 있다. 도로는 양쪽 차선이 막혀 있다.

오후 6시 반, 집에 돌아온 이강진, 정지우로부터 사건 내용을 들은 문영철이 굳어진 얼굴로 말한다.

"감찰대가 이제 전력을 다 투입하게 생겼다."

한명식도 이제는 빈정댈 여유가 없는 것 같다. 눈을 치켜뜨고 말한다.

"아마 뒤쪽 차의 블랙박스에 너희들이 다 찍혔을 거다. 한두 대가 멈춰 서 있었던 것이 아니니까, 더구나 택시 블랙박스까지 뜯어 갔으니 경찰도 비상이 걸렸을 거다."

"어쩔 수 없었어요."

정지우가 화난 표정으로 말한다.

"강진이 아니었다면 우린 그놈한테 끌려갔다구요."

"그건 잘한 거야, 누가 뭐래?"

입맛을 다신 문영철이 말한다.

"너 혼자 보냈다가는 큰일 날 뻔했다."

"앞으로 어떻게 하죠?"

이강진이 묻자 문영철이 어깨를 늘어뜨리며 말한다.

"잠수."

그때 귀에 휴대폰의 리시버를 꽂고 뉴스를 듣던 한명식이 눈을 치켜뜬다.

"운전사가 죽었어. 충돌로 목뼈가 부러졌다는데 시신이 여의도 성모병원으로 옮겨졌군."

그때 문영철이 머리를 들고 이강진을 본다.

"네 어머니가 있는 병원 아니냐?"

그러더니 덧붙인다.

"오카 어머니."

문영철의 시선을 받은 이강진은 대답하지 않는다. 문영철의 생각말도 없지만 둘의 생각은 똑같을 것이다. 그것은 소멸이다. 집행부 처리반장 서진숙이 오카인 운전사의 시신을 처리하기 위해서 가져간 것이다. 절차는 주변 오카가 도와주었을 것이고 운전사의 유전자를 뽑은 후에 시신을 소멸시킬 것이다, 오카는 영원하다.

그 시간에 서진숙은 수간호사실에서 사내 하나와 마주보고 서 있다. 사내는 집행부에서 파견된 홍봉학, 인류 세상 직업은 경찰청 정보팀장, 42세, 경찰대학을 나온 장래가 촉망되는 인물로 직위는 경감이다. 역시 오카인 와이프와 14살짜리 딸이 하나 있다. 홍봉학이 말한다.

"사망한 운전사는 뒤쪽 목뼈가 박살이 났어요. 충돌로 목 받침에 부딪친 것이 아닙니다. 뒤에서 가격한 겁니다."

홍봉학의 얼굴에 쓴웃음이 번진다.

"목격자가 많아서 할 수 없이 사망 처리를 하겠지만 즉시 변형체로 재생시켜야죠."

머리를 끄덕인 서진숙이 대답한다.

"알겠습니다. DNA는 이미 채취해서 행정부에 보냈습니다."

"그런데요."

홍봉학이 지그시 서진숙을 본다.

"택시 안의 블랙박스가 뜯겨 나간 것은 승객의 짓입니다. 그리고 그 승객의 모습이 뒤쪽 세 번째, 네 번째 차량의 블랙박스 화면에 잡혔습니다."

홍봉학이 제 스마트폰을 꺼내더니 곧 화면을 펼쳐 보인다. 그 순간 서진숙이 숨을 삼킨다. 두 남녀, 그중 남자는 선글라스를 끼고 모자까지 눌러썼지만 이강진이다.

"이강진이군요."

서진숙이 남인 것처럼 이강진의 이름을 부른다. 얼굴 표정도 변함이 없다. 홍봉학이 웃음 띤 얼굴로 머리를 끄덕인다.

"그렇습니다. 이강진이 뒷목을 친 겁니다. 이건 경찰 측에 알리지 않았고 감찰대가 넘겼습니다."

'컴퓨터를 봐.'

아버지의 표정, 목소리가 생생하다.

'다 네 것이 된다.'

이강진이 컴퓨터를 켠다. 무엇을 보란 말인가? 밤 12시 반, 주위는 조용, 닭들도 부스럭대지 않고 잠잠한 양계장 뒤쪽 방, 이곳은 안채와 50미터쯤 떨어졌다. 양계장 숙소라고도 불린다. 오늘 밤은 이강진이 당번이 되어 혼자 이곳에 와 있다. 전원이 켜지자 한동안 물끄러미 바탕화면을 응시하던 이강진이 문득 자판을 두드린다. 모니터에 글자가 찍힌다.

'인체의 급소'

갑자기 오늘 운전사의 뒷목을 친 것이 떠올랐기 때문이다. 자신의 주먹은 바위를 깰 정도의 파워를 지니게 되었지만 무작정 힘으로 치는 것보다 적소에, 그것도 죽이지 않았어도 되지 않을까, 하고 생각하고 있었다. 그때 화면에 인체의 몸과 설명이 주르르 뜬다. 인체에는 수백 군데의 급소가 있고 그 명칭, 급소에 대한 설명이 잔글씨로 가득 쓰여 있다. 화면을 넘겨도 끝없이 이어진다. 기가 질린 이강진이 머리를 떼고 긴 숨을 뱉는다. 목이 뻐근했으므로 자리에서 일어선 이강진이 창가로 다가가 목운동을 한다. 그러고는 손으로 목 아래쪽 혈을 지그시 누르자 목이 순식간에 개운해진다. 그 순간 이강진이 숨을 들이켠다. 그러고는 가슴의 명치를 손가락 끝으로 누르자 몸의 활력이 솟아난다. 무의식적인 행동이다. 이강진이 눈을 치켜뜨고 아직도 켜진 컴퓨터를 살아 있는 생물인 것처럼 응시한다. 방금 본 인체의 급소에 대한 모든 지식이 머릿속에 입력된 것이다. 보지도 않았는데 클릭을 한 것만으로도 머릿속에 주입되었다. 이강진이 선 채로 몸의 급소를 하나씩 찾아내어 머릿속 지식과 대조해본다, 맞다. 끝없이 지식이 이어진다. 오래전에 외워둔 것처럼 몸이 익숙하게 움직인다. 이강진의 동공에 초점이 멀어진다. 아버지의 말이 떠올랐기 때문에.

'컴퓨터를 봐.'

'다 네 것이 된다.'

서둘러 다시 컴퓨터로 다가간 이강진이 이제 '인체의 급소'를 지우고 다시 자판을 두드린다.

'전투기 조종'

이강진의 어렸을 때 꿈이 전투기 조종사였다. 그때 화면에 전투기의 종류와 조종에 대한 수백 가지의 방법, 문답, 사례 등이 뜬다. 이강진이 화면을 응시한 채 마우스를 계속해서 클릭한다. 내용이 떴지만 응시만 한 채 클릭해서 곧 전투기에 대한 모든 기록의 클릭을 끝낸다. 마우스에서 손을 뗀 이강진이 다시 창가로 다가가 어두운 창밖을 본다. 이쪽은 계사 반대쪽이어서 산골짜기가 보인다. 곧 이강진은 자신의 머릿속에 전투기에 대한 모든 자료가 입력되어 있다는 것을 느낀다. 전투기의 엔진 구조에서 무장, 조종 방법까지 다 익혀진 상태다. 지금 당장이라도 F-15를 조종하여 공중전을 벌일 수가 있다. 다시 몸을 돌린 이강진이 컴퓨터 앞에 앉는다.

'무술(武術)'

딱 두 자만 쳤더니 수백 개의 자료가 뜬다. 호신술에서 권법, 검술, 창술, 온갖 종류의 무기와 기술, 이강진은 다시 마우스로 클릭하기 시작한다.

'아버지, 고맙습니다.'

클릭하면서 이강진이 중얼거린다. 그 사이에도 이강진의 뇌 속으로 온갖 종류의 지식이 주입되고 그것이 혈관을 통해 몸으로 뻗어 나갔으며 몸의 근육이 그것에 익숙해지고 있다. 바로 컴퓨터 안의 지식이 마우스를 누르는 이강진의 손끝을 통해 전류가 흐르는 것처럼 뇌로 전달되는 것이다. 눈에서 뇌로 연결되는 방식이 아니었다. 이윽고 온갖 무술을 다 흡수한 이강진이 다시 일어나 창가로 다가선다. 그러고는 자신의 손가락 끝에서 발가락 끝까지 모두 치명적인 무기가 되어 있다는 것을 느낀다.

"아버지, 그럼 내가…."

어두운 골짜기를 응시하면서 문득 이강진의 입에서 터진 말이다.

"소문으로 내려오는 그 주인공인가요?"

대답하는 사람은 당연히 없었지만 이강진은 느끼고 있다. 왕의 조건
이 충족된 것 같다. 전설처럼 내려오던 소문이 바로 자신을 향한 것이
었다. 자신이 바로 왕의 특징을 갖게 된 것이다. 이강진은 다시 컴퓨터
로 다가간다.

6장 오카의 음모

월초 정기회의, 장소는 서초동 컨벤션 빌딩 17층 회의실, 금싸라기 땅의 컨벤션 빌딩은 20층 건물로 시가 1천2백 억짜리다. 그런데 이 빌딩의 소유주도 오카, 오카 18지부의 운영 회의는 대개 이 건물에서 열린다. 참석자는 지부장 김동준과 4개부장, 즉 행정부, 심사부, 집행부, 감찰대와 지부위원 12명이다. 오전 10시, 회의실 분위기는 굳어져 있다. 근래의 사건 때문이다. 이윽고 지부장 김동준이 입을 연다.

"근래 사소한 사건이 일어나고 있는데, 먼저 아시아본부의 지시를 하달하겠다."

모두 김동준의 '사소한'이란 표현을 주목한다. 그것은 더 큰일 때문이라는 의미다. 그때 김동준이 주위를 둘러본다.

"북한 쪽 준비가 다 되었다는 보고를 받은 아시아 본부에서 작전시작 지시를 내렸다. 앞으로 일주일 안에 제137회 작전이 시작된다."

모두 긴장했지만 한두 번 했던 작전이 아니다. 북한 오카의 군부 침투가 이뤄진 후부터 계속된 작전으로 벌써 136회가 실행되었던 것이다. 김동준이 말을 잇는다.

"물론 실행은 군의 오카족이 할 것이지만 여론작업, 주식시장 작업, 행정, 정치를 담당한 각 위원과 부장들도 작전에 동참해야 할 것이다."

지금까지 136번이나 한 작업이라 모두 이골이 났다. 시키지 않아도 손발이 맞는다. 머리를 든 김동준이 사회를 맡은 위원에게 지시한다.

"관계자들 들어오라고 해."

위원이 일어나 옆방으로 통하는 문을 열고 들어가더니 곧 양복 차림의 사내 둘과 함께 들어온다. 사내 둘이 원탁에 앉았을 때 김동준이 왼쪽 사내에게 말한다.

"작전 내용을 간단히 설명해라."

"예, 지부장님."

심호흡을 한 사내가 어깨를 편다. 40대 후반쯤으로 건장한 체격이다. 볕에 탄 얼굴, 짧은 머리, 굳게 다문 입술, 이 사내는 현역 육군대령, 휴전선 남쪽 제7사단 2연대장 박명국이다.

"곧 북측 포대에서 제 부대로 포격을 해올 것입니다. 처음에 105밀리 포로 대여섯 발을 발사할 것인데 이에 대응해서 제 부대는 155밀리로 1백 발쯤을 북쪽에다 쏟아부을 것입니다."

모두 사내를 주목한다. 회의실 안은 숨소리도 들리지 않고 박명국의 말이 이어진다.

"이번은 예전과 좀 다릅니다. 육본에서 정확한 대응 지침이 내려왔고 부대장이 즉각 응사권이 있으니 제가 명령하면 됩니다."

그때 옆에 앉은 사내가 말을 받는다.

"북한군 수뇌부는 당황해서 대응 포격을 중지시키겠지만 이번에는 지시를 무시하고 다연장포로 수백 발을 쏠 예정입니다. 목표는 7사단 사령부로 할 겁니다."

사내는 육본 작전참모부 소속의 이청주 대령이다. 살찐 체격의 이청주가 말을 잇는다.

"우리가 이미 7사단장 벙커 좌표를 줬으니까 7사단 사단장 이하 참모들까지 폭사할 것입니다. 그러면 확전이 될 것입니다."

"이번에는 잘 되어야 할 텐데."

김동준이 쓴웃음을 짓고 말했다.

"남한은 준비가 다 되어 있는데 북한 쪽이 문제야."

혼잣소리였지만 다 들린다. 맞는 말이다. 오카족 숫자만 해도 남한은 이미 5만여 명, 사회 각 부분의 요직에 파고들었으며 서로 협조하여 권력과 부를 움켜쥐고 있다. 18지부의 자체 통계를 기준으로 남한의 요직 3%, 경제력의 7%를 장악하고 있는 실정이다. 엄청난 권력, 재력이다. 그러나 북한은 오카 불모지역이나 같다. 북한의 거주 오카는 1천여 명, 70년 전 해방이 되었을 때 남북한으로 각각 1천여 명의 오카가 이주했다. 그런데 70년이 지난 지금 남한은 오카가 5만여 명으로 늘어나 기반을 굳힌 반면 북한은 아직도 70년 전과 같은 1천여 명이다. 그것은 그동안 굶어 죽고 맞아 죽고 총 맞아 죽은 데다 도저히 못 살겠다고 중국 땅으로 이주해버렸기 때문이다. 그러나 북한에 남은 1천여 명은 오카 특유의 단결력으로 군부와 당 요직에 배치되어 있다. 세력은 아직 미약하다. 북한 오카는 제19지부로 되어 있지만 남한 18지부의 원조로 연명하는 상태로 인류 측의 남북한 관계와 비슷하다. 그때 이청주가 다시 말한다.

"지부장님, 이번 남북한 충돌은 62년 전 휴전 이후의 최대 사건이 될 것입니다. 저희들 군부 오카는 확전이 되도록 최선을 다하겠습니다."

"군사작전은 군의 오카 동지들에게 맡기겠다. 다만…"

김동준이 엄격해진 표정으로 두 사복 차림 장교를, 그리고 지부위원들까지 모두의 얼굴을 훑어본다.

"모두 명심하도록, 모두 현재의 편안함에 안주하면 안 된단 말이야, 아시아 본부는 물론 지구본부에서도 이번 작전을 주시하고 있다. 오카의 목표는 인류 전멸이고 오카 세상을 만드는 것이다. 어떻게든 전쟁을, 질병을, 혼란을 키워야 된단 말이야. 현실에 안주하고 분란을 귀찮아하는 오카는 가차 없이 소멸시킬 테니 총력을 다 하여 분발하도록."

거의 매번 듣는 말이었지만 모두 긴장한다.

이제는 스마트폰으로도 정보가 입력된다. 아버지는 컴퓨터의 자료가 모두 네 것이 된다고 했지만 같은 맥락, 스마트폰이 컴퓨터 역할을 하기 때문에 스마트폰 버튼을 누르고 있으면 정보가 손가락을 통해 뇌로, 몸으로 흡수된다. 모든 자료, 모든 기술, 모든 능력이.

"뭘 해?"

뒤에서 인기척, 정지우의 목소리이다. 머리를 돌린 이강진 앞으로 정지우가 다가와 선다. 검정색 바지에 회색 스웨터 차림으로 흰 얼굴에 검은 눈동자가 반짝인다. 시선이 마주친 순간 생각말이 들린다.

'내가 무슨 생각하는지 듣지?'

시선을 마주친 채 정지우가 웃는다. 그러고는 생각말로 말을 잇는다.

'저 뒤쪽 산에 올라갔더니 멋진 평지가 있었어. 지난번 평지보다 더 좋아. 거기로 가자.'

"또 그런다."

상대방 말만 들었지 정지우는 이쪽 생각말을 들을 수가 없다. 그래서 이강진이 입말로 한다.

"그만해, 다음에."

"어젯밤 뭐했니?"

이제는 정지우도 입말로 묻는다.

"새벽까지 숙소에 불이 켜졌던데, 그 불빛만 보다가 잤어."

오전 11시 40분, 문영철과 한명식은 계사에 들어가 있고 이강진은 뒷마당 벤치에 앉아서 쉬는 중이다. 이제 11월, 서늘한 바람이 뒷마당의 낙엽들을 휩쓸고 간다. 그때 이강진이 손을 뻗어 정지우의 어깨에 얹는다. 놀란 정지우가 눈을 크게 떴을 때 이강진이 말한다.

"기다려."

"왜?"

"조금만 기다리면 알게 돼."

"내 손을 잡아, 1분만 지나면 뜨거워질 테니까."

"그러지, 그럼."

이강진이 어깨에 올린 손을 내려 정지우의 손을 쥔다. 기다리고 있던 뜨거운 손, 색정(色情)의 손, 1분만 지나면 색정에 달아오른 사내가 몸부림을 치게 된다던가? 정지우가 이미 상기된 얼굴로 이강진을 본다.

"우리 뒷방으로 가자, 오빠들은 아직 오지 않을 테니까."

이강진은 텅 빈 정지우의 머릿속을 본다. 다시 정지우의 동공이 흐려진다.

"나, 뜨거워졌어, 이런 적 처음이야."

정지우의 숨소리가 가빠지면서 몸이 비틀린다.

"자기야, 나 미치겠어."

그때 이강진이 손을 떼고는 한 걸음 물러선다. 차분한 표정이다.

"됐다."

가쁜 숨을 뱉던 정지우가 겨우 눈의 초점을 잡는다. 그때 이강진이 웃음 띤 얼굴로 말한다.

"오늘 밤에 하자."

"정말?"

눈을 크게 뜬 정지우에게 머리를 끄덕여 보인 이강진이 몸을 돌린다.

"그럼 오빠들한테 오늘 밤도 계사 숙소에 있겠다고 해, 내가 갈게."

이강진의 등에 대고 정지우가 들뜬 목소리로 말한다. 저택 모퉁이를 돈 이강진이 벽으로 다가간다. 그러고는 벽에 붙어 서서 숨을 멈춘다. 그 순간 자신의 몸이 벽에 흡수되어 있는 것을 느낀다. 몸 형태는 그대로였지만 굴곡이 전혀 없는 상태, 빛도 굴절되지 않고 통과, 그대로 벽과 일체가 된 것이다. 변신, 카멜레온은 형체라도 있는데 형체도 보이지 않는 완벽한 흡수다. 이강진은 정지우의 변신술을 전수 받은 것이다. 손은 마우스나 버튼만 통용되는 것이 아니었다. 손만 붙으면 그 정보, 그 기능이 그대로 전이되는 것이었다. 그것을 정지우에게 실험해 본 것이다. 이제 되었다. 벽에서 몸을 뗀 이강진이 다시 모습을 찾은 제 모습을 본다.

"아버지."

저절로 입에서 아버지 소리가 뱉어진다.

"형님."

다가선 이강진이 덥석 손을 잡았으므로 문영철이 눈을 둥그렇게 뜬다. 생각말을 못 읽는다. 그래서 입말로 묻는다.

"무슨 일이냐?"

닭의 배설물을 치우고 난 뒤여서 손이 지저분하다. 그래서 손을 빼려고 했지만 이강진이 놓지 않는다.

"야, 손 놓아."

"조금만 더 잡구요."

"이 자식이 미쳤나?"

쓴웃음을 지은 문영철이 손을 털려고 했을 때 이강진이 먼저 손을 푼다.

"악수를 하고 싶었어요."

"미친놈."

"고생하시는데 인사라도 하려고."

"진짜 미친놈이네. 얀마, 이따 취사 당번이나 대신해라."

"그러죠."

"야, 나한테는 안 해?"

닭똥을 자루에 담고 있던 한명식이 버럭 소리친다.

"내가 악수해줄게, 대신 이 일 좀 해라."

"그러죠."

"어라?"

삽을 내려놓은 한명식이 물끄러미 이강진을 본다. 그때 다가간 이강진이 한명식의 손을 두 손으로 잡는다.

"이 자식이 어떻게 된 것 아냐?"

손을 잡힌 한명식이 웃었고 문영철이 따라 웃으며 말한다.

"저 자식이 무슨 꿍꿍이가 있는 것 같다."

"내가 줄 게 있어야죠. 형, 이 자식이 잘못 보았지."

146

그때 손을 뗀 이강진이 한명식이 내려놓은 삽을 들고 대신 닭똥을 담는다.

"너, 무슨 일 있냐?"

문영철이 이강진의 등에 대고 묻는다.

"아뇨, 그냥 장난한 겁니다."

이강진이 말하자 둘이 웃는다.

"우린 먼저 갈 테니까 닭똥 자루 쌓아놓고 와, 이 싱거운 놈아."

한명식이 말하고는 둘이 사라진다. 둘에게 자세한 이야기는 아직 할 필요가 없다. 둘의 능력을 빼앗은 것도 아니다. 이제 둘한테서 각각 냄새로 오카를 구분하는 능력과 가공할 점프력을 전수받은 셈이다. 닭똥 자루를 들던 이강진은 문득 이 능력을 어떻게 쓸 것인가를 생각한다.

저녁을 먹으면서 이강진이 문영철에게 묻는다.

"형님, 돌연변이들이 어디에 많아요?"

"얀마, 돌연변이가 뭐야? 돌연변이가?"

버럭 화를 낸 한명식의 입에서 씹던 밥알이 앞으로 튕겨 나온다.

"아이, 드러."

정지우가 상반신을 뒤로 젖혔을 때 문영철이 되묻는다.

"왜?"

"돌연변이가 아냐. 초능력자다, 우리가."

입을 크게 벌리지 않으려고 애쓰면서 한명식이 소리친다.

"아이, 드러."

다시 정지우가 투덜거렸을 때 이강진이 문영철에게 대답한다.

"만나고 싶어서요."

"글쎄, 왜?"

"우리끼리 모여서 힘을 합해야 되지 않겠어요? 그래야 살 것 아닙니까?"

"그거 많이 듣던 소리다."

입안의 음식을 삼킨 한명식이 눈을 부릅뜨고 말한다.

"그것이 오카놈들의 작전이었지. 그 작전에 넘어가 여러 번 무더기로 소탕되었다."

이강진의 시선을 받은 문영철이 머리를 끄덕인다.

"그래, 여러 번 모였다가 당했다. 구심점이 없었기도 했지, 모두 위대한 초능력자가 나타나기만을 기다리고 있다."

다음 날 오전, 이강진은 일산 시내에 나와 있다. 계사에서 일하는 문영철, 한명식에게 뒷산에 운동하러 간다면서 빠져나온 것이다. 오늘은 취사 당번도 아니어서 12시까지 자겠다고 했으니 정지우는 지금도 잠을 자고 있을 것이다.

시내 중심가를 관통하는 대로 끝에 섰을 때는 오전 10시 10분, 이강진은 곧장 걸어가기 시작한다. 이제는 맨머리에 선글라스를 끼고 검정색 점퍼에 바지 차림이다. 등에는 책 몇 권을 넣은 가방을 메고 운동화를 신었다. 키가 커서 눈에 띄긴 했지만 많은 행인 사이에 낀 평범한 학생이다.

사거리 하나를 건너 3백여 미터쯤 걸었을 때 강한 체취가 맡아진다. 오카, 숨을 들이켠 이강진이 선그라스를 통해 전방을 주시, 냄새가 점점 강해지는 것은 다가오고 있다는 증거, 과연 행인 사이에서 이쪽으로 다가오는 사내가 눈에 띈다.

가을 양복 차림의 손에 가방을 든 평범한 직장인, 거리는 50미터, 저 남자인가? 그때 그 바로 뒤쪽의 여자, 30대쯤, 미모, 날씬한 몸매, 다시 숨을 들이켠 이강진은 체취와 함께 향수 냄새를 맡는다. 저 여자인가?

그때 여자의 시선이 이강진을 스치고 지난다. 거리는 30미터, 그쪽 남자가 갑자기 옆쪽 건물로 들어갔지만 냄새는 더 강해진다. 저 여자다. 오카, 여자의 시선은 앞쪽, 거리는 15미터, 냄새는 더 강해진다. 이강진은 곧장 다가가면서 여자를 훑어본다. 이렇게 시내에서 오카를 발견하는 것은 처음이다.

오카는 오카를 구별하지 못하고 이강진을 스치고 지난다. 어깨를 늘어뜨린 이강진이 소리 죽여 숨을 뱉는다. 이제야 문영철의 위대한 능력을 실감하게 된다. 개 코 능력, 문득 머릿속에 개 코 능력이란 단어가 떠올랐고 이강진의 얼굴에 웃음이 떠오른다. 마침 옆을 지나던 여자가 이강진의 웃음을 받더니 따라 웃는다.

긴 생머리, 미모, 날씬함, 그 순간 이강진의 심장박동이 빨라진다. 길거리 헌팅? 이 상황에서 옆에 여자가 있는 것이 낫겠다는 계산이 재빠르게 작동, 몸을 돌린 이강진이 부른다.

"저기요."

기다렸다는 듯이 여자가 머리를 돌려 이강진을 본다. 옅은 웃음을 띤 얼굴, 이 여자는 이강진의 웃음을 보고 오해한 것이다, 그때 이강진이 말한다.

"커피 좋아하세요?"

18지부장 김동준 앞에 앉은 사내는 미시다 나가사끼, 제17지부 일본지부장 오다 히데요시의 보좌관이다. 50대 중반의 미시다는 긴장한 얼굴이다. 김동준의 연락을 받고 한국으로 온 것이다. 이곳은 김동준의 공식 집무실인 서초동 컨벤션센터 빌딩. 둘은 17층 회의실 옆 상담실에 마주앉아 있다. 이윽고 김동준이 입을 연다.

"5일쯤 후에 휴전선에서 남북한 교전이 일어납니다. 이번은 대형 교전이 될 테니까 17지부에서 적절하게 운용을 하시지요."

"어느 정도 큽니까?"

정색한 미시다의 두 눈에 생기가 돌았다. 미시다는 제17지부의 경제 담당 보좌관이다. 인류 사회 직책도 노무라증권 감사로 경제통이다. 김동준도 정색하고 대답한다.

"한국의 제7사단 지휘 벙커가 폭파되어 사단장 이하 참모들이 폭사하는 정도."

"으음."

신음한 미시다가 눈을 가늘게 뜬다.

"한국군도 대대적인 반격을 하겠군요?"

"당연하지요. 전면전 직전까지 끌어가기로 아시아 본부하고 합의했습니다."

"대단하군요."

미시다가 얼굴을 일그러뜨리며 웃는다. 그때서야 김동준이 자신을 부른 이유를 알게 된다.

"알겠습니다. 그럼 해당 주식을 적절하게 운용하지요, 지부장님."

"우리 지부에서 3억 불을 드릴 테니까 그것을 운용해 주시라고 부른 겁니다."

"알겠습니다, 지부장님."

"이번 사건으로 얻은 이익금의 10퍼센트는 확실히 주셔야겠고."

"그거야 당연합니다."

이제 미시다의 얼굴에 쓴웃음이 떠오른다. 남북한이 준전시 상태가 되면 증시가 폭락, 폭등할 것이다. 이것을 사전에 예측하고 주식 투자를 하면 떼돈을 번다. 지금까지 오카의 각 지부는 남북한 휴전선에서의 긴장 상태를 야기, 그것을 이용한 주식투자로 막대한 수익을 올렸다. 미시다가 다짐하듯 말한다.

"그 정도 사건이면 대형 호재입니다. 이번에 한몫 잡겠습니다."

여자 이름은 서영지, 21세, 일산대 영문과 2학년, 신장 168, 체중 52, 아버지 초등학교 교사, 어머니 간호사, 동생 서정수는 고3, 이것이 이강진이 서영지로부터 입말과 함께 생각말로 들은 이력이고 이강진은 21세, 서광대 경영학과 2년, 아버지 사업가, 어머니 주부, 동생 없음으로 위장한다.

오전 11시 둘은 일산백화점 16층의 로비 휴게실에 앉아서 커피를 마시고 있다. 만난 지 10분 만에 나이가 같으니 반말하자는 합의가 되었다.

"너, 진짜 여친 없어?"

서영지가 두 번째 묻는다. 눈 끝이 조금 치켜 올라간 모습이 섹시하다. 그때 서영지의 생각말이 들린다.

"이런 애가 여친이 없을 리 없어, 하긴 얘도 날 보고 그런 생각을 하겠지."

생각말이 긴 것은 생각이 많다는 것을 나타낸다. 생각이 많으면 의심도 많아지고 상대방 속 썩일 일도 많아진다. 그러나 이쪽은 생각을 읽는 터라 오히려 일이 쉬워진다. 이강진이 입말로 대답한다.

"난 네가 남친이 없다는 말을 믿어. 내가 듣기론 괜찮은 애들이 그런 경우가 종종 있다고 했어."

그러자 서영지의 얼굴에 웃음이 떠오른다. 그러나 곧 생각말이 재잘거린다.

'내가 아직 처녀라고 해도 믿을까? 하지만 자위를 많이 해서 실제로 섹스할 때 믿지 않을 거야.'

생각말을 듣고 놀란 이강진이 숨을 들이켜면서 서영지를 본다. 도무지 자위를 많이 하고 있는 여자같이 보이지 않는다. 저 새침한 얼굴이 혼자 자위하면서 헐떡이다니, 그때 저절로 이강진의 입말이 터진다.

"난 널 믿어."

"택시를 네 번이나 바꿔 탔는데 결국 이 근처에서 종적을 감췄습니다."

이경호가 1:50,000 지도를 볼펜 끝으로 가리키며 말한다.

"이곳에 농장, 가축 사육장이 밀집해 있는데, 각각 멀리 떨어져 있어서 수사하기가 좀 벅찹니다."

수사라고 했지만 이곳은 경찰서가 아니라 오피스텔이다. 벽에 붙여진 지도를 응시하는 사람은 3명, 이경호와 윤태성, 박남구다. 이경호가 둘을 번갈아 본다.

"경찰 수사 인력을 그 근방에 보내기가 좀 그렇습니다. 사건 사고가 거의 없는 지역이기도 해서요. 그러니까…."

"알았어, 우리가 가지."

윤태성이 머리를 끄덕이며 말한다.

"어쨌든 수고했어."

152

이경호는 일산경찰서에 근무하는 오카로 정보팀이다. 그래서 이번에 의정부 쪽으로 나타났다가 오카 운전사 목뼈를 부러뜨리고 잠적한 이강진을 찾고 있었던 것이다.

이경호는 찾아낸 사실을 경찰 측에는 말하지 않고 오카 감찰대에만 보고하고 있다. 윤태성이 박남구에게 말한다.

"대원을 소집해."

로비 휴게실 옆 이태리 식당에서 이강진과 서영지는 점심을 먹는다. 스파게티에 송아지 스테이크, 포도주도 한 병 곁들였고 디저트는 아이스크림이다. 이강진이 다 시켰더니 서영지가 얼굴이 하얗게 되어 말까지 더듬는다. 메뉴 옆에 가격이 쓰여 있었기 때문이다. 대충 계산해도 점심 값으로 14만 원이다.

"너, 돈 많아?"

"응."

"왜 많아?"

"이런 바보가, 왜라니? 부자라서 그렇지."

서영지가 입을 다문다. 그때 또 냄새가 난다. 일산에 와서 두 번째 냄새를 맡는다. 독한 냄새가 움직이고 있다. 식당 안에는 손님이 6테이블, 16명, 종업원이 셋 돌아다닌다. 움직인다면 종업원인가? 그때 냄새가 다가온다. 맞다, 종업원이다.

정지우와 비슷한 냄새다. 다가오는 종업원은 20대 후반쯤. 눈이 맑고 작은 체격, 그러나 젓가슴과 엉덩이는 크다. 허리 잘록, 육감적 몸매, 여자가 이강진의 시선을 받더니 생각말을 하고 지나간다.

'아유, 괜찮네. 저런 오카 남자가 있으면 좋겠다.'

오카란 것이 확인된다. 오카는 오카를 찾기 마련, 인류하고는 미래가 없기 때문이다. 그때 앞쪽에 앉은 서영지를 보았더니 이쪽에서도 생각 말이 들린다.

'애 한눈파는 것 좀 봐, 속 썩이겠어.'

이강진이 저절로 한숨을 뱉는다. 문득 생각말을 듣지 않는 것이 낫겠다는 생각이 든다. 순간, 그때 주방 쪽으로 갔던 오카가 다시 이쪽으로 오자 이강진이 시선을 준다. 선그라스를 벗어놓고 있던 터라 시선이 마주쳤고, 또 생각말이 들린다.

'하긴 돌연변이라 오카를 만나도 희망이 없지.'

"강진이 어디 갔는지 몰라요?"

정지우가 묻자 한명식이 이맛살부터 찌푸린다.

"그걸 왜 나한테 물어?"

"그럼 닭한테 물어요?"

바로 되물었더니 한명식이 허리를 편다. 손에 죽은 닭 두 마리가 들려 있다. 병이 든 것인지 어쩐지는 아직 모른다.

"야, 바빠 죽겠는데 아침에 산에 운동 간다고 했다."

"진즉 그렇게 말하면 될 걸 가지고."

정지우가 몸을 돌리자 한명식이 투덜댄다.

"내가 안 보이면 그렇게 좀 찾아봐라."

그러나 정지우도 투덜댄다.

"내가 미쳤냐? 찾아서 뭐하게?"

한명식이 정지우의 등이 뚫릴 만큼 쏘아보았을 때 시선 한쪽으로 승용차 한 대가 보인다. 이곳은 조금 높은 언덕에 위치하고 있어서 사방이 탁 트였다. 서쪽은 작은 개울이 흘렀고 동쪽과 북쪽은 황무지, 남쪽은 수로 좌우로 논이 펼쳐져 있다. 그런데 승용차는 동쪽 국도에서 꺾어진 샛길을 따라 이쪽으로 달려오는 중이다.

"차가 온다!"

한명식이 소리치자 정지우가 멈춰 선다. 그때 뒤쪽에서 문영철이 달려온다.

"명식이는 숨어 있고 지우하고 내가 맡는다. 서둘러!"

차와의 거리는 이제 5백 미터 정도, 차에서 이쪽은 계사에 가려서 보이지 않을 것이다. 한명식이 찌푸린 얼굴로 문영철을 본다.

"누굴까?"

"아직 모르지. 하지만 놀러오는 놈들은 아냐."

"해치워야 돼?"

"내가 신호할 때까지 기다려."

둘이 급박한 대화를 나눴지만 정지우는 두 손을 허리에 짚은 채로 껌을 씹고 있다. 한명식이 서둘러 사라지자 정지우가 문영철에게 묻는다.

"오빠, 저것들이 오카나 경찰이라면 내 얼굴을 알지도 몰라요. 안 그래요?"

문영철이 숨만 들이켰을 때 정지우가 다시 묻는다.

"택시에서 강진이하고 나왔을 때 나도 찍혔을지 모른다구요. 뒤에 차들이 줄줄이 서 있었거든."

"그럼 너도 숨어 있어."

입맛을 다신 문영철이 눈으로 뒤쪽 산을 가리킨다.

"저기로 가서 나무가 돼 있든지."

"바보."

바보 소리에 화가 난 문영철이 머리를 돌렸을 때 정지우가 없어졌다. 정지우가 서 있던 자리에는 닭 사료 자루만 쌓여 있다. 그때 사료에서 정지우 목소리가 들린다.

"바보, 나 여기 있어요."

어깨를 늘어뜨린 문영철이 계사 옆쪽으로 다가간다. 그때 정면으로 다가오는 승용차가 보인다. 승용차 안에는 두 사내가 타고 있다. 거리는 1백여 미터 정도. 문영철은 승용차를 향해 숨을 들이킨다.

거리가 50여 미터로 좁혀졌을 때 문영철이 두 번째 숨을 들이켰고 곧 머리에 쓴 모자를 벗어 먼지를 터는 시늉을 한다. 오카라는 신호를 한 것이다, 오카 냄새를 맡았기 때문에.

차에서 내린 사내는 둘, 30대 중반쯤의 나이다. 둘 다 점퍼에 운동화 차림, 건장한 체격, 눈빛이 날카롭다. 집행부나 감찰대가 오카, 또는 돌연변이를 확인하는 방법은 다양하다. 요즘 개발된 방법 중 하나는 오카의 발상지이며 오카 제1지부인 영국 지부에서 개발된 것이다.

그것은 스코틀랜드 황무지에서만 자라는 히바리스라는 꽃가루 냄새를 맡게 하는 것이다. 그러면 오카는 틀림없이 재채기를 계속하게 된다. 앞장선 사내가 다가오면서 문영철을 향해 묻는다.

"안녕하십니까? 군청 축산과에서 왔는데요."

"아, 예."

거리는 20미터, 문영철이 계사 입구에 있었기 때문에 차가 들어올 수 없다. 오카 냄새가 강하게 풍긴다. 문영철이 듣기에도 오카를 냄새로 구분하는 돌연변이는 없었다. 오카 본부에서 알면 눈에 불을 켤 것이다.

문영철은 생각을 듣는다는 이유로 돌연변이로 인정, 도망자가 된 것이다. 그때 다가온 둘이 주위를 둘러본다. 자, 이제 어떻게 할 것인가? 이미 모자를 벗어 한명식과 정지우에게 오카라는 신호를 보냈으니 둘은 다음 신호를 기다리고 있을 것이다. 문영철과 두 오카의 다음 행동을 기다려 보기로 한다. 지금까지의 경험에 의하면 이 두 오카는 오카를 확인하려고 할 것이다. 그것을 배워야 한다. 그때 한 사내가 주머니에서 수첩을 꺼내면서 말한다.

"여긴 양진복 씨 부부가 운영하는 양계장인데, 실례지만 고용원인가?"

"예."

"언제부터 일하게 되셨어요?"

"어렸을 때부터요."

"예?"

"제가 손자거든요."

"아, 그러네."

"전, 전라도 순창에 사는데 1년에 서너 번 와서 일해 드리고 가요."

"아, 그렇구나."

수첩에 메모하던 사내가 머리를 들었을 때까지 주위를 두리번거리던 다른 사내가 빙그레 웃는다. 자신만만한 웃음이다. 사내가 몸을 돌려 문영철을 본다.

"너, 돌연변이지?"

"무슨 말입니까?"

문영철이 이맛살을 찌푸린다. 그때 다른 사내도 수첩을 접으면서 웃는다.

"우리가 요즘 목소리 떨림으로 오카를 구분하거든."

"오카라니요?"

"이곳에 오카 주민은 없어. 넌 돌연변이야."

"무슨 말씀이신지….."

눈을 치켜뜬 문영철이 그때까지 손에 쥐고 있던 모자를 쓴다. 만날지기만 하는 뉴욕스네이크 야구팀 모자이다.

그 순간 푸른 하늘에서 커다란 물체가 떨어진다.

"쿵!"

물체는 사내 하나의 머리 위로 떨어지는 바람에 그런 소리를 냈다. 떨어진 후에야 그것이 한명식인 것이 드러난다. 한명식은 하늘에서 떨어지면서 사내의 머리를 발로 밟더니 곧 반동으로 뛰어오른다. 그와 동시에 뒤쪽 사료가 쌓인 곳에서 팔 하나가 뻗어 나와 다른 사내의 손을 움켜쥔다.

"앗!"

놀란 사내가 소리를 질렀다가 금방 몸을 굳힌다. 눈을 치켜뜨고 입을 딱 벌리고 서 있다. 그때는 반동으로 계사 뒷마당으로 떨어졌던 한명식이 다시 뛰어서 이쪽에 떨어진 후다.

"야, 너 세졌구나."

문영철은 가만히 서 있었지만 한명식이 감탄한다. 사내 하나의 팔을 움켜쥔 것은 정지우다. 그것은 5초도 안 되어서 사내 몸이 뻣뻣해졌기 때문이다. 한명식에게 밟힌 사내는 머리가 땅속으로 파묻혀서 움직이지 않는다. 그때 문영철이 말한다.

"닭장사도 오늘로 끝이다. 또 떠나야겠다."

"도대체 얘는 어디 간 거야?"

이미 얼음덩이가 된 사내에게서 손을 뗀 정지우가 투덜댄다. 이강진을 말하는 것이다.

"이놈들이 이제는 목소리로 오카를 찾아낸다."

문영철이 어깨를 늘어뜨리며 말한다.

"형, 강진이를 불러야겠는데."

이제는 한명식이 서두른다.

"잠깐만."

이강진이 부르자 종업원이 머리를 돌린다, 놀란 표정이다. 이곳은 화장실 앞 복도, 테이블에 앉아 있는 서영지한테는 보이지 않는다. 이강진이 손짓으로 부르자 종업원이 잠깐 서영지 쪽을 보더니 다가온다. 정신이 없는지 시선이 마주쳤어도 생각말이 없다. 다가온 종업원에게 이강진이 서둘러 입말로 말한다.

"나도 오카, 돌연변이죠. 내가 오카를 알아보는 재주가 있죠. 돌연변이가 된 건 내가 세 시간 동안 죽었다가 깨어났기 때문인데요."

이건 정지우의 특징이다. 놀란 종업원이 입만 딱 벌리고 있다. 그때 이강진이 손을 내민다. 시간이 없으니까 어쩔 수 없다.

"인사나 합시다. 난 이강진, 현재 도망자."

여자가 이강진이 내민 손을 3초쯤 보더니 마침내 손을 잡는다. 이제 됐다. 시간을 끌려고 이강진은 몇 마디 더한다.

"혹시 돌연변이 모임 없어요? 이렇게 뿔뿔이 숨어 있기만 하면 다 잡혀요. 그래서 뭉쳐야 하는데."

"몰라요."

"아시면 연락 좀 해요."

"어떻게요?"

그때 여자의 특징이 주르르 흡수된 느낌이 온다, 머리가 꽉 막힌 느낌, 안정감. 여자의 이름이 떠오른다, 안진혜다. 다음 순간 여자의 특징을 떠올린 이강진이 숨을 삼킨다.

여자의 특징은 투시력, 시멘트, 강철, 또는 땅바닥을 뚫고 사물을 그대로 볼 수가 있다. 아파트 밖에서 안을 보고 은행 밖에서 금고 안의 돈을 본다. 과연 돌연변이다. 손을 뗀 이강진이 부드럽게 말한다.

"다음에 찾아올게요."

"손님도 오카예요?"

그때서야 안정을 찾은 안진혜가 묻자 이강진이 웃음 띤 얼굴로 머리를 젓는다.

"인류, 오늘 처음 만났어요."

그때 주머니 안에 든 핸드폰이 진동하자 이강진이 손을 들어 보이고 돌아선다. 핸드폰 발신자 번호가 문영철이다.

또 떠난다. 이번에는 넷이 돈 가방만 들고 서울로 잠입한다. 우선 산을 타고 나서 시골 버스 정류장을 돌고 돌아와 상계동, 장안평을 거쳐 봉천동까지, 밤 10시 반이 되어서야 넷은 봉천동 연립주택 2채를 얻는다. 제각기 둘씩 위아래 층 연립주택을 얻은 것이다. '도망' 선수인 문영철의 아이디어다. 아래층은 비우고 이층에서 넷이 사는 것이다. 아래층은 습격자에 대비한 함정이다.

2층에서 도주로는 골목 건너편 단독주택, 5미터쯤 떨어졌으니 점퍼 한명식은 일도 아니겠지만 셋을 위해서 사다리를 준비하기로 했다. 이 강진이 점퍼 특징을 흡수했다는 것은 말하지 않았기 때문이다. 그걸 말하면 모두 질색할 것이다.

"힘들다."

밤 11시 반, 그때 사온 김밥으로 겨우 저녁을 먹으면서 문영철이 말한다. 문영철이 금방이라도 눈물이 떨어질 것 같은 표정으로 말을 잇는다.

"너희들이 날 믿고 따르는 것 같은데 솔직히 난 그럴 능력이 없어. 나이가 제일 많으니까 이러는 거야."

"형, 누가 뭐래?"

김밥을 먹다가 한명식이 말하는 바람에 밥알이 튀어 나간다.

"아이 드러."

정지우가 멀리   떨어져 앉는다. 한명식이 밥알을 더 튀기면서 말을 잇는다.

"형은 이끌기만 해. 거치적거리는 건 나하고 강진이가 해치울게."

"아이 드러."

"오늘은 지우도 한몫했잖아?"

한명식이 치켜세워 주었기 때문인지 정지우는 입을 다문다. 그때 이강진이 말한다.

"형님, 오늘 낮에 일산 시내에서 돌연변이를 만났어요."

모두의 시선이 모인다. 이강진이 서둘러 말을 잇는다.

"생각말을 들었기 때문이죠."

냄새로 찾았다고 할 수는 없다.

"무슨 돌연변이인지는 모르겠는데 일하는 직장은 알아요."

"뭐하는 놈인데?"

한명식이 묻는다.

"여잔데 식당 종업원이었어요."

"예뻐?"

바로 정지우가 묻자 이강진이 시선을 준다. 생각말이 없다.

"뭐, 그저 그래."

"네가 먼저 말 걸었어?"

"이런 지기미."

입맛을 다신 한명식이 투덜거렸을 때 문영철이 결말을 낸다.

"아직 돌연변이를 모을 때는 아냐. 우리 넷이 도망 다니는 것만 해도 벅차다. 우선 우리 주변부터 정리하고 나서 보자."

"역시 서울이 낫다."

한명식이 주위를 둘러보며 말한다.

"여자도 많고, 먹을 것도 많고."

이제는 누구도 말을 잇지 않는다.

그 시간에 윤태성은 집행부장 최기종과 동대문 광장 사무실에서 마주앉아 있다. 옆에 감찰대장 부관 박남구까지 셋이 모인 것이다. 윤태성이 어금니를 물었는지 이 사이로 말한다.

"둘이 죽었는데 그놈들이 시체까지 태워서 소멸시켜 버렸어요."

이미 알고 있어서 최기종은 듣기만 한다. 외면한 채 윤태성이 말을 잇는다.

"아래채에 살던 양계장 노인들은 3일 전쯤 시골로 내려갔다고 하는군. 대원을 보냈지만 별로 도움이 안 될 것 같소."

"그룹에 이강진이 있는 것 같습니까?"

최기종이 묻자 속이 상한 윤태성이 입을 다물었고 박남구가 대답한다.

"아직 모릅니다, 떠날 때 모두 불을 질러서요. TV에 나오지 않습니까?"

대형 화재다. 창고, 본채가 다 타서 재가 되었다. 시내에서 먼 데다 신고까지 늦어서 다 탄 후에야 소방차가 왔다. 입맛을 다신 최기종이 말한다.

"지금은 중요한 작전 중이라 우리가 이쪽에 신경 쓸 여유가 없습니다. 이번 작전이 끝나고 나서 전력투구해야 될 것 같습니다."

"그렇게 하십시다."

어깨를 늘어뜨린 윤태성이 대답한다. 오늘 회의는 돌연변이 체포 작전 실패에 대한 대책 회의였다. 결론도 이번 남북한 휴전선의 137번 작전이 끝나고 나서 집중하기로 한다.

"너 어디 있었어?"

아래층으로 내려온 정지우가 묻자 이강진은 딴소리를 한다.

"여긴 난방이 위층보다 잘되어 있군."

"언제 내려온 거야?"

"조금 전에."

몸을 돌린 이강진이 정지우를 본다. 오전 10시 반, 문영철과 한명식이 차례로 집을 나가자 둘이 남았다. 그래서 이강진이 아래층으로 내려와 있었더니 정지우가 찾아온 것이다. 엄밀히 말하면 아랫집이다. 그러나 바깥 계단을 이용하여 아래층을 사용하고 있다. 정지우가 내려오는 기척을 듣고 이강진은 기둥에 붙어 기둥으로 변신, 정지우가 모르고 앞을 지나간다.

그러나 숨어 있을 수만은 없다. 연립주택 두 채는 조용하다. 이제 두 채에 둘만 남았다. 시선이 마주쳤을 때 정지우가 말한다.

"왜 피해 다니는 거야?"

"내가 뭘 피해?"

이맛살을 찌푸린 이강진이 시선을 돌려 창밖을 본다. 그러고는 시선을 고정시켰을 때 연립주택 벽 뒤에 기대고 서 있는 사내를 본다. 사내는 바깥벽에 기대고 서 있었던 것이다. 그제야 이강진은 투시력의 사용법을 깨닫게 된다.

그것은 어느 한 지점에 시선을 고정시켰을 때 그곳을 관통하게 되는 것이다. 앞쪽에 거치적거리는 물체를 다 뚫고 나간다. 이윽고 기대 서 있던 사내가 담배를 내던지고 발을 뗀다. 츄리닝 차림, 담배를 피우려고 밖으로 나온 것 같다.

"무슨 생각해?"

다시 정지우가 묻자 이강진이 시선을 뗀다. 어느새 웃는 얼굴이 되어 있다.

7장 남북한전쟁

2016년 11월 5일 오전 10시 반, 경기도 연천 동북방 제7사단 직할 포병대대 상황실 안, 대대장 오윤충 중령에게 상황 장교 박근수 대위가 보고한다.

"대대장님, 북한 4번 포대가 포신을 열고 각도 조절을 합니다."

4번 포대는 152미리 포 18대를 보유한 북한군 제2군단 직할 포병 사단 소속이다.

"저것들이야 만날 각도 조절을 하지."

시큰둥한 표정으로 말했지만 오윤충이 자리에서 일어나 상황 화면을 본다. 휴전선은 조기 경보기, 위성을 통해 24시간 손바닥처럼 들여다볼 수 있다. 66년 전인 1950년 6월 25일처럼의 기습 남침은 호랑이가 담배 피던 시절의 이야기가 되었다. 지금은 하늘에서 북한군의 대포 뚜껑이 열리는 것도 보고할 정도다. 방금 박근수가 그것을 보고한다. 화면을 통해 확인한 오윤충이 즉각 명령을 내린다.

"2중대 대응 준비!"

"2중대 대응 준비!"

복창한 박근수가 즉시 버튼을 눌렀고 제2중대에 명령이 전달된다. '대응 준비 완료' 보고가 된 것은 1분 38초 후, 제2중대의 K-9 자주포 16 문이 북한군 제4번 포대의 152미리 포 18문을 향해 각도 조절을 마친 것이다. 할 테면 해보라는 자세다. 북한 측도 보고 있을 것이다.

그 시간의 북한군 제2군단 소속 제6포병사단 상황실 안, 사단장 안 문세 소장은 들어오지 않았고 참모장 강기성 대좌가 통제하고 있다. 강 기성이 상황판에 표시된 포대를 훑어본다. 지금 붉은 등이 반짝이고 있 는 곳은 제1포병연대 1대대 소속의 152미리 포대, 방금 강기성이 포격 준비를 시킨 포대다.

"발사 준비 완료!"

상황 장교 백정일 소좌가 기운차게 보고한다. 하루에 한두 번씩 각 포대를 번갈아 가면서 좌표를 주고 포탄까지 장착시킨 상태로 사격 준 비를 시켰다가 해제하는 훈련을 해오고 있는 상황이다.

"좋아, 대기!"

강기성이 소리치자 백정일이 복창은 했으나 목소리에 기합이 들어 가 있지 않다. 레이더 상황판을 응시하던 강기성이 손목시계를 본다, 오전 10시 45분.

오전 10시 50분이 되었을 때 오윤충이 상황실에서 사단 사령부의 직 통 전화를 받는다. 오윤충 앞쪽의 흰색 전화기가 울린 것이다. 전화기 를 귀에 붙인 오윤충의 눈썹이 추켜 올라가는 것을 주위의 장교들이 보 고 긴장한다.

"예, 알겠습니다. 충성!"

구호를 외친 오윤충이 전화기를 내려놓고는 소리친다.

"적이 발포할 가능성이 있다. 발포하자마자 즉각 응사한다!"

"몇 발입니까?"

박근수가 묻자 오윤충이 다시 소리친다.

"각 포는 10발 이상 퍼붓도록!"

그렇다면 2백 발이다. 적이 몇 발 쏠지도 모르지만 대대적인 반격이다.

10시55분, 손목시계에서 시선을 뗀 강기성이 버럭 소리친다.

"발사!"

"예?"

백정일이 엉겁결에 되물었을 때 강기성이 갑자기 허리춤에서 권총을 꺼내 겨눈다. 눈을 치켜떴고 얼굴이 상기되었다.

"이 종간나새끼! 못 들었어? 발사!"

"발사!"

기겁한 백정일이 복창하자 포격 장교가 다시 제1대대 152미리 포대에 명령을 내린다. 상황실은 지하 벙커여서 모두 레이더 화면만 주시한다. 10초쯤 지났을 때 152미리 포대에서 반짝이는 불꽃이 보인다. 강기성은 불꽃이 7번 반짝이는 것을 본다. 152미리 포탄 7발을 남조선군 제7사단 직할 포병대를 향해 발사한 것이다.

"발사!"

한국군 상황 스크린은 입체 화면이다. 152미리 포가 들썩이는 장면까지 다 나온다. 북한군 제4포대가 포탄을 발사한 순간부터 포착이 되었고 그 즉시 대응 포격 명령이 오윤충의 입에서 터진다. 타겟은 제4포대, 이미 10발 이상 퍼부으라는 지시를 받은 터라 K-9 자주포가 불을 품기 시작한다. 152미리 포탄이 이쪽에 떨어지기도 전에 K-9 포탄이 날아간다, 그것도 엄청난 양으로.

"좌표 257, 454"

강기성이 소리친다. 레이더에는 이쪽으로 날아오는 무수한 점이 포착된다. K-9 포탄, 상황실은 아수라장, 이놈이 저쪽에 지시하고 저놈이 이쪽에 보고한다. 아무것도 아닌 일에 고함을 친다. 그러나 아직 포탄은 떨어지지 않았다. 그리고 목표는 이쪽 상황실도 아니고 제1대대 152미리 포대다.

"좌표 257, 454!"

상황 장교 백정일이 악을 쓰듯 복창, 지금 백정일은 제6포대, 제7포대에 지시를 전달하고 있다. 제6, 7포대는 다연장포와 152미리 포 대대, 각각 다연장포 34문, 152미리 포 42문을 보유했다. 그때 한국군이 쏜 K-9 자주포 포탄이 제4포대에 떨어지기 시작한다. 순간 상황실 안이 조용해진다. 포탄이 그야말로 우박처럼 쏟아진다. 이쪽은 7발 쏘았는데 적은 현재 수십 발도 넘게 쏘는 것 같다. 그리고 아직 떨어지지 않은 포탄은 그 몇 배인 것 같다. 적 포대가 번쩍이고 있는 것은 아직도 쏘고 있다는 증거다. 도대체 몇 백 발인가? 그때 제4포대가 스크린에서 없어진다. 궤멸, 그 순간 강기성이 소리친다.

"발사!"

이번에는 스케일이 다르다. 몇 배의 위력을 가진 다연장포가 주력포이며 숫자도 3배가 넘는다. 강기성의 지시를 기다리던 백정일이 복창

했고 지시가 2개 부대로 순식간에 연결된다. 그리고 10초쯤 지났을 때 2개 부대의 전(全) 화력이 좌표 257, 454를 향해 포문을 연다. 허공으로 떠오르는 불덩이를 보면서 강기성이 이 사이로 말한다.

"오카."

아무도 듣지 못했다.

"아앗! 쏘았다!"

박근수가 비명처럼 소리쳤다. 모두 보고 있었지만 상황실 분위기가 가라앉았다. 이제 북한군 제4포대는 스크린에서 지워졌다. K-9 포탄 207발을 맞은 진지가 흔적도 없이 사라진 것이다. 152미리 7발을 쏘았다가 30배 가까운 응징을 받고 사라졌다. 그러나 지금 하늘로 솟아오른 저 무수한 불똥은 어디로 향하고 있는 것인가? 위성으로 땅을 샅샅이 비추고 있어도 포탄의 궤적이 나올 때까지 목표를 측정하기 어렵다. 궤적이 길다. 궤적이 더 깊숙한 곳을 노린다는 표시다.

"어, 어떻게 할까요?"

그때 정신을 차린 박근수가 외친다. 이것은 이제 7사단 직할 포병대대가 결정할 사안이 아니다. 상부, 최고 사령부의 지시가 있어야 한다. 그러나 오윤충은 눈을 치켜뜬 채 스크린만 본다. 얼굴이 하얗게 굳어져 있다. 그때 다시 흰색 전화기의 벨이 요란하게 울린다.

"쏘아라!"

합참 작전부장 박대성 중장이 직접 지시를 한다. 상대는 한국 영공에 떠 있는 F-15기 3개 편대 12기, 시간은 12시 03분, 교전 시작 8분 후, 적의 포탄이 제7사단 사령부를 강타, 사단장 이하 참모 등 2백여 명이 사망한 직후다. 중부전선을 비행 중인 2개 편대와 막 오산 기지를 이륙한 1개 편대에게 내린 지시다.

"원점을 타격! 궤멸시켜라!"

박대성이 다시 소리친다. 이곳은 합참 상황실, 주위에 미군 장성들도 긴장하고 있다.

"쏴!"

제5군단 황기수 중장이 소리친다. 이곳은 7사단 사령부 후방 7km 지점에 위치한 5군단 사령부 상황실 안, 방금 지하 벙커로 들어온 황기수가 발을 구르며 다시 명령한다.

"2군단 사령부를 없애!"

그때 군단 포병 단장 조필승 준장의 목소리가 상황실을 울린다.

"군단장님! 방금 공군이 2군단 사령부를 치라는 합참 지시가 있었습니다!"

순간 황기수는 공군에게 선수를 빼앗겼다는 생각이 들었다. 그렇다면 더 상위 부대가 없나? 머릿속에서 번개 같은 회전, 옆쪽 5군단 사령부? 오히려 2군단 사령부인 황해북도 평산보다 더 가까운 경기도 이천이다. 그러나 그쪽은 가만있는 놈들이다. 황기수가 다시 버럭 소리치는 데 3초밖에 안 걸렸다.

"목표, 2군단 소속 포병사단의 7개 부대, 제4포대를 제외한 전체다. 발사!"

좋다. 군단사령부는 공군에게 맡긴다. 그 순간 복창이 들렸고 잠깐 동안의 침묵, 그리고 10초쯤 후에 상황 스크린에 쏘아 올리는 무수한 불꽃이 보인다.

오후 12시 34분, 쌍방의 포격, 공습이 딱 그친다. 누가 중재한 것도, 한쪽이 말을 한 것도 아니다. 미국이 나서지도, 중국이 말리지도 않았다. 양쪽이 격렬하게 치고받다가 갑자기 화면이 정지된 것처럼 딱 그쳤다고 봐야 될 것이다. 11시 55분에 시작, 12시 34분이었으니 39분의 전쟁이었다. 그 39분의 결과는 엄청나다.

1) 북한군 제2군단 6포병사단 1연대 1대대 궤멸, 152미리 곡사포 18문, 122미리 곡사포 18문, 사상자 추정 5백여 명.

2) 한국군 제7사단 사령부 전멸, 사단장 오금동 소장 이하 참모, 병사, 251명 사망, 278명 중경상.

3) 북한군 제3군단 사령부 전멸, 군단장 이하 전상자 7백여 명 추정.

4) 북한 제2군단 소속 6개 포병대 궤멸, 전상자 3천여 명 추정.

5) 공중전으로 북한군 전투기 7대 격추, 12시 34분 현재,

북한군 전면전 선포 경고, 핵 사용 경고 중, 한국군 전투기 10개 편대, 상공에서 대기 중, 북한군 전투기는 이륙하지 않고, 한국군은 침묵하고 있다. 한국 정부, 어떤 발표도 하지 않는다. 14분 전인 12시 20분, 한국국방부 대변인의 다음과 같은 한 줄짜리 대북성명이 있었을 뿐이다.

"도발하면 몰살시킨다."

"사재기 없어요."

마트에 다녀온 정지우가 말한다. 비닐봉지를 주방에 내려놓으면서 정지우가 말을 잇는다.

"마트 앞에 혼자 데모하는 남자가 하나 있었죠, 종이에다 '세입자 울

리는 명진기업에 핵을 떨어뜨려라!'라고 썼더군요."

듣고 있던 문영철과 한명식이 웃었지만 정지우는 정색한다.

"마트로 들어가던 사람이 다 웃었어요. 핵이 명진 기업인가 그곳에만 떨어지는 줄 아는 모양이라구요."

"사재기가 안 일어나는 걸 보면 한국 사람도 참 대단해."

한명식이 감탄했을 때 아래층에서 올라오던 이강진이 듣더니 묻는다.

"형, 지금 인류 칭찬한 거요?"

시선이 모여지자 한명식이 화를 낸다.

"왜? 내가 인류 칭찬하면 안 되냐? 예전 같으면 사재기하고 난리가 났을 거다."

"예전이 언젠데요?"

"네가 태어나기 전."

"형도요?"

"시끄러, 이 새끼야."

그때 문영철이 비닐봉지에서 식품을 꺼내면서 말한다.

"명식이 말이 맞다. 한국사람 칭찬해 줄 만해. 세계 인류 중 가장 부지런하고 머리가 좋은 민족이야."

"이게 웬…."

정지우가 이강진을 향해 한쪽 눈을 감았다가 뜨고 말한다.

"오카가 인류 칭찬하는 거 처음 듣네."

"우린 오카 아니다. 돌연변이다."

한명식이 서둘러 말했다가 정정한다.

"아니, 초능력자지."

"그럼, 형님."

이강진이 허리를 펴고 문영철을 본다.

"우린 그렇다면 한국인 DNA가 조금 섞여 있는 건가요?"

"아주 조금."

문영철이 식탁에 앉는다.

"우리 본체는 한국인이라고 봐도 될 거다. 소프트웨어만 돌연변이지."

"아, 글쎄, 초능력자라니까."

이맛살을 찌푸린 한명식이 리모컨으로 TV를 켠다.

"자, 전쟁이 어떻게 되나 봅시다."

"이 정도 선에서 끝내."

제18지부장 김동준이 앞에 앉은 이기철에게 말한다.

"하지만 긴장 상태는 열흘쯤 계속되어야 돼. 주식이 움직일 시간이 있어야 하니까."

"예, 지부장님."

머리를 든 이기철이 김동준을 본다.

"다른 말씀은 없으십니까?"

"수고했다고 전하고."

"알겠습니다."

머리를 숙여 보인 이기철의 시선이 옆쪽의 윤태성과 정성호를 본다. 초점이 잡히지 않아서 생선 눈처럼 보인다. 이기철은 국방부에 근무하는 문관으로 이번 작전의 연락을 맡고 있다. 현장 실무자가 바쁜 터라 이기철이 김동준의 지시를 전달하는 역할이다. 이기철이 방을 나가자 김동준이 정성호에게 말한다.

"미시다가 산 주식이 이번 전쟁으로 두 배 가깝게 올랐더군, 이번에 우리가 3억 불 투자해서 3억 불 벌었어."

"저희들도 분산시켜 투자를 했는데 약 2천 억 벌었습니다. 당국의 감시를 피하려고 신경을 많이 썼습니다."

"이제 충돌이 일어나면 안 돼."

심농준이 정색한다. 전쟁이 다시 시작되거나 길어지면 이번에 산 주식이 똥값이 된다. 정성호는 제18지구의 자금책으로 재무장관으로 불린다. 인류사회의 직업은 한국증권 상무, 47세, 유능한 경제인으로 TV에도 자주 출연하지만 정체는 오카다. 주가 조작, 이번의 전쟁을 이용한 주식 투자 등 매년 수천억을 벌어 오카의 재정을 늘리고 있다.

"그런 줄 알고 작업하도록."

김동준이 이제는 정성호에게 다짐하듯 말한다.

오늘은 남북한 전쟁에 대한 오카 작업 회의다.

자리에서 일어선 정성호도 김동준에게 머리를 숙여 보이고는 먼저 나간다. 이곳은 서초동의 안가인 단독주택 안, 2층 응접실에는 이제 김동준과 감찰대장 윤태성이 남았다. 오후 3시 반, 전쟁이 잠깐 멈춘 지 3시간이 지났다.

"자, 전쟁은 전쟁이고 돌연변이 소탕 작전을 듣자."

김동준이 소파에 등을 붙이면서 윤태성을 노려본다. 윤태성은 인류와 부대끼며 사느라 52세, 그 나이의 얼굴이다. 그러나 김동준은 오카만 만나는 터라 같이 늙을 필요가 없다. 그러니 173세인 지금도 30대의 얼굴이다. 30대가 50대에게 반말을 하는 것으로 보인다. 그때 윤태성이 대답한다.

"돌연변이는 넷입니다. 그중에 이강진이 끼어 있고 문구점을 했던 문영철, 한명식까지 확인이 되었습니다. 여자가 한 명 있는데 지금 신원 확인 중입니다."

"지금 어디 있나?"

"둘이 있는 모습이 상계동 CCTV에 찍혔습니다. 지금 추적 중입니다."

"잡아."

김동준이 긴 숨을 뱉고 나서 말한다.

"그놈들 지금 몇 명째 피해를 입히는 거야?"

며칠 사이에 셋이다, 운전사 오카가 하나, 양계장으로 찾아갔던 감찰대 오카가 둘.

김동준에게는 3시간 전에 남북한 포격전으로 수천 명 인류가 살상된 것은 전혀 관심이 없다.

청와대 지하 벙커 안, 대통령 안옥희는 노란색 비상 훈련 점퍼를 입었는데 사이즈가 크다. 점퍼 소매가 손등을 덮고 있다. 손을 들어 소매를 올린 안옥희가 둘러앉은 비상계엄 장관들에게 말한다.

"이 정도면 대가를 받았을 겁니다. 그러니 확전은 안 됩니다. 적이 다시 도발하지 않는 한 공격은 중지합니다."

국방장관이 머리를 숙인다. 영상 화면 장치가 되어 있어서 합참과 각군 지휘부도 대통령의 얼굴을 보고 있을 것이다. 안옥희가 말을 잇는다.

"적이 다시 도발하면 그 몇 배의 대가를 치르게 하십시오. 이상입니다."

안옥희가 전원을 끈다. 이 대화를 북한 지휘부에서도 보고 있을 것을 겨냥한 것이다. 30분간의 포격전으로 북한은 10배 가까운 인명과 장비를 잃었다. 한국군도 제7사단 사령부가 직격탄을 맞아 사단장 이하 참모 전원이 몰사하는 피해를 입었지만 북한의 피해에 비교하면 미미하다. 그때 국방장관 허강윤이 머리에 쓴 헤드셋을 내려놓고 말한다.

"대통령님, 중국 정부에서 북한 지도부에 강력한 권고를 했고 북한도 더 이상 확전을 하지 않겠다고 약속했다고 합니다."

허강윤의 표정이 밝다. 안옥희가 머리만 끄덕인다. 조금 전에 안옥희도 미국 대통령 오발만으로부터 확전을 자제하라는 권고를 받았다.

"어떤 시러베아들놈이야?"

총정치국장 박태산이 눈을 부릅뜨고 소리친다. 평양 주석궁 안의 지하 벙커에는 10여 명의 군 지휘관이 둘러서 있었는데 지도자 김정성은 보이지 않는다. 박태산이 주먹으로 테이블을 두드린다.

"도대체 누구냐 말이야!"

제2군단 소속 6포병사단에 포격 지시를 내린 자가 누구냐고 외치는 것이다. 6포병사단 사령부는 한국군의 직격탄을 맞아 궤멸하고 지휘부가 모두 폭사했다. 참모장 강기성이 포격 명령을 내린 것은 확인되었지만 폭사한 터라 물을 수가 없는 상황이다. 포병사단장 안문세는 사령부 근처 숙소에서 폭사당한 시체로 발견되었다. 그때 무력부장 한성공이 귀에서 전화기를 떼면서 말한다.

"지도자 동지께서 대응 포격 시 지시를 받으라고 하셨소."

두 번째 듣는 명령이다. 대응이 즉각적이지 않으면 기회를 놓친다는 것을 다 알고 있는 상황이다.

이것이 무슨 의미인가를 모른다면 곧 숙청될 것이다. 지도자 동지는 지금 상황실보다 3층이나 더 깊은 지하 벙커에 있다. 그래서 구내전화를 이용해서만 통신이 가능하다. 미국의 벙커 부스터 폭탄이 콘크리트 10미터를 뚫는다는 말을 듣고 더 깊게 들어가신 것이다. 지도자 동지의 위쪽으로 콘크리트 80미터가 쌓여 있다.

상황실 옆방에서 연락장교 조기근 중좌가 엘리베이터를 타고 지상으로 나온다. 호위총국 소속의 조기근은 제1경비단 파견 요원으로 주석궁 안 벙커 출입이 허가된 몇 명 안 되는 정예다.

제1경비단은 지도자 동지만을 호위하는 정예 중의 정예, 벙커를 나온 조기근이 잔디밭 건너편의 대기실로 들어가자 장교들이 경례를 올려붙인다. 대기실의 소파에 앉은 조기근이 주머니에서 핸드폰을 꺼내들고는 버튼을 누른다. 신호음 세 번 만에 응답 소리가 들린다.

"여보세요."

"이곳은 종결됨."

딱 두 마디를 뱉은 조기근이 핸드폰 통화를 끝내고 일어선다. 북한 측은 더 이상 대응하지 않는다는 정보가 전해진 것이다.

"방금 연락이 왔어."

국방부 문관 이기철이 소변을 보면서 앞쪽을 향해 말한다.

"그쪽은 종결되었다는군."

"싱겁군."

바지 지퍼를 내리고 마른 고추만 내놓고 선 이청주가 앞쪽에다 대고 말한다. 오후 4시 10분, 합참 지하 벙커에 있다가 잠깐 나온 이청주가 이기철로부터 북한 측 정보를 전달받은 것이다.

이곳은 합참 건물 안의 화장실, 비상시국이라 소변보는 사람도 둘뿐이다.

"알았어, 우리 지부장 계획대로 진행되는군."

이청주가 바지 지퍼를 올리면서 말한다.

"지부에서 돈 좀 만지겠다. 이번 일 끝나고 보너스가 두둑해지겠구면."

오카도 보너스 제도가 있다. 오히려 인류 세상보다 상벌이 더 철저하다.

이강진이 시내에 나간 이유는 시장을 보려는 것이다. 정지우가 피곤하다면서 제 방에서 나오지 않았고 문영철과 한명식은 아래층 함정 설치 작업을 하느라고 바빴기 때문이다. 오후 5시 15분, 서울 시내에는 계엄령이 발동되어 오후 7시부터 통행금지가 실시되었다.

남북한의 대규모 포격전이 일어난 터라 정부는 긴급조치를 취한 것이다. 계엄군이 시내 곳곳에 진주했고 탱크까지 동원되어 사거리 구석이나 언덕에 주차되어 있어서 아이들이 구경하고 있다.

그래도 사재기가 일어나지 않았으므로 종편에서는 그것이 신기하다고 계속해서 떠든다. 그러면 사재기를 하란 말인가? 종편의 마구잡이식 선동 방송에 국민들이 분노하고 있다. 문영철, 한명식은 조심하라고 백번도 더 말했지만 이강진은 거침없이 활보한다.

CCTV 앞도 거침없이 지났는데 화면에는 전혀 찍히지 않는다. 왜냐하면 CCTV 밑을 지나는 순간 이강진은 그 아래쪽 쓰레기통이 되거나 벽, 또는 맨땅바닥으로 변해지면서 지나갔기 때문이다. 이강진은 자신의 몸이 끊임없이 변형되는 것을 느낀다. 스스로 개발되어 등급이 올라가는 기계 같은 느낌이다. 즉, 정지우로부터 받은 변신 특징이 시간이 지나자 움직이면서 변신되는 것으로 바뀌어졌다. 정지우의 변신 특징은 고정된 상태였던 것이다. 따라서 이강진은 움직이면서 주변 사물이 되어 간다. 몸이 보이지 않는 빛이 되어 사물을 덮고 지나는 상태가 된다.

거침없이 시장에 들어선 이강진은 문득 아버지를 떠올린다, 바로 눈앞에 떡 가게가 있었기 때문에. 아버지는 떡을 좋아했다. 오카의 식성은 인류와 같다.

"저기."

안선호가 눈으로 앞쪽을 가리키면서 말한다. 몸이 굳어진 상태다.

"양손에 검정 비닐주머니 든 놈."

시장 안은 사람이 많아서 북적댔지만 안선호가 가리키는 쪽의 사내는 확실하게 보인다. 장준석은 숨을 들이켠다. 이강진이다.

살인범, 아니, 오카는 인간 종족이 아니니 오카 살해범이라고 해야 맞다. 거리는 50미터, 이강진의 얼굴이 선명하다. 인간 세상은 남북 간 전쟁으로 계엄령까지 선포되었지만 오카족에게는 관계가 없다, 인류의 불행이 오카의 행복이기 때문에. 결과도 알 수 있는 터라 그동안 돈을 챙기면 된다.

그리고 오카의 가장 큰 해충인 돌연변이 사냥에 집중해야 된다. 이것이 집행부 요원 안선호와 장준석이 봉천동 시장에 온 이유다. 돌연변이 검색, 그중 이강진, 문영철 등 4인조를 발견 즉시 소멸시키거나 체포하는 것이다. 지금 서울에만 2천여 명의 요원이 출동한 상태다. 감찰대,

집행부는 말할 것도 없고 심사부, 행정부 요원까지 동원되었다.

오카에게는 이 돌연변이 넷의 소멸이 지금 남북 간 전쟁보다도 더 중차대한 문제인 것이다.

"가만, 여기서 잡자, 따라갈 것 없어."

다가오는 이강진을 보던 안선호가 걸음을 늦추면서 말한다. 주머니에 든 전기 충격기를 쥔 안선호가 말을 잇는다.

"내가 충격기로 쓰러뜨릴 테니까 네가 소리쳐, 그리고 같이 들고 나가자."

"오케."

장준석의 목소리는 들떠 있다. 둘 다 집행부 소속으로 돌연변이 체포에 익숙한 터다. 지금 둘의 주머니에는 곰도 감전사 시킬 수 있는 전기 충격기가 들어 있고 만약의 경우에 대비하여 수류탄과 권총도 소지하고 있다. 수류탄은 가스가 폭발하는 것으로 위장이 되며 권총은 만년필 형으로 다섯 발을 발사할 수 있다. 발사된 총탄은 인체에 박힌 순간 녹으며 안에 든 청산가리가 퍼져 즉사, 흔적도 남지 않게 된다.

그때 이강진이 다가온다. 10미터, 둘은 제각기 딴전을 피우면서 좌우로 벌려 서서 다가간다. 오가는 시장 손님들이 많았으므로 그것이 둘에게는 더 자신감을 준다.

이강진은 50미터도 더 넘는 거리에서 두 오카의 냄새를 맡는다. 요즘은 오카를 목소리 떨림으로 구분한다는 것을 어제 문영철이 말해준 것이 생각난다. 또한 오카에게 히바리스 꽃가루 냄새를 맡게 하면 재채기를 하게 된다지만 한 발짝 늦는 수단이다. 냄새로 오카를 구분하는 특징을 가진 것은 아직 문영철과 자신뿐이다.

두 사내로부터 풍기는 냄새, 각각 딴전을 피우면서 다가오는 것이 얼굴을 확인한 것 같다.

이강진의 얼굴, 내 얼굴은 오카 세상에 다 알려졌을 것이다. 그 순간 이강진의 머릿속에 생각이 떠오른다. 내 변신술, 그렇지 정지우로부터 받은 내 변형된 변신술을 지금 다시 시행해 보도록 하자. 거리가 10미터로 가까워졌고 이제 둘은 양쪽으로 벌려 서서 거의 멈춘 상태다. 하나는 호주머니에 손을 넣고 있다. 건장한 체격, 넓은 어깨, 단련된 요원이다.

그 순간 이강진은 옆을 걷는 아주머니의 몸으로 옮겨간다. 다시 발을 떼고 조금 앞쪽 중년 사내의 몸이 된다. 중년 사내의 몸과 겹쳐지고 지나는 생선 좌판, 물통, 어항으로 몸 일부분이 계속해서 변하고 있다.

그때 두 사내가 당황한 얼굴로 주위를 두리번거린다. 이강진을 놓친 것이다. 이강진이 왼쪽 사내의 옆을 지나면서 호주머니에 든 만년필을 뽑아간다. 당황한 사내가 주위를 두리번거리다가 다급하게 말한다.

"저쪽 생선 가게 앞에서 사라졌어!"

둘은 서둘러 뒤쪽으로 달려간다. 생선 가게 앞에서 이강진이 몸을 변신시켰다. 몸을 옮기던 이강진이 마침내 시장 입구로 나오면서 몸의 형태를 찾는다. 갑자기 옆에 사내가 나타났지만 지나던 중년 여자는 관심을 보이지 않는다. 시장에 사람이 많기 때문이다.

이강진은 기둥에 붙어 선다.

시장 입구로 나온 안선호와 장준석은 낙담한다. 어깨를 늘어뜨리고는 서로의 얼굴을 보더니 발을 뗀다.

"이거 어떻게 하지?"

장준석이 묻자 안선호가 뱉듯이 대답한다.

"놓쳤다고 하면 안 돼, 무슨 말인지 알아?"

장준석은 잠자코 발을 떼었고 안선호가 말을 잇는다.

"우린 그놈 안 본 거야. 만나지 않은 것이라구."

"알았어, 그렇게 하지."

머리를 끄덕인 장준석이 주위를 둘러본다.

"그랬다간 우리가 병신이 될 테니까."

"병신이 되는 정도가 아냐, 감점에다 집행부에서 쫓겨날 거라구, 열등 오카가 되는 거야."

둘의 걸음이 빨라진다. 빨리 그 자리를 벗어나고 싶은 것이다.

오후 6시 정각, 북한 인민군 총참모부의 성명이 한국의 전(全) 방송국에서 보도된다.

"남조선의 도발은 묵과할 수 없다. 전 인민군은 남조선 전쟁 도발자를 몰살할 것을 결의한다."

서울과 인천, 경기도와 강원도 북부 지역만 계엄령과 통금이 실시된 터라 전철역, 서울역, 고속터미널은 만원, 평소보다 30퍼센트 증차를 했어도 매진이다. 그러나 도로는 한산하다. 정부의 권고도 있었지만 아예 막힐 것을 예상하고 차를 타고 나오지 않는다. 방송에서는 성숙한 시민의식이라고 칭찬 일색이다. 방송 수준이 국민 수준보다 한참 아래라는 증거가 계속 드러난다. 7시가 통금이어서 인도는 바쁘게 움직이는 사람들로 법석인다. 통금에 걸리면 벌금 기준이어서 배째라족도 등장할 것으로 예상된다.

"별일 없습니다."

안선호가 지친 얼굴로 보고하자 양만석이 머리를 끄덕인다.

"알았어, 오늘은 들어가 쉬어."

"조장은 어디 갑니까?"

"응, 보고하려고."

몸을 돌린 양만석이 투덜거린다.

"이거 전철이 만원이라는데 짜증나는구만."

"어디 가시는데요?"

뒤에 대고 안선호가 물었지만 양만석은 손만 흔들어 보인다. 양만석은 집행부 조장이다. 통화는 도청 염려가 있으므로 조원들로부터 직접 보고를 받는다. 이곳은 사당동 사거리, 양만석이 서둘러 지하철로 내려간다, 오후 6시 15분.

6시 30분, 한국 국방부 대변인이 북한인민군 총참모부의 성명에 대한 대응 성명 발표다.

"대한민국 국군은 다시 한 번 경고한다. 만일 북한군이 또다시 도발했을 경우에는 가차 없이 지휘부를 격멸시킬 것이다. 대한민국 만세!"

한국 성명도 짧다. 서울역 대합실에서 하행선 기차를 기다리던 승객들은 대변인의 마지막 구절인 대한민국 만세를 따라서 외친다. 국민 대다수의 사기가 충천한다. 국군의 전역 예정자 중 5시간도 안 되어서 5천여 명이 전역 연기 신청을 했다. 6시 50분, 집행부 조장 양만석이 겨우 지하철역에서 내려 대림동 사거리 근처의 건물 안으로 들어선다. 통금 시간이 다 되었으므로 행인들이 분주히 뛰어간다. 그러나 절박감은 느껴지지 않는다.

3층 건물의 2층 계단으로 올라간 양만석이 부동산 사무실로 들어선다. 사무실의 소파에는 세 사내가 앉아 있다. 들어서는 양만석을 보더니 사내 하나가 알은체한다.

"간신히 왔군."

"아휴, 혼났어. 전철이 만원이라."

그때 상석에 앉은 40대 사내가 말한다.

"통금도 사흘이면 해제될 거야. 하지만 이번 남북 간 충돌은 휴전 이후 최대 규모야, 곧 포상이 있을 테니까 기대해도 돼."

"엄청나게 죽었다는군요."

"북한에서 많이 죽었지."

사내들이 이야기를 주고받을 때 상석의 사내가 양만석에게 묻는다.

"8조는 별일 없나?"

"예, 별일 없었습니다."

사내는 윤국진, 집행부 제2 차장으로 10개 조를 관리하고 있다. 1개 조에는 각각 5, 6개의 팀이 있었으니 5, 60개의 팀을 장악한 셈이다. 머리만 끄덕인 윤국진에게 양만석이 묻는다.

"차장님, 확전은 안 될까요? 북한군이 수천 명 죽었다는데."

"우리 지도부에서 이미 예상했던 줄거리야. 시작도 우리가 했지만 마무리도 우리가 하는 거야."

윤국진의 얼굴에 웃음이 떠오른다.

"인간들은 이미 우리 손바닥에서 놀아나는 꼭두각시지, 우리는 그놈들을 조종해서 단물을 빨아먹으면 돼."

그러자 조장 하나가 나선다.

"그래서 당분간 인간 세상을 놔두고 빨아먹자는 의견이 많습니다. 다 절멸시키면 사육장이 비어진 것이나 같다고 말입니다."

"이봐, 그건 지도부에 맡겨둬."

쓴웃음을 지은 윤국진이 손목시계를 봄.

"우선 너희들이 맡은 일을 성실하게 처리해, 이강진 일당을 잡는 것 말이야."

"너, 어떻게?"

갑자기 응접실로 들어선 이강진을 보자 둘러앉았던 셋은 대경실색한다. 소스라친 문영철이 먼저 물었고 한명식은 입만 떡 벌린 상태, 정지우는 눈을 치켜뜨고 이강진을 노려본다.

밤 11시 10분, 셋은 응접실에 둘러앉아 걱정을 하고 있었던 것이다.

"너, 어떻게 올라왔어?"

다시 문영철이 물은 것은 아래층에 장치한 함정, 비상벨 등을 어떻게 건드리지 않고 올라온 것이냐는 뜻이다.

"벽을 타고 올라왔어요."

이강진이 뒤쪽을 눈으로 가리키며 말한다. 아래층에 함정을 설치하는 것을 본 터라 아예 뒤쪽 골목에서 점프를 했다. 15미터 높이의 지붕으로 뛰어오른 후에 베란다를 통해 들어왔다면 점퍼 한명식이 기절을 할 것이다.

이강진이 정지우 옆자리에 앉았더니 정지우가 눈을 흘기면서 떨어져 앉는다. 문영철이 뒤쪽 벽을 보는 시늉을 하더니 눈썹을 모은다.

"무슨 일이 있었던 거냐?"

"시장에서 오카 집행팀을 만났거든요."

"그래서?"

이제는 한명식이 묻는다.

"도망쳤지요."

"그래서?"

"도망치다가 숨어서 그놈들 이야기하는 것을 들었어요."

"이 자식이 간덩이가 부었구만."

이강진의 시선이 문영철에게 옮겨진다.

"형님, 이번 남북한 전쟁도 오카가 일으켰다고 합니다. 그놈들이 그랬어요."

"내가 전에도 그런 소문을 들었는데."

문영철이 말을 받았을 때 한명식이 묻는다.

"누가 그래?"

"오카 집행부 간부들이 모여 이야기하는 것을 들었다니까요?"

"우연히?"

"우연히요."

거짓말이다. 그러나 안선호를 미행해서 양만석을 만났고 다시 양만석을 따라가 윤국진을 만났다는 이야기를 늘어놓을 필요는 없다.

양만석을 따라 들어가 윤국진 옆에 서 있었는데도 아무도 눈치를 채지 못했다, 소파와 방바닥이 되어 있었기 때문에. 만원 지하철 안에서는 공간이 없어서 천장 쪽 벽의 광고문안에 붙어 있었다. 양만석의 바로 머리 위에 누워 있었던 것이다.

만일 그런 이야기를 했다면 이번에는 정지우가 특허권 침해라고 난리를 칠 것이다. 이강진이 다시 말한다.

"그놈들은 전쟁은 이제 끝났고 곧 포상을 할 것이라고 하더군요, 계획대로 진행이 되었다고 했습니다. 그리고 우리들을 찾는 데 전력을 다하는 것 같습니다."

모두 입을 다물었으므로 방 안에 정적이 흐른다. 그때 심호흡을 하고 난 이강진이 어깨를 부풀리며 말한다.

"이건 오카가 너무하는 거 아녜요? 왜 죄 없는 인간들을 그렇게 무더기로 죽이죠? 우리도 그렇지만 인간이 무슨 잘못이 있어요?"

문영철과 한명식이 눈을 껌벅이고만 있는 것이 답안지에 쉬운 답을 못 쓰고 낸 표정 같다. 그때 정지우가 갑자기 박수를 치면서 소리친다.

"옳소! 국회로 보냅시다!"

"이 목소리의 주인을 찾아야겠어."

국군 헌병단 소속 서경호 중령이 녹음기를 손바닥으로 두드리며 말한다.

"이자는 군인이고 오윤충 중령의 직속상관이야."

이번 포격전으로 제7사단 사령부는 전멸했다. 사단장 이하 참모, 그리고 직할 포병대대 상황실도 사령부 벙커 안에 있었던 터라 오윤충도 함께 폭사했다. 적의 도발에 강력한 대응을 한 것은 당연했다. 이미 전군(全軍)에 지침이 하달된 상황이다. 그런데 7사단 사령부의 파괴된 기록을 점검하던 서경호는 오윤충의 통신에서 이상한 점을 발견했다. 서경호가 다시 녹음기의 버튼을 누른다.

"준비."

오윤충이 받은 지시가 딱 한자로 녹음되어 있고 그 다음은 다른 목소리다.

"수고했어, 다시 만나."

이말은 오윤충이 폭사하기 직전에 받은 통신이다. 포병대대와 사단 상황실은 재가 되었지만 통신 기록은 남았다. 오윤충은 이번 포격전에서 첫 응사를 한 주인공으로 지금 전쟁 영웅으로 추앙받고 있다. 그러나 극히 소수이고 표출되지 않았지만 북한의 7발 포격에, 그것도 공터에다 때린 포탄에 수백 발을 적 진지에다 퍼부어 과잉 대응을 했다는 의견이 나오고 있다. 서경호는 그것과 상관없이 사건을 조사 하는 것이다. 그때 수사관 강수일이 묻는다.

"감찰관님, 발신처 추적이 어렵게 되어 있어서 곤란합니다. 체크 대상이 많은데요."

"군단사령부, 육본, 합참 중에 명령할 수 있는 위치의 간부야."

"'준비, 수고했어.'라는 내용은 이상할 것도 없습니다. 대응 사격은 당연한 일이니까요."

"이것 봐."

서경호가 메모지를 펼치고 나서 읽는다.

"준비라고 말했을 때는 북한이 포격을 하기 5분 전이야."

메모지를 덮은 서경호가 지그시 강수일을 응시한다.

"북한 4번포대, 북한 측에서는 2군단 제6포병사단 1연대 1대대의 152미리 포가 포격하기 5분 전이라고."

"…"

"마치 쏘기를 기다리면서 대응 '준비'를 시킨 것 같단 말이야."

"…"

"그리고 끝나고 나서 '수고했다'는 말, 다시 만나자고 했지만 못 만나겠군."

서경호가 녹음기를 들고 일어선다.

"이걸 감정반에 의뢰해야겠어."

오후 11시 40분, 육본 헌병단 안이다. 계엄령 상황이라 서경호는 상황실에서 철야 근무했다.

다음 날 오전 8시 반, 합참 지하 벙커에서 계엄 회의를 마치고 육본으로 돌아온 헌병감 최기웅 소장은 참모장 임석기 준장의 보고를 받는다.

"헌병감님, 오늘 새벽 2시경에 감찰관 서경호 중령이 잠깐 자택에 들렀다가 현관 앞에서 쓰러져 사망했습니다."

최기웅의 시선을 받은 임석기가 말을 잇는다.

"과로한 것 같습니다. 쓰러지면서 머리를 계단에 부딪쳐서 운전병이 병원으로 데려가는 도중에 사망했습니다."

"순직으로 처리하지."

입맛을 다신 최기웅이 서류를 펼친다. 시급한 일이 많다.

7사단 2연대장 박명국이 출동 대기 중인 부대를 시찰하다가 멈춰 서더니 옆쪽에 서 있는 부관을 부른다.

"어떻게 되었어?"

다가선 대위가 목소리를 낮추고 말한다.

"녹음기 회수해서 폐기 처분했고 남은 자료도 처리했습니다."

둘은 마치 금방 박명국이 꾸짖은 탄약 배급 문제를 묻고 대답하는 것 같다. 대위가 말을 잇는다.

"서경호 외에 아는 사람은 없다고 임석기가 말했습니다."

"수고했어."

머리를 끄덕인 박명국이 몸을 돌린다. 녹음기의 목소리 주인공이 박명국이다. 임석기가 서경호를 제거하고 증거물을 모두 없앤 것이다. 물론 임석기, 그리고 박명국 옆의 대위까지 모두 오카다.

이번에 폭사한 7사단 직할 포병대대장 오윤충도 오카인데 인류와 오카 양쪽으로부터 포상을 받을 것이다. 인류로부터는 전쟁영웅, 오카로부터는 인류의 전쟁에 기여한 공적을 인정받고 DNA 변형체로 다시 태어나게 될 것이다. 박명국이 옆을 따르는 대위에게 말한다.

"이건 마치 전쟁 게임을 하는 것 같군."

8장 복수

모니터에서 시선을 뗀 이강진이 앞쪽의 벽을 본다. 방금 인체의 급소에 대한 자료를 읽은 것이다. 아니, 머릿속에 넣었다는 표현이 맞는다. 눈에 찍힌 글자가 그대로 머릿속으로 주입되는 것이다. 읽고 이해하는 과정이 생략, 보는 것만으로도 머릿속에 찍히고 이해되어 주입된다. 그리고 잊히지 않는다.

지금까지 수천 가지가 넘는 온갖 자료, 정보, 지식, 기술이 머릿속에 저장되었다. 그러고 보면 뇌의 용량은 컴퓨터보다 더 큰 것 같다.

그 순간 아버지의 얼굴이 떠오른다. 아버지, 나를 살리고 죽은 아버지, 이강진이 손을 뻗어 컴퓨터 전원을 끈다, 뒤쪽에서 오카의 냄새를 맡았기 때문에. 정지우다, 정지우가 무엇으로 변신을 했더라도 찾아낼 수 있다. 더구나 이강진은 변신의 능력을 개발시켜 이제는 뛰는 상황에서도 같은 속도로 몸이 변형된다. 정지우는 '특허권자'이나 고정된 상태에서 변형될 뿐이다.

몸을 돌린 이강진은 옆쪽 벽장에서 풍기는 냄새를 맡는다.

"무슨 일이야?"

벽에 대고 묻자 목소리만 들린다.

"얼라? 내가 여기 있는 줄 아네?"

그러면서 냄새가 벽장에서 책상으로 이동해 온다. 쓴웃음을 지은 이강진이 다시 묻는다.

"말해, 어서."

"집에 우리 둘뿐이야."

정지우가 책상에 붙어 서서 사근사근 말한다.

"책임지라고 안 할게, 한 번 하자."

"방금 영철 형이 들어 왔어."

"거짓말."

그러나 사실이다. 이강진의 눈에는 일 층 현관으로 들어온 문영철의 모습이 보인다.

문영철은 자외선 장치, 현관 앞의 비상벨을 피해서 응접실로 들어서고 있다. 이강진의 투시력은 시멘트벽 셋에다 바닥, 다시 벽 둘을 뚫고 문영철을 본다. 일산의 돌연변이 안진혜의 특징을 흡수했기 때문이다. 그때 이 층 계단을 올라오는 발자국 소리가 들린다. 놀란 정지우가 형체를 드러낸다.

"어떻게 알았어?"

정지우는 가운 차림에 금방 샤워를 했는지 머리가 물에 젖었다.

"너한테서 여자 냄새가 나."

그렇게 얼버무렸을 때 안으로 문영철이 들어온다.

"명식이는 옷가게에 갔다."

문영철이 말한다.

"오는 길에 시장도 보고 올 거다."

이강진이 머리를 끄덕인다. 이제는 집 근처 CCTV는 샅샅이 꿰고 있을 뿐만 아니라 가게 사정도 다 알아서 난데없는 일은 당하지 않는다. 또한 한명식이 그중 가장 잡힐 염려가 적은 개체다. 그것은 여차하면 메뚜기처럼 튀어 올라 사라지기 때문이다.

실제로 닭 키울 때 한명식은 한 번 굴러서 25미터 거리의 산기슭 나무 위로 날아가 붙은 적이 있다. 인간, 아니, 오카 같지가 않다. 메뚜기도 닮지 않아서 정지우는 그때부터 '한벼룩'이라고 부른다. 그때 이강진이 문영철에게 말한다.

"형님, 저 병원에 다녀오겠어요."

"병원?"

되물은 것은 정지우다.

"어디 아파?"

이강진이 문영철에게 대답한다.

"아픈 게 아니구요."

"그럼 왜?"

여전히 정지우, 그때 심호흡을 한 이강진이 문영철을 본다.

"제 오카 어머니를 만나려고…"

이강진이 '오카'를 강조한다. 그 순간 문영철은 물론 정지우도 입을 다문다, 모두 내막을 알고 있기 때문에. 아버지에 대한 그리움이 사무칠수록 오카 어머니에 대한 원한이 깊어 간다. 셋은 그것을 알고 있는 것이다, 모두 비슷한 경험을 겪었기 때문에. 그때 문영철이 입을 뗀다.

"나도 도망치고 나와서 부모에 대한 원한이 맺혔다."

정지우는 외면, 문영철의 말이 이어진다.

"하지만 시간이 지나자 부질없다는 생각이 들더라, 그들은 오카였으니까…."

이강진의 시선을 견디지 못한 문영철이 외면한다. 그러나 말은 잇는다.

"날 고발할 수밖에 없었겠지, 그들이 살려면."

"아냐."

그때 정지우가 비명처럼 말을 자른다. 정지우가 번들거리는 눈으로 이강진을 본다.

"복수해야 돼, 죽여."

이제는 이강진이 시선을 내렸고 정지우가 한 마디씩 분명하게 말한다.

"하나라도 더 오카를 없애야 돼, 죽여."

"야, 정지우."

문영철이 말리듯 말했을 때 정지우가 외면한다. 그때 이강진이 다시 말한다.

"자꾸 아버지가 떠올라요, 그래서 그래요."

"…."

"어떻게 하겠다는 생각은 아직 없어요. 하지만 미련도 없어요. 지금 생각하니까 기억할 만한 추억은 하나도 없더라구요, 그 여자하고는…."

마침내 이강진이 '그 여자'라고 한다. 그때 문영철이 이강진을 본다. 먼 곳을 보는 시선이다.

"너, 특징이 개발되었지?"

정지우가 놀란 듯 숨 들이켜는 소리를 내었고 이강진은 몸을 굳힌다. 문영철도 초능력자다. 또 어떤 특징이 솟아났는지 알 수 없다. 그때 문영철이 말을 잇는다.

194

"네 오카 냄새가 나지 않아, 그것이 며칠 되었어."

"…"

"네가 집행부 회의를 엿듣고 온 것도 그렇고, 너한테 여러 가지 특징이 일어난 것 같다. 어때, 맞지?"

이강진이 마침내 머리를 끄덕인다. 이들이야말로 한 가족이다, 서로 보호해 주는 가족.

"예, 형님."

"돌아올 수 있지?"

"예, 형님."

"그럼 다녀와."

그러고는 문영철이 몸을 돌린다.

"죽여."

정지우가 다시 말했으므로 이강진이 시선을 보냈으나 생각말이 없다. 이강진이 천천히 머리를 끄덕이며 말한다.

"갔다 올게."

오후 2시 반, 점심시간이 끝나고 나른한 시간이다. 남북 간 포격전은 30분간 대량 피해를 낸 후에 중지되었다. 서울 등 한국 북부지역에 실시되었던 계엄령도 나흘 만에 끝나고 '포격전' 닷새째가 되는 날 오후다.

남북 간 긴장 상태는 지속되고 있지만 한국에 다시 중국 관광객이 몰려들었고 포격을 받은 7사단 사령부는 관광지가 되었다. 관광객들의 요구로 하루에 수백 대의 관광버스가 모이는 형편이다.

경솔한 그 지역 국회의원이 폐허가 된 사령부를 그대로 보존, 관광지로 만들자고 군 당국에 건의했다가 지금 도망 다니고 있다. 유가족들이 몰려가 구타했기 때문이다. 해당 당에서는 곧 의원직 제명을 시킬 것 같다.

서초동의 컨벤션 빌딩 17층 회의실 안, 원탁에는 세 사내가 앉아있다. 상석에는 오카 18지부장 김동준, 그리고 좌우에 집행부장 최기종과 감찰대장 윤태성이다. 오늘은 김동준이 소집한 임시 긴급회의다. 어제 김동준 주재하의 간부 회의에서 이번 남북한 포격전에 따른 포상을 상의했던 터라 소집을 받은 둘은 긴장하고 있다. 내심 이강진 및 돌연변이 도망 건에 대한 사안일 것이라고 짐작은 하고 있을 것이다. 그때 김동준이 입을 연다.

"우리가 한 발짝 뛴다면 돌연변이 놈들은 세 발짝 네 발짝을 뛰는 상황이야."

최기종과 윤태성은 긴장으로 몸을 굳힌다. 근래 돌연변이 체포, 소멸 비율은 전(前)과 비슷하다. 그러나 돌연변이의 특징이 다양해졌고 뛰어난 경향이 있었으므로 오카 집행부, 감찰대의 피해가 많아진다. 현재 18지부의 돌연변이는 5백여 명으로 추정된다. 전체 오카의 1%도 안 되는 비율이나 전 세계적으로 오카의 돌연변이 소멸운동이 개시된 상황이다. 세계본부이자 오카 총본부장의 주도하에 작년부터 시작되었다. 그때 김동준이 둘을 번갈아 본다.

"그래서 이번에 특수팀을 가동시켜 너희들을 돕기로 하겠다."

김동준이 옆에 놓인 벨을 누르자 뒤쪽 문이 열리더니 남녀가 들어온다. 30대쯤의 남자, 20대쯤의 여자, 둘 다 수려한 용모, 특히 여자는 몸매가 뛰어나다. 김동준에게 목례를 한 둘은 원탁의 옆쪽에 앉는다. 최기종, 윤태성과 마주보는 위치다. 그때 김동준이 말한다.

"물론 둘 다 오카다, 그리고."

심호흡을 하고 나서 김동준이 말을 잇는다.

"둘 다 돌연변이지."

놀란 최기종과 윤태성이 눈을 치켜뜬다. 돌연변이라니? 특수팀은 또 무엇인가? 그때 김동준이 사내에게 말한다.

"네 소개를 해라."

"예, 지부장님."

어깨를 편 사내가 똑바로 최기종, 윤태성을 본다.

"제 이름은 신성만, 도쿄 아시아 본부에서 파견된 오카입니다."

그러고는 정색하고 덧붙인다.

"돌연변이 특징이 있지요. 그래서 아시아본부 정보부에 소속되어 있습니다."

"전 오상미, 역시 아시아본부 정보부 소속입니다."

여자가 낭랑한 목소리로 말했을 때 윤태성이 묻는다.

"거기도 돌연변이인가?"

"그렇습니다."

"어떤 특징이 있나?"

"그건 말씀드릴 수 없겠습니다."

대답은 신성만이 한다. 신성만이 웃음 띤 얼굴로 말을 잇는다.

"돌연변이 체포 작전에 도움이 되어드릴 것입니다."

윤태성과 최기종이 서로의 얼굴을 마주본다. 지금까지 돌연변이를 고용해서 돌연변이를 체포한다는 것은 들은 적도 없기 때문이다. 그때 신성만이 말한다.

"놀라셨겠지요, 세계본부의 지시에 따라 아시아 본부에서도 작년부터 정보팀에 돌연변이로 구성된 특수팀을 가동하고 있습니다."

"그렇군."

머리를 건성으로 끄덕인 최기종이 묻는다.

"그럼 당신들은 투항했나? 잡혀서 전향을 했느냐고 묻는 거야, 그리고 어떻게 도쿄의 아시아본부에 있으면서 한국말을 배웠나?"

과연 집행부 집행부장다운 질문이다. 그때 그 대답을 김동준이 한다.

"이 친구들은 돌연변이 체포용으로 돌연변이 유전자를 이식 받았어. 한국어도 마찬가지야, 연구소에서 개발해낸 오카의 특수팀이지."

최기종과 윤태성이 다시 둘을 보았지만 감동한 표정은 아니다. 그것을 본 김동준이 쓴웃음을 짓고 말한다.

"돌연변이를 박멸해서 오카의 순수성을 보존하는 것이 당면 과제다. 앞으로 집행부와 감찰대는 이 둘과 적극 협조하도록."

그러고는 덧붙인다.

"특수팀은 내 직접 지시를 받는다."

방으로 들어선 김영도가 문을 닫더니 자물쇠까지 채운다.

"왜 그래요?"

그것을 본 서진숙이 물었지만 얼굴에 웃음이 떠오른다.

"나 바빠요, 30분쯤 후에는 다시 나가야 돼."

"글쎄, 누가 모르나?"

다가선 김영도가 서진숙의 가운을 벗긴다.

"아, 가만."

눈을 흘긴 서진숙이 김영도의 가슴을 두 손으로 밀더니 바지 혁대를 푼다.

"오랄 해줄게."

"아, 난 정식으로 하고 싶은데."

"그건 침대에서."

혁대를 푼 서진숙이 지퍼를 내리면서 말한다.

"의자에 앉아요."

"알았어."

바지와 팬티가 무릎까지 내려온 상태로 김영도가 의자에 털썩 앉는다, 그 순간.

"으악!"

방안이 떠나갈 것 같은 비명을 지른 김영도가 벌떡 일어선다.

"왜?"

비명에 놀란 서진숙이 의자와 김영도의 엉덩이를 보다가 입을 딱 벌린다.

"꺅!"

서진숙의 입에서도 비명이 터진다. 김영도의 엉덩이에 수술 칼, 메스가 깊게 꽂혀 있었기 때문이다. 메스 손잡이를 타고 피가 줄줄 흐른다.

"이, 이게 웬 메스를…."

김영도가 비명처럼 말한다. 손으로 메스를 쥐었지만 감히 빼지는 못하고 있다.

"가만, 가만, 아직 빼지 마. 메스가 왜 거기에 놓여 있지?"

노련한 수간호사였지만 서진숙도 당황, 엉덩이를 보면서 더듬댄다. 그때 외과의답게 김영도가 메스를 쥐고 뺀다.

"으악!"

뺀 자리에서 피가 솟아난다.

이강진이 옆쪽 벽에 붙어 서서 그 장면을 보고 있다. 메스가 의자에 놓여 있었던 것이 아니다. 이강진이 메스로 김영도의 엉덩이를 찌른 것이다. 그러니까 제대로 박혔다. 김영도가 손바닥으로 상처를 누르면서 신음한다. 이미 연장은 번데기가 되어 있다.

"아이고 죽겠다."

"가만, 붕대가 어디 있을 텐데."

서진숙이 허둥거리자 김영도가 버럭 소리친다.

"여기서 뭘 어떻게 한다고 그래! 외과로!"

"왜 소리 지르고 그래?"

서진숙도 짜증을 낸다.

"그럼 얼른 바지 입어!"

"피, 피가 엄청 나오는데…."

"안 죽어!"

그때 이강진은 김영도가 오카가 아닌 인류라는 것을 깨닫는다. 그러고 보니 김영도한테서는 오카 냄새가 맡아지지 않는다. 서진숙과 함께 있다 보니 냄새가 섞여 있었다. 김영도가 엉덩이 상처를 탈지면으로 대충 막고 바지를 건성으로 입은 후에 서진숙과 함께 방을 나가자 이강진은 긴 숨을 뱉는다.

벽에서 한숨이 뿜어져 나오면서 이강진의 어두운 얼굴이 드러난다. 이곳에 오면서 오카 어머니 서진숙에 대한 처리 방법을 구체적으로 생각하지 않았다. 그러나 김영도의 엉덩이를 충동적으로 찌른 후에 복수를 해야겠다는 결심이 굳어진다, 죽이겠다.

자식을 버리고 남편을 자살하게 만든 것이 두 달도 되지 않았는데 인류하고 저 지랄이라니. 벽에서 몸을 뗀 이강진이 문을 열고 밖으로 나온다. 지나던 간호사 하나가 수간호사실 문이 열렸으므로 시선을 주었다가 아무도 나오지 않는 것을 보고는 그냥 지나간다. 안에서 누가 그냥 문만 연 것으로 알았을 것이다.

그러나 이강진은 움직이는 카멜레온이 되어서 벽을 따라가면서 형체를 숨긴다. 완벽하다.

"메스를 깔고 앉았어."

엎드린 채 김영도가 말한다.

"의자에 메스가 떨어져 있었어. 재수 없었지."

외과 수술실 안, 이곳에서 수술을 하던 김영도가 후배한테 엉덩이를 꿰매게 하고 엎드려 있다. 이제 환자복으로 갈아입은 터라 엉덩이는 가려졌다. 14바늘을 꿰맸는데 상처가 깊어서 이틀간은 누워있어야 한다.

"과장님, VIP실은 지금 치우는 중이니까 30분만 여기 계시지요."

후배 차기동이 말한다. 이제 차기동이 외과팀장 대행이 된다. 24명의 닥터를 거느린 팀장 대행이다.

"알았어, 에이."

"이럴 때 쉬시는 거죠, 쉬시라고 그런 사고가 일어난 것 같습니다."

"야, 영영 쉬라고 죽는 사고가 나는 거냐?"

엎드린 채 김영도가 버럭 소리쳤지만 나쁜 기분은 아닌 것 같다. 차기동이 방을 나가고 혼자가 되었을 때 김영도가 엎드린 채 핸드폰의 버튼을 누른다. 곧 신호음이 울리더니 두 번 만에 서진숙의 목소리가 들린다.

"응, 외과 수술실이야?"

"그래."

입맛 다시는 소리를 낸 김영도가 투덜거린다.

"네가 침대에 누웠으면 이런 일 안 일어났잖아? 괜히 오랄 해주겠다고 해서 내가 의자에 앉았다가 찔린 것 아냐?"

"그러게."

서진숙이 큭큭 웃는다.

"하지만 내가 앉았다가 찔릴 수도 있었잖아? 내 대신 기사도를 발휘했다고 쳐."

"어떻게 보상해줄래?"

"오늘 밤 VIP실에서 묵을 거 아냐? 내가 누워줄게."

서진숙이 또 큭큭대고 웃으면서 말한다.

"엉덩이를 찔려서 내가 위에서는 못 하겠네. 위에서 하는 게 좋은데."

서진숙이 말을 잇는다.

"오늘 밤 누가 문병 올 것 아니지? 집에 연락했냐구?"

"…."

"엉덩이 조금 찔렸다구 마누라한테 문병 오라고 하지 마, 알았지?"

"…."

"오늘 밤은 내가 풀서비스를 해줄게."

대답이 없었으므로 서진숙은 핸드폰을 귀에서 떼었다가 다시 붙이고 묻는다.

"듣고 있어?"

이번에도 대답이 없자 서진숙은 핸드폰 전원을 끈다. 외과 수술실은 복도 끝 쪽이니 50미터 거리다. 방을 나온 서진숙이 복도를 걸을 때 이쪽으로 달려오는 간호사가 보인다. 두 손을 휘저으며 달려오는 간호사는 미세스 임, 40대의 노련한 간호사로 저런 꼴은 처음 본다.

서진숙을 본 미세스 임이 소리친다.

"큰일 났어요! 김 과장님이!"

수술실로 달려 들어간 서진숙은 숨을 들이켠다. 의사들과 간호사들이 둘러싸고 있는 틈 사이로 김영도가 보였던 것이다.

김영도는 제 손으로 턱을 고인 자세로 엎드려 있다. 그런데 손에 또 메스를 쥐고 있다. 그 메스로 턱을 찌른 것이다. 메스 칼날이 턱을 뚫고 입천장까지 관통해서 뇌에 깊숙이 박혔다. 자살이다. 아니, 자살같이 보인다.

"아이구, 이것 참."

이틀간 팀장 대행을 맡게 된 차기동이 비명 같은 탄성, 아니, 탄성 같은 비명을 지른다.

"왜 갑자기 이렇게…."

자살했느냐는 뉘앙스, 이제 차기동은 영원한 팀장이 된다.

"놔둬, 놔둬!"

차기동이 소리친다. 엎드린 채 숨이 끊어진 김영도를 의사 하나가 만지려고 했기 때문이다.

"확인했어. 맥박, 심장, 다 정지야. 뇌를 뚫어서 즉사야."

차기동이 엄격하게 말한다.

"경찰이 올 때까지 현장 보존해야 돼."

다가간 서진숙은 부릅뜬 김영도의 눈에 놀람이 떠 있는 것을 느낀다. 놀람, 무엇에 놀랐을까?

다시 숨을 들이켰을 때 피비린내가 맡아지면서 문득 죽은 돌연변이 남편 이동규의 얼굴이 떠오른다. 이어서 이동규의 아들 이강진의 얼굴도, 왜 그럴까?

"점퍼, 생각말, 냄새와 손 잡힘, 이 네 가지 특징은 기본이라고 봐야 돼."

신성만이 핸들을 쥐고 앞쪽을 응시한 채 말한다. 차는 지금 자유로를 달리고 있다. 서울에서 일산으로 달리는 중, 신성만이 말을 잇는다.

"이 넷이 모여서 제 각기의 특징을 발휘하면 막강해지지."

의자에 등을 붙인 오상미는 앞쪽만 본다. 오후 2시, 자유로는 차량 통행이 잘 되는 편이다.

"하지만 상미, 네 시선을 당할 돌연변이는 아직 존재하지 않을 거다. 넌 돌연변이 중에도 최상급이야."

"그것이 뭘 의미하는지 알아?"

오상미가 가라앉은 목소리로 묻는다. 여전히 시선은 앞쪽을 향해져 있다. 신성만은 대답하지 않았고 오상미가 말을 잇는다.

"최상급 기형 동물이지. 알기 쉽게 표현하면 가장 더러운 변형체."

"자학하지 마."

"알고 있지?"

오상미가 앞쪽을 향한 채 묻는다.

"연구소에서 내 사례를 중점 연구하고 있다는 것을 말이야."

"들었어."

"난 또 어떻게 변할지 몰라."

신성만은 입을 다물었고 오상미의 말이 이어진다.

"암세포가 번져가는 느낌이야, 간에서 폐로, 폐에서 머리로…."

"야, 그만."

쓴웃음을 지은 신성만이 차의 속력을 높인다.

오상미는 돌연변이 특징 중 냄새를 이전 받았다. 그러다 갑자기 또다른 돌연변이 특징이 일어났다. 그것은 생각말 기능이다. 그러다가 이제 시선을 쏘아 시선이 부딪친 상대를 기절시키는 능력이 생긴 것이다. 순수한 오카였던 오상미는 그것을 암세포가 전이된 것으로 표현한다.

그때 머리를 돌린 오상미가 신성만을 본다. 놀란 신성만이 당황해서 차가 흔들린다.

"이봐, 내가 눈에 힘을 주지 않으면 아무 일도 일어나지 않아."

오상미가 쓴웃음을 짓고 말했으나 신성만은 여전히 앞쪽을 응시한 채 대답한다.

"그것을 내가 어떻게 아나? 파트너."

"오늘은 몇 명 잡아서 스트레스를 풀자구."

"좋지."

신성만의 얼굴에 웃음이 떠오른다. 둘은 지금까지 일본에서만 돌연변이 사냥을 했다. 한국에서는 아직 한 명도 잡지 못했다. 오상미가 웃음 띤 얼굴로 말한다.

"잡으면 나한테도 넘겨, 혼자만 없애지 말고."

"알았어, 파트너."

신성만의 돌연변이 특징은 오카와 돌연변이까지 구분할 수 있다는 것이다. 신성만도 돌연변이 냄새 유전자를 이식받았다가 특징이 늘어난 경우이다. 돌연변이를 냄새로 구분할 수 있는 돌연변이는 신성만이 유일할 것이다. 그때 신성만이 혼잣소리처럼 말한다.

"그 돌연변이들도 특징이 늘어나면 골치 아파지겠다. 파트너처럼 말이야."

오상미는 대답하지 않는다. 그쪽은 특징이 늘어나는 것을 반기는 입장일 것이다. 그러나 아직 확인되지는 않았다.

김영도는 자살한 것이 아니다. 타살이다. 그렇다면 누가? 왜? 방으로 돌아온 서진숙이 이맛살을 찌푸린 채 생각에 잠긴다. 김영도는 오카가 아니었으니 본부에 보고할 사항이 아니다. 지금 방 밖은 경찰과 김영도의 가족까지 모여서 소란스럽다. 갑자기 외과 과장 김영도 박사가 엉덩이를 메스로 찔리더니 수술을 받고 혼자 있는 동안에 다시 메스로 턱밑을 깊게 찔러 자살한 것이다.

서진숙도 경찰에 엉덩이 찔린 경위를 진술했지만 자살 방법을 경찰이 재연해 보였을 때는 긴장했다. 김영도는 손으로 메스를 움켜쥐고는 머리를 망치로 치듯이 때려 박았다는 것이다.

오후 6시가 되어가고 있다. 이제 혼자 사는 터라 집에 가기도 귀찮아진 서진숙은 집행부 일을 더 열심히 했고 지난달 우수 오카로 선정도 되었다.

침대 끝에 앉아 몇 시간 전에 김영도가 앉았다가 엉덩이를 찔린 의자를 보던 서진숙이 목소리를 듣는다.

"아버지 생각 안 나?"

입을 딱 벌린 서진숙의 목구멍으로 숨 들어가는 소리가 들린다. 이강진, 아들의 목소리다. 방안이 울리는 목소리, 그러나 좁은 방안에는 혼자뿐이다. 눈동자만 굴린 서진숙의 귀에 다시 이강진의 목소리가 울린다.

"이 방에서 자살했다던데."

"누, 누구야?"

마침내 서진숙이 갈라진 목소리로 묻는다.

자리에서 일어선 서진숙의 얼굴은 창백하게 굳어져 있다. 집행부 처리반장으로 온갖 시체를 처리해온 서진숙이었지만 목소리가 떨린다.

"너, 강, 강진이야?"

"아니, 난 귀신이다."

이강진의 목소리가 다시 울린다.

"오카를 잡는 귀신이야."

"너, 강진이구나."

서진숙이 방안을 훑어본다. 조금 정신을 차린 것 같다.

"너, 어디 있어?"

"네가 집행부 처리반장으로 아버지 시체를 처리했지?"

강진이 되묻자 서진숙 얼굴이 굳어진다.

"엄마한테 무슨 말버릇이야?"

"엄마?"

이강진의 목소리에 웃음기가 섞인다.

"넌 오카이고 난 돌연변이야, 그리고 나는 같은 종족도 아니지."

그 순간 서진숙이 이강진의 목소리가 들린 쪽을 향해 리볼버를 쏜다. 소음기가 장착된 작은 리볼버, 길이는 15센티 정도밖에 안 된다. 이강진도 어렸을 때 집에서 리볼버를 본 적이 있다. 서진숙 경대 서랍에서 꺼내 갖고 놀기도 했다.

"퍽! 퍽! 퍽!"옷장에 10센티쯤의 간격을 두고 가로로 총탄 구멍이 난다. 용의주도하게 가로로 벌려 쏜 것이다. 그 순간 서진숙은 뒷머리에 격렬한 충격을 받고 앞으로 엎어진다. 앞으로 엎어지다가 김영도가 엉덩이를 찔린 의자 모서리에 입이 부딪쳐 이가 4개가 부서지고 뽑힌다. 이강진이 주먹으로 뒷머리를 친 것이다. 이 주먹이 무슨 주먹인가? 샌드백도 구멍이 나는 핵주먹이다. 그러나 서진숙이 죽지는 않았다. 신음 소리가 난다.

"이강진이 찾아왔다구?"

집행부장 최기종이 숨을 들이켜더니 목소리를 낮춘다. 서초경찰서 근처 커피숍 안, 성모병원 수간호사 서진숙이 머리가 깨진 중상을 입었다는 소식을 방금 전해들은 것이다.

"이런, 젠장."

주위를 둘러본 최기종이 그 소식을 갖고 달려온 집행부 정보팀장 홍종학을 본다. 두 눈이 번들거리고 있다.

"그놈이 서진숙을 때려 중상을 입혔단 말이지?"

"예, 그리고…."

호흡을 가눈 홍종학이 말을 잇는다.

"넌 어머니가 아니고 적이라고 했답니다. 돌연변이 특성이 늘어나서 몸이 보이지 않았다고 하더군요."

"몸이 보이지 않았다구?"

"변신 능력이 생긴 것 같습니다."

"그래서 당하기만 했다는 거야?"

"리볼버를 쏘았지만 맞추지 못했다고 합니다. 세 발을 쏜 흔적도 보았습니다. 제가 지웠지만요."

"이놈이 복수를 하려고 왔군."

"그렇습니다. 그런데….'

홍종학이 눈을 가늘게 뜨고 최기종을 본다.

"같은 시간대에 병원 안에서 자살 사건이 발생했습니다."

"자살?"

"예, 외과 팀장이 메스로 턱에서 뇌까지를 관통시켜 자살한 상당히 드문 케이스인데요."

"…"

"엉덩이가 메스에 찔려 엉덩이를 꿰매고 나서 엎드려 자살한 겁니다."

"그것이 어쨌다는 거야?"

짜증이 난 최기종이 눈썹을 모으자 홍종학은 헛기침부터 한다.

"그 외과팀장은 서진숙의 방에서 엉덩이를 찔렸답니다. 의자에 앉다가 찔렸다는데….'

"요점만 말해."

"그 소문을 들었는데 외과팀장이 서진숙하고 내연의 관계라는 것입니다."

그때 최기종의 눈썹이 추켜 올라간다.

"외과팀장이 인류지?"

"예, 부장님."

"서진숙 방에서 엉덩이를 찔렸다구?"

"예, 의자에 메스가 놓인 줄 모르고 앉다가….'

"메스가 벌떡 일어나서 엉덩이를 쑤셨단 말이지?"

"그것이 좀 수상했습니다."

"이강진이군."

"예, 제 생각도…."

"서진숙이 인류하고 교제한다는 거, 신고하지 않았지?"

"물론입니다."

"지금 서진숙은 어디 있나?"

"성모병원에 입원해 있습니다. 뒷머리가 깨져서 24바늘을 꿰맸습니다."

"이강진이 죽이려고 작정을 했다면 이미 죽였어."

"지금 히스테리 상태입니다. 신변보호를 요청했는데, 어떻게 할까요?"

"이건 감찰대에 연락해야 돼."

어깨를 늘어뜨린 최기종이 길게 숨을 뱉고 나서 말한다.

"그리고 마침 특수팀도 와 있으니까."

"저기."

신성만이 앞쪽을 눈으로 가리켰지만 오상미는 이미 보았다. 50미터 전방, 오카 하나가 오고 있다. 30대쯤의 남자, 검정색 점퍼와 바지, 등에 배낭을 메었는데 평범한 직장인 분위기, 오후 3시 반, 한 시간도 안 되어서 일산 거리에서 오카를 발견했다. 그런데 순수 오카라면 그냥 지나갔을 터, 신성만은 돌연변이를 구분하는 능력이 있다. 돌연변이를 발견한 것이다. 거리가 30미터로 가까워진다, 서로 다가가고 있기 때문에. 인도에는 통행량이 많은 편이고, 일산 시내 중심가다. 그때 신성만이 앞쪽을 향한 채 말한다.

"파트너, 난 옆 건물로 들어갔다가 뒤를 따를 테니까 넌 지나치고 나서 돌아, 그것이 자연스럽다."

그러고는 신성만이 몸을 틀어 옆쪽 건물 입구로 들어선다. 오상미는 다가오는 사내를 시선 끝으로 보면서 다가간다. 지독한 오카 냄새, 사내의 시선이 오상미를 스치고 지나간다. 이자의 돌연변이 특징은 무엇인가? 정보부에서 파악한 바에 의하면 현재까지 집계된 돌연변이의 특징은 127개, 과연 이놈의 특징은 무엇인가? 사내와의 거리가 10미터로 접근된다. 눈에 힘을 풀고 슬쩍 머리를 들어 사내를 본 오상미가 숨을 들이켠다, 사내의 생각말이 머릿속을 울렸기 때문에. 생각말을 듣는 돌연변이인가?

'오카로군, 그런데 냄새가 독특한데.'

그때 두 걸음쯤 앞으로 다가왔던 사내가 발을 멈췄으므로 오상미도 주춤 멈춰 선다. 앞이 막혔기 때문이다.

"저기시죠?"

오카들은 서로 오카라고 부르지 않는다. 저기 또는 거기라고 비유함으로써 오카를 은폐한다. 사내의 시선을 받은 오상미가 눈웃음을 친다.

"어떻게 아셨어요? 회합에서 만난 적이 있던가요?"

"그냥 안 겁니다."

따라 웃은 사내가 지그시 오상미를 본다. 인상이 좋은 사내다. 이자는 생각말 돌연변이로 체포되어야 한다. 더구나 그냥 알았다고 했지만 오카를 감별하는 특징도 있다. 그때 사내가 묻는다.

"커피나 같이 한 잔 하실까요?"

사내가 눈만 껌벅이는 오상미를 향해 이를 드러내고 웃는다.

"어떻습니까? 같은 거시기인데 무조건 반갑지요."

이제는 거시기다. 오상미가 따라 웃으면서 머리를 끄덕인다.

"그래요, 같은 거시기끼리 한 잔 마시죠."

이건 짐승이 사냥꾼을 초대한 셈이 되겠다. 사내를 따라 몸을 돌린 오상미는 이것을 신성만이 보고 있을 것이라는 생각을 하자 어금니를 물고 웃음을 참는다.

그러고는 당분간 생각말을 그치기로 머릿속에 지시한다. 오상미는 그럴 능력도 있다.

경호원 셋이 붙었다. 복도 양쪽 끝에 하나씩, 그리고 병실 문 앞에 하나, 복도에 통행인이 많아서 은폐하고 있었지만 이강진에게는 눈을 감고 있어도 위치 추적이 가능하다, 냄새가 나기 때문에. 문영철의 특징을 흡수했을 때보다 더 진화된 상태다. 오카마다 냄새가 다르다는 것도 알게 되었다. 돌연변이의 냄새는 오카의 바탕에다 다른 냄새가 섞여 있다. 수천, 수만 개의 냄새, 과연 이 냄새의 한계는? 창가의 벽에 붙어 선 이강진이 눈을 감고 생각에 잠긴다. 이곳은 배수관이 세로로 세워진 곳이어서 사람이 서 있을 자리가 못된다. 그러나 이강진은 배수관의 일부가 되어서 서 있다.

배수관 일부분으로 위장이 된 것이다. 누가 와서 누른다면 단단한 배수관이 물컹할 테니 기절초풍을 할 것이다. 서진숙이 누워 있는 병실과의 거리는 대각선으로 7미터 정도다. 이윽고 눈을 뜬 이강진이 몸을 세운다. 그러고는 병실을 노려보면서 생각한다. 문이 열리면 들어갈 것이다. 들어가서 오카를 처형할 것이다. 제 배로 출산한 자식을 제거시키려고 했던 오카, 자식에게 총을 쏜 오카, 그리고 무엇보다도 한때 남편이었던 사내를 자살하게 만든 오카, 그 복수를 할 것이다.

그때 간호사 둘과 의사가 병실로 다가간다. 서진숙의 병실이다. 이강진은 몸을 떼고 이동한다.

"난 한성백화점에서 근무해요."

안기태라고 자신을 소개한 돌연변이가 오상미에게 말한다.

"오늘 쉬는 날이죠. 그래서 영화나 하나 보려고 나왔다가…."

"오카를 발견했군요."

오상미가 웃음 띤 얼굴로 말을 받는다.

"신기해요, 오카를 찾아내다니, 돌연변이가 그런 능력이 있다던 데…."

"그건 이제 일반화되었어요."

정색한 안기태가 말을 잇는다.

"오카는 오카를 알아보는 겁니다. 마치 자석에 끌리는 쇠붙이처럼 말이죠. 그걸 돌연변이로 잡아서 제거시킨다면 오카 절반은 없어질 겁니다."

커피숍 안, 주위 테이블은 비었지만 오상미는 저도 모르게 둘러본다, 안기태의 목소리가 컸기 때문에. 신성만은 들어오지 않았지만 아마 밖에서 기다리고 있을 것이다.

"그런가요?"

머리를 기울인 오상미가 이제는 오카끼리 알아보는 것은 일반화된 것이 아닌가? 하고 잠깐 생각한다. 생각말을 스스로 금지시켰다가 저도 모르는 사이에 장치가 풀린 것이다. 그 순간이다. 안기태가 주머니에 넣었던 손을 빼면서 오상미의 얼굴에 대고 무엇인가를 뿌린다. 그때 흰 분말이 오상미의 얼굴을 덮는다.

"악!"

오상미가 두 손으로 얼굴을 덮으면서 비명을 지른다. 강한 냄새와 함께 눈과 콧구멍, 입으로 분말이 흡입되었고 격렬한 통증이 일어난다.

"아아악!"

두 손으로 얼굴을 비볐더니 마치 얼굴 껍질이 벗겨지는 것 같다. 그때 주위에서 비명이 터진다. 누군가가 소리친다.

"경찰을! 치정 사건인 것 같아!"

핸드폰이 진동으로 떨었으므로 윤태성이 바지 주머니에서 꺼내 본다. 오후 5시 10분 전, 사무실 안, 숨을 들이켠 윤태성이 핸드폰을 귀에 붙였을 때 곧 지부장 김동준의 목소리가 울린다.

"좀 보지, 긴급이네."

긴급호출, 남북한 전쟁 이후로 긴급호출은 처음이다. 긴장한 윤태성이 부관 박남구에게만 긴급호출 사실을 알리고 서초동 컨벤션 호텔 상담실에 들어섰을 때는 오후 6시가 되었다. 상담실 안에는 지부장이 집행부장 최기종과 둘이 앉아 있다. 윤태성이 자리에 앉았을 때 김동준이 바로 용건을 꺼낸다.

"한 시간 반쯤 전에 일산에서 돌연변이 체포에 지원 나온 아시아본부 정보부 소속 특수팀원 하나가 당했어."

김동준의 얼굴이 쓴웃음으로 일그러진다.

"돌연변이 하나를 발견, 커피숍으로 유인했다는데 거기서 역습을 당했다는군."

최기종은 들은 터라 외면만 하고 있었지만 윤태성은 놀란다. 눈을 치켜뜨고 입술 끝을 실룩거린다. 도대체 어떻게 당했단 말인가? 김동준이 말을 잇는다.

"최루 분말과 신경가스 분말, 마취 분말까지 섞인 분말을 덮어 씌워서 오상미는 인사불성 상태야."

"상대는 누굽니까?"

마침내 윤태성이 묻는다. 그 도도한 정보부 특수팀을 한 방에 날린 그 주인공은? 그때 김동준이 외면한 채 말한다.

"파트너인 신성만은 커피숍 밖에서 감시를 하고 있었다는데 30대의 돌연변이 사내라는 것밖에 아는 게 없다. 근처 CCTV는 일산의 정보요원이 분석 중이야."

김동준의 목소리가 낮아진다.

"지금 일산 복병원에 있어. 커피숍 직원들이 119신고를 하는 바람에 빼낼 수가 없었다구."

"…"

"응급실에 있는데 아직 의식이 없어서 경찰 조사는 받지 못했어."

심호흡을 한 김동준이 외면한 채 말을 잇는다.

"내가 조금 전 아시아본부의 연락을 받았어. 오상미는 일본 국적이야. 깨어나면 경찰한테 시달릴 것이고 골치 아파져. 오카에 돌연변이를 이식해놓은 데다 각종 특징이 솟아나는 개체라서 아시아본부에서도 연구대상이었다는 거야. 그런 상황에서 시험 직으로 한국 작전에 투입시킨 것인데…."

김동준이 어깨를 부풀렸다가 내린다.

"오늘 밤에 감찰대에서 제거해."

"예? 뭘 말씀입니까?"

놀란 윤태성이 확인하듯 물었더니 김동준의 목소리가 낮아진다.

"오상미를."

김동준이 한마디씩 분명히 말한다.

"이미 조금 전 응급실 간호사인 집행부원이 오상미의 혈액은 채취했어. 그러니 몸은 버려도 돼, 그 유전자만 있으면 바로 변형체를 만들 수 있으니까."

"사고사로 처리해야겠군요."

"파트너한테도 비밀로 하도록."

그때 집행부장 최기종이 거든다.

"복병원 주위는 이미 우리가 철저히 막아놓았으니까 감찰대가 안에서 마무리하시오."

외면한 김동준이 혼잣소리를 한다.

"오상미의 특징이 불안하다는 거야. 일단 제거하고 새 변형체를 만든다는군."

윤태성이 자리에서 일어서자 최기종이 쓴웃음을 짓고 말한다.

"우리도 오늘 감찰대와 비슷한 업무를 처리해야 돼요. 오늘은 병원 일이 많군."

9장 악마의 탄생

잠을 잔다. 서진숙의 병실 안, 구석 쪽 휴지통과 대걸레가 세워진 곳에 쪼그리고 앉아 잠이 들었던 것이다. 의사를 따라 병실에 들어왔다가 아직 마취 상태에서 깨어나지 못한 서진숙을 내려다보고 나서 이곳에 쪼그리고 앉았다가 잤다. 머리를 든 이강진은 벽시계가 오후 6시 반을 가리킨 것을 본다. 두 시간쯤 잔 것 같다. 그동안 위장한 몸은 휴지통, 대걸레의 일부가 되어 있었던 것이다. 머리를 돌린 이강진은 아직도 서진숙이 눈을 감고 있는 것을 본다. 거리는 3미터 정도, 방안에는 둘뿐이다. 마취 상태의 서진숙을 제거하기는 싫었다. 정신을 차린 서진숙과 마주보면서 처리를 하려는 것이다.

그때 방문이 열리더니 의사와 간호사가 들어선다. 이강진이 시선만 주었고 둘은 거침없이 다가와 병상 앞에 나란히 선다. 독한 냄새, 둘은 오카다.

"아직 깨어나지 않았나?"

의사가 혼잣말처럼 묻는다. 40대쯤, 건장한 체격, 가운 주머니에 두 손을 찌르고 서진숙을 내려다본다. 이강진은 병상 반대쪽에 앉아 있어서 둘의 얼굴이 정면으로 보인다. 그때 간호사가 서진숙을 내려다보면서 말한다.

"아직 마취에서 깨어나지 않았으니까 30cc만 주입하면 되겠어요."

"50cc로 해, 확실하게."

의사가 서진숙의 얼굴을 내려다보더니 쓴웃음을 짓는다.

"우등 오카가 되고 이어서 위원회 위원이 될 꿈에 부풀어 있었을 텐데 안됐다. 이 시점에서 끝나게 되어서 말이야."

"할 수 없죠 뭐."

간호사가 주머니에서 앰플을 꺼내더니 꼭지를 떼고 주사기로 주사액을 뽑아내어 채운다.

"어쨌든 낮에 죽은 애인하고 나란히 같은 날 제거 되는군요."

"애인놈은 살해되었어."

의사의 표정이 엄숙해진다. 그때 주사기에 액체를 채운 간호사가 링거에서 내려온 호스에 주사기를 붙이면서 말한다.

"이 호스 좀 잡아줘요."

서진숙은 깨어 있었다. 그러나 온몸이 쇳덩어리처럼 무거워서 눈꺼풀도 들지 못한다. 목소리는 그만큼 더 선명하게 들린다. 이 둘은 집행반 소속의 유진철, 박현지다. 소속 병원이 강남과 강북이지만 오늘 작업 지시를 받고 이곳에 온 것이다. 그 작업 지시란 바로 자신의 제거다. 서진숙도 집행반에서 15년을 지내면서 온갖 사건을 겪은 터라 자신이 왜 제거되는지를 알고 있다. 유진철의 목소리를 듣는 순간 사태를 알아차렸다. 그러나 온몸이 쇳덩어리처럼 느껴져서 숨만 쉬는 형편이다, 그때 손에 꽂은 주삿바늘이 흔들리는 느낌이 온다. 링거에 연결된 호스를 잡았기 때문이다. 이제 호스에 주사기를 꽂고 XO액 50cc가 주입되면 30분 안에 사망, 아니, 제거된다. XO액은 전혀 흔적도 남지 않는 터라 자신은 마취 중 쇼크사로 처리될 것이다. 그때 머리 위쪽 천장이 무너지는 느낌이 온다, 그리고 소리.

"퍽! 퍽!"

연거푸 충격음이 울리면서 몸 위로 뭔가 무너졌다. 서진숙은 기를 쓰고 눈꺼풀을 추켜올렸다. 그러자 사물이 드러났다. 부연 막이 걷히고 나서 눈동자의 초점을 맞춘 서진숙이 숨을 들이켠다. 이강진, 돌연변이가 바로 눈앞에 떠 있는 것이다. 그때 이강진이 눈을 가늘게 뜬다. 그것이 마치 벌레를 보는 것 같았으므로 서진숙은 저도 모르게 이를 악문다. 이강진이 말한다.

"넌 오카족한테서도 제거 대상이 되었구나. 아마 인류하고 엉켰기 때문이겠지."

그때 옆쪽에 엎어진 유진철의 입에서 신음 소리가 뱉어진다. 간호사 박현지는 바닥으로 굴러 떨어져서 숨소리도 들리지 않는다. 그것을 본 이강진이 주먹을 치켜들더니 망치로 못을 박듯이 유진철의 목을 내려친다.

"부드득!"

가볍게 쳤는데도 침대가 출렁거렸고 유진철의 목뼈가 부서지는 소리가 들린다, 즉사다.

유진철의 폐에서 남은 숨이 방출되는 소리가 들리더니 조용해진다. 그때 이강진이 말한다.

"이제 어떻게 될 것 같으냐? 널 죽이러 온 오카 집행반 둘이 네 침상 근처에 머리가 부서지고 목뼈가 바스러진 시체가 되어 있다는 것."

이강진의 얼굴에 웃음이 떠오른다.

"나가는 길에 네 방을 경비하는 집행부 놈 셋도 죽이고 가겠다."

"…."

"그럼 혼자가 될 테니 살려면 도망을 쳐. 오카가 없는 세상으로 말이야."

이제 서진숙은 시선만 주었고 이강진이 한 걸음씩 뒤로 물러선다.

"잘 가, 내 오카 어머니."

물러가면서 이강진이 서진숙에게 그렇게 작별한다.

"이제 끝났어, 내 오카 가족이여."

한 발짝을 더 뒷걸음질 치더니 이강진의 하반신이 없어지고 상반신만 남는다. 다시 한 발짝을 떼었을 때 서진숙은 이강진의 상반신이 연기처럼 흩어지는 것을 본다. 곧 병실 문이 저절로 열렸다가 닫힌다.

입에 산소 호흡기를 붙였으므로 호흡은 정상으로 돌아왔다. 식도가 타서 오그라진 것 같았던 통증도 대부분은 가셨다. 그러나 아직 얼굴은 뜨겁고 눈이 안 보인다. 얼굴에 젖은 거즈를 붙이고 누운 채 오상미가 신성만에게 묻는다.

"지금 몇 시야?"

"7시 반."

바로 대답한 신성만이 되묻는다.

"왜? 배고파?"

"됐어."

"네 얼굴에 뿌린 분말은…."

잠깐 말을 멈춘 신성만이 목소리를 낮춘다. 주위를 둘러본 것이다.

"오카 공격용이었어. 방금 병원에서 분말을 분석했는데 4가지 치명적인 독극물이 섞였어."

"…"

"오카는 그중 한 개만 흡입해도 끝장이야. 그런데 너는…"

신성만이 입을 오상미의 귀에 바짝 붙이고 말한다.

"네 얼굴에 황산보다 강력한 극독이 덮였는데도 피부가 붉어졌을 뿐이야. 그리고 네 식도도 건강하다는 거야."

"…"

"네 눈의 망막도 아직 이상 없어. 네가 아무리 오카 돌연변이 유전자를 이식 받았다고 해도…"

"그만."

오상미가 신성만의 말을 자른다.

"내 손 묶인 것 좀 풀어줘."

"안 돼."

"얼굴이 간지러워서 그래, 거즈 위로 누르기만 할 테니까."

"안 돼."

"부탁이야, 내가 거즈를 쳐들까봐서 그래? 내가 그것도 못 참을까봐?"

"그럼 참아."

"팔 묶은 끈을 조금만 느슨하게 해줘, 너무 꽉 조였어."

"그건 해주지."

신성만이 팔을 묶은 가죽 띠를 푼 순간이다. 오상미가 가죽 띠 고리가 빠진 사이에 팔을 뽑더니 그대로 신성만의 목을 움켜쥐었다.

"억!"

놀란 신성만이 두 손으로 오상미의 팔을 움켜쥐었지만 늦었다. 식도와 함께 숨통의 충격을 받은 신성만이 입을 딱 벌리면서 주저앉는다. 잠깐 기절을 한 것이다. 그 사이에 상반신을 일으킨 오상미가 다른 팔의 가죽 끈을 풀더니 얼굴을 덮은 거즈를 떼어낸다. 그 순간 오상미의 맨얼굴이 드러난다. 젖은 거즈를 덮기 전만 해도 붉게 물들었고 수포가 수십 개 일어난 끔찍한 얼굴이었다. 그때 오상미가 가운을 벗어 던지더니 엎드린 신성만의 옷을 벗기면서 말한다.

"미안해, 파트너."

신성만은 늘어진 채 대답하지 않았지만 오상미가 말을 잇는다.

"내가 신세 갚을게, 파트너."

점프, 아래쪽 골목에서 뛰어올랐더니 몸이 타원을 그리며 날아 연립주택 2층 베란다 난간 위로 떨어진다. 발이 난간에 닿은 것이다. 날아간 거리는 40미터 정도, 높이는 10미터쯤, 높이보다 거리가 중요하다. 점프 능력이 갈수록 향상되고 있다. 한명식한테서 흡수된 점프력이 원조(元祖)보다 더 향상되는 것 같다.

밤 11시, 2층 유리문을 열고 들어섰더니 거실에 둘러앉았던 셋이 놀란다.

"너, 벽 타고 올라왔어?"

한명식이 먼저 물었으므로 이강진이 끄덕인다.

"응, 귀찮아서요."

"내가 점프 기술 알려줄까?"

"나중에요."

"너, 어떻게 되었어?"

시선만 주고 있던 문영철이 묻는다. 어머니 서진숙에게 복수를 했느냐고 물은 것이다.

셋의 시선을 받은 이강진이 다시 끄덕인다.

"한 셈이죠."

"한 셈이라니?"

이강진이 설명을 한다. 변신의 특징을 말한다면 이야기가 길어질 것 같았으므로 숨어 들어갔다고 표현, 서진숙이 살해되기 전에 구출한 장면에서는 한명식이 탄성을 뱉는다. 이강진이 그대로 나왔다고 했더니 듣기만 하던 정지우가 말한다.

"잘했어, 오카한테 쫓겨 다니는 것이 죽는 것보다 더 고통이라는 것을 겪어봐야 돼."

"그런데 너, 특징이 늘어난 것 아니냐?"

그때 불쑥 문영철이 물었으므로 이강진이 숨을 들이켠다. 세 쌍의 눈이 이강진을 주시한다. 거실에 잠깐 정적이 덮이고, 이강진이 머리를 끄덕인다.

"예, 늘어났어요."

"어떤 건데?"

한명식이 바로 물었을 때 문영철이 손을 젓는다.

"아니, 말할 것 없다. 그것만 알고 있으면 돼."

문영철이 셋을 둘러보며 말을 잇는다.

"만일의 경우, 우리가 잡혔을 때를 예상해야만 돼."

이제는 한명식도 벌렸던 입을 다문다. 잡혔을 때는 동료의 모든 특성을 자백할 수밖에 없다. 특성이 알려진다는 것은 곧 지문이 채취되었다는 사실과 같다, 특징을 알면 잡기가 쉬워지기 때문에. 그때 이강진이 말한다.

"이번에 병원에서 오카 다섯을 제거하고 왔어요. 모두 내가 한 짓인 줄 알 테니까 날 잡으려고 혈안이 될 겁니다."

"다섯이나?"

숨을 들이켠 한명식이 곧 이를 드러내고 웃는다.

"오카족에겐 악마가 나타난 셈이 되겠군."

"어쩔 수 없지."

외면한 문영철이 어깨를 늘어뜨리며 말한다.

"서로 한 쪽이 없어질 때까지 싸워야 할 사이니까, 우린 공생(共生)이 안 돼."

"왜 안 돼요?"

정지우가 묻자 문영철의 얼굴에 쓴웃음이 번졌다.

"우리가 더 우월한 종족이거든."

창밖을 바라보고 선 오상미가 문득 쓴웃음을 짓는다. 이제 자신이 진짜 돌연변이 도망자가 되었다는 생각이 들었기 때문이다. 이곳은 일산의 모텔 방안, 돌연변이 도망자의 행태대로 CCTV를 피해서 숨어들어왔다. 다행히 신성만의 지갑에 현금이 좀 있어서 병원에서 빠져나온 후에 의류매장에 들러 옷을 사 입고 전철을 탄 것이 일산행이었다. 일본 정보본부 소속으로 5년 동안이나 근무했던 터라 돌연변이 유전자를 주입시킨 오카 특수팀은 주시의 대상이 되어 있다는 것은 누구보다 잘 알고 있는 오상미다. 작전 중 부상, 작전 수행이 불가능한 특수팀원은 즉시 제거한다는 것이 내부 극비 사항이다. 더구나 자신은 돌연변이 특징이 자꾸 생성되는 특별감시 대상이다. 이런 상태에서 중상을 입고 병

224

원에 누워 있게 된다면 즉시 '청소팀'이 파견되었을 것이다.

오상미가 손바닥으로 얼굴을 쓸어본다. 매끄러운 피부의 감촉이다. 목구멍도 깨끗했고 눈빛은 더욱 맑아졌다. 오히려 내성이 증가된 느낌, 아, 나는 진짜 돌연변이 악마로 탄생되었구나.

"둘이야."

김동준이 초점이 먼눈으로 최기종과 윤태성을 본다. 테이블 왼쪽 끝에는 신성만과 사내 하나가 앉아 있었는데 방안 분위기는 무겁다. 오전 8시 반, 다시 컨벤션 빌딩의 회의실에서 긴급회의가 열리고 있다. 김동준이 말을 잇는다.

"이강진과 오상미, 이제는 하나가 더 늘어나서 둘이 되었어."

김동준의 눈동자에 초점이 잡히더니 신성만 쪽으로 옮겨간다.

"거기, 조 팀장, 당신이 말해."

신성만 옆에 앉은 30대쯤의 사내에게 말한 것이다. 사내의 검은 눈동자가 최기종과 윤태성에게로 옮겨진다. 그 순간 윤태성은 사내의 눈이 유리로 만들어진 것 같다는 생각을 한다. 단단한 눈, 번들거렸고 너무 맑다. 피부는 거칠었지만 윤곽은 뚜렷한 얼굴, 그때 사내가 입을 연다.

"난 일본 아시아본부 정보부 소속 특수팀장 조준기라고 합니다."

목소리도 마치 스피커에서 울리는 것 같다. 한국지부 두 간부의 시선을 받은 조준기의 얼굴에 쓴웃음이 번진다.

"두 분이 저를 어떻게 생각하시는지 방금 생각말을 읽었습니다."

"당신도 돌연변이 유전자를 이식 받았군."

윤태성이 말하자 조준기가 머리를 끄덕인다.

"돌연변이를 잡으려면 어쩔 수 없지요, 전 3가지 특징을 이식 받았습니다."

조준기의 목소리가 스피커 방송처럼 방안을 울린다.

"오상미는 오카를 냄새로 감별해내는 특징을 이식 받았는데 몸 안에서 유전자가 스스로 제2, 제3의 특징을 개발해내었지요. 그래서 오상미는 특수팀 안에서도 특별 관리 대상이었습니다."

"그게 뭐요?"

최기종이 묻자 조준기가 유리알 눈으로 시선을 준다.

"스스로 개발한 특징은 생각말과 시선으로 상대를 기절시키는 능력이었지요."

조준기의 얼굴에 다시 쓴웃음이 떠오르더니 손가락으로 제 눈을 가리킨다.

"제 눈이 유리알 같다고 생각하셨지요? 바로 제 눈도 오상미가 개발한 눈으로 기절시키는 능력을 이식 받은 것입니다."

"오상미가 돌연변이 숙주 노릇을 했군."

윤태성이 말했지만 조준기는 거슬리지 않는지 순순히 머리를 끄덕인다.

"그렇습니다. 이번에 오상미를 작전에 투입시킨 것은 오상미를 활동시키면서 내재된 특징이 드러나기를 기다린다는 아시아본부 연구팀의 의도도 있었지요."

"오상미의 특징이 더 늘어난다는 것인가?"

최기종이 짜증난 표정으로 묻자 조준기가 머리를 젓는다.

"오상미가 특징을 감추고 있는지도 모른다고 생각했기 때문입니다."

"이런."

입맛을 다신 윤태성이 김동준을 본다.

"지부장님, 오상미가 돌연변이 무리에 포함되지 않겠습니까?"

"그래서 조 팀장과의 협조가 필요하다."

정색한 김동준이 말을 잇는다.

"조 팀장이 이번에 팀원 20여 명을 이끌고 왔어. 모두 돌연변이 특징을 이식 받은 정예 요원들이야, 이 기회에 한국 내부의 돌연변이를 소탕하도록 하자."

이것이 결론이다.

"할 이야기가 있어."

식사가 끝날 무렵 문영철이 머리를 들고 말한다. 오전 9시가 조금 못 되었다. 이 층 식당에 둘러앉은 네 식구가 오늘은 모두 모여 있다, 늦잠을 자는 정지우를 오늘은 억지로 깨웠다. 세 쌍의 눈이 문영철을 주시한다. 할 이야기가 있기 때문에 정지우까지 깨운 것이다. 어깨를 부풀렸다가 내린 문영철이 입을 연다.

"이런 식으로 살 수는 없어, 결국은 잡혀 죽게 돼."

문영철의 얼굴이 조금 상기되었다. 항상 차분하고 식구를 이끌던 문영철이었으므로 모두 긴장한다.

"난 이제 5년 반째야, 19살 때 돌연변이 판정을 받기 직전에 도망쳐서 스물다섯이 되었어."

"난 5년에 스물셋이야, 열여덟에 도망쳤으니까."

한명식이 흉내를 내었다가 반응이 싸늘했으므로 입을 다물고, 문영철이 다시 말을 잇는다.

"돌연변이는 결국 잡혀 죽거나 자살을 해. 가장 길게 산 돌연변이는 12년을 산 미국인이라는군."

"…"

"산속에서 혼자 살다가 미쳤다는 거야. 그래서 결국은 집에 불을 지르고 타 죽었다는데."

문영철의 얼굴이 이제는 나무토막처럼 굳어진다.

"나도 가끔 발작이 일어나려고 한다. 밖에 나가서 마구 소리를 지르고 싶어, '나는 오카의 돌연변이요!'라고."

정지우가 머리를 돌려 이강진을 본다. 생각말이 없다. 이강진은 정지우의 눈을 뚫고, 벽을 통과하고 다시 담장을 뚫고 나가 직선거리로 비스듬하게 65미터 거리의 골목에 서 있는 사내를 보고 있다. 안진혜로부터 흡수한 관통력, 이제는 거리의 초점만 맞추면 1백 미터까지 가능하다, 벽이 10개 있어도 관통한다. 안진혜는 지금도 일산에 있을까? 그 식당에서 일하고 있을까? 정지우가 눈을 깜박였으므로 이강진의 시선이 급속 줄어들면서 초점을 잡는다. 정지우가 노려보고 있다, 초점이 먼 건 아니까, 너 지금 뭐해? 하는 표정으로. 그때 한명식이 말한다.

"형, 참아. 그래도 아무도 안 믿어줘, 미친놈으로 죽지는 마."

문영철이 심호흡을 하더니 셋을 둘러본다.

"난 결심했다."

"소리치려고?"

한명식이 물었을 때 문영철이 말을 잇는다.

"경찰에 신고하겠어. 오카의 존재를 다 털어놓고 필요하다면 내 생체도 증거로 내놓을 작정이야. 차라리 그렇게 죽을 거다."

"미쳤군."

정색한 한명식이 그때까지도 깔짝대던 젓가락을 내려놓는다.

"그래서? TV에 출연하려고? 몸을 잘려도 죽지 않는 오카의 재주를 보이려고?"

한명식이 이제는 눈을 치켜뜬다.

"형의 오카를 냄새로 구분하는 특징, 생각말 듣는 특징을 자랑하려고? 서커스에 나갈 거야?"

"…."

"내 점퍼 특징이 서커스에 가장 잘 팔리겠다, 돈도 많이 벌리겠고."

"그만!"

갑자기 정지우가 소리쳤으므로 한명식이 입을 다문다. 방안이 조용해졌고 정지우가 머리를 저으며 말한다.

"오빠 이야기 다 듣고 나서 말해."

"웬일이래?"

한명식이 투덜거렸을 때 문영철의 말이 이어진다.

"지금까지 여러 번 시도했어, 돌연변이들이. 정상 오카가 신고한 적도 있고."

"…."

"수십 번, 아니, 수백 번이야. 하지만 그때마다 좌절되었어. 아예 기록에도 지워졌고 언론은커녕 경찰이나 정보기관의 자료에 흔적도 남지 않았어."

"…."

"사회 모든 곳에 오카가 박혀 있기 때문이지, 이제는 전보다 정보, 감시, 통제망이 더 강화되어서 꿈도 꾸지 못할 상황이 되었어."

"그런데 왜?"

다시 한명식이 물었을 때 문영철의 시선이 이강진에게로 옮겨진다.

"강진이를 보고 희망이 생긴 거야."

"강진이?"

눈을 치켜뜬 한명식이 이강진을 보고, 정지우는 시선만 준다. 이강진은 문영철의 시선을 받은 채 움직이지 않는다. 이렇게 잠깐 정적이 덮이고, 그때 문영철이 이강진에게 묻는다.

"강진아, 내가 왜 그러는지 알지?"

"난 아직 부족해요, 형."

"아냐."

문영철이 정색하고 머리를 젓는다.

"넌 오카를 깨라고 하늘이 보낸 돌연변이야."

숨을 들이켠 문영철의 목소리가 열기를 띤다.

"너는 우리들의 희망이야, 인류에게도 마찬가지야."

그때 이강진이 혼잣소리처럼 말한다.

"난 내 자신이 악마처럼 느껴져요."

이강진이 자리를 비우고 셋이 모였을 때는 한 시간쯤이나 지난 후다. 제각기 식탁에서 일어나 제 할 일들을 하는 것 같았지만 이강진이 바람 좀 쐬고 오겠다면서 밖에 나갔을 때다, 문영철에게 다가간 정지우가 대뜸 묻는다.

"왜?"

소파에 앉아 있던 문영철도 바로 대답한다.

"강진이의 특징이 수십 개다. 그렇게만 알고 있어."

"형은 어떻게 알았는데?"

이번에는 한명식이 물었다.

"뭐든 다 흡수해, 강진이 머릿속에 최대 용량의 컴퓨터가 들어 있다고 생각하면 돼."

"글쎄, 어떻게 알았느냐니까?"

"나도 상대방 특징을 본다."

어깨를 부풀린 문영철이 주위를 둘러보는 시늉을 한다.

"강진이가 지금까지 돌연변이 역사상 최고 수준의 특징을 보유한 개체일 거야."

"그건 악마야."

정지우가 얼굴을 굳히며 말한다.

"강진이가 그랬잖아? 자신이 악마처럼 느껴진다고?"

그렇다. 길가에 선 이강진이 자신의 손을 눈앞에 펼쳐 보이면서 생각한다. 오전 10시 반, 그동안 컴퓨터를 통해 온갖 지식을 다 습득했다. 의학은 물론이고 약학, 자동차 비행기의 엔진, 조종법까지. 그것이 흡수되었을 뿐만 아니라 머릿속에서 연쇄 반응을 일으켜 새로운 것을 창조해내고 있다. 조금도 쉬지 않고 머릿속의 거대한 기계가 새로운 것을 창조해내고 있는 것이다. 그래서 자신이 악마처럼 느껴졌다고 한 것이다.

그때 사내 하나가 다가왔는데 술 냄새가 맡아진다. 이곳은 골목 안, 인적도 없는 데다 CCTV도 없다. 사내는 조금 전 골목 앞을 지나가다가 이쪽을 보았다. 안에 이강진이 혼자 서 있는 것을 본 것이다. 20대 중반, 흐린 눈, 굽은 어깨, 키가 컸고 팔이 긴 체형, 다가선 사내가 주머니에 손을 넣는다. 시선만 준 채 반쯤 입을 벌린 얼굴, 역한 술 냄새, 다음 순간 사내가 주머니에서 손을 꺼냈고 철컥 소리와 함께 15센티 길이의 칼날이 솟아 나온다, 잭나이프. 그 순간 사내는 이강진의 가슴을 향해 칼을 찌른다.

"탁."

날카로운 마찰음, 그것은 칼끝이 이강진 옆의 시멘트 담장에 박히는 소리다. 이강진이 몸을 비틀었기 때문이다. 다음 순간 이강진의 손바닥이 사내의 뒷머리를 가볍게 친다. 충격으로 머리를 잠깐 기울였다가 편 사내가 긴 숨을 뱉더니 손에 쥔 잭나이프의 칼날을 접고 주머니에 넣는다. 그러고는 힐끗 이강진을 보더니 머리를 숙여 절을 한다.

"그럼 아버지, 다녀올게요."

이강진이 머리만 끄덕이자 사내는 몸을 돌려 골목을 나간다. 이강진은 다시 시멘트벽에 등을 붙인다. 사내는 강도 전과자로 교도소에서 나온 지 두 달밖에 되지 않았다. 골목 안에 있는 이강진을 보자 무조건 찌르고 지갑을 뺏으려고 했던 것이다.

그것을 알고 있던 이강진이 머리를 쳐서 사내의 머릿속을 15년 전으로 바꾸었다. 사내는 이강진을 아버지로 본 것이다. 아버지는 사내 백광철에게 술 사오라는 심부름을 시킨 것이다. 그러나 골목 밖으로 나간 백광철은 열 걸음쯤 걷다가 다 잊어버렸을 것이다. 골목 안에 들어갔다가 나온 사실까지. 머리 어느 부분이 기억장치이며 얼마만 한 강도의 충격을 주면 어떤 결과가 되는지 머릿속에 다 입력되어 있다.

머리를 든 이강진이 길게 숨을 뱉는다. 오늘 문영철은 오카와의 전면전을 선언한 셈이다. 그러나 막강한 오카와 실제로 싸워야 할 돌연변이 전사는 바로 자신이다.

문영철은 이강진을 믿고 선언한 것이다. 그것을 알고 있는 터라 이강진은 심란하다. 그 순간 문득 아버지 이동규의 얼굴이 떠오른다.

두 쌍의 발자국 소리가 다가온다, 엘리베이터에서 내려 곧장 이쪽으로. 오카다. 11시 35분. 도대체 어떻게 이곳을 알았단 말인가? 오상미는 창가에 기대고 선다.

발자국 소리는 문 옆에서 그치고 모텔 안은 조용하다. 이미 손님 대부분이 빠져나갔다. 12시까지는 방을 나가야 한다. 일산 서쪽의 고급모텔 방안, 그때 엘리베이터 옆쪽 계단에서도 인기척이 들린다. 계단에도 있다. 두 명, 한국의 오카 집행부 실력도 만만치 않다는 생각에 오상미의 얼굴에는 쓴웃음이 떠오른다. 아니, 돌연변이를 제거하는 감찰대가 나섰는지도 모른다. 아니면 합동작전? 그때 문에서 미세한 기척, 안에서 고리를 잠가놓아서 부숴야 열릴 것이다. 다음 순간 꽝음과 함께 문짝이 안쪽으로 부서져 떨어지면서 두 사내가 진입한다. 제각기 손에 쥔 것은 돌연변이 제거용 가스총, 가스총에서 분사되는 신경가스는 돌연변이에게 치명적이다. 사내들의 시선이 거의 동시에 창가에 선 오상미를 향한다.

"아악!"

그 순간 둘의 입에서 터진 비명, 손에 쥔 가스총을 떨어뜨린 둘이 두 손으로 얼굴을 감싸 쥔다. 둘의 눈에서 피가 흘러내리고 있다. 처참한 모습, 그때 방안으로 다시 두 사내가 달려들어 온다. 둘도 가스총을 쥐었고 극도로 긴장한 모습이다. 비명을 지르며 몸부림을 치는 둘을 젖혀두고 욕실까지 둘러본 둘이 놀란다.

"어, 어떻게 된 거야?"

방안이 비었기 때문이다. 이곳은 12층이라 창밖으로 탈출도 불가능,

그 순간 사내 하나가 입을 딱 벌린다. 그러고 나서 가슴을 뚫고 밖으로 나온 구둣주걱을 보더니 방안이 떠나갈 것 같은 비명을 지른다.

"으아악!"

구둣주걱 앞부분에서 마치 끊긴 호스처럼 피가 쏟아진다. 누가 구둣주걱을 뒤에서 쑤셔 넣었단 말인가? 놀란 사내 하나가 뒤쪽의 공간에 대고 가스총을 발사한다.

"탕! 탕! 탕!"

화약이 폭발하는 발사음이 방안을 울린다. 복도에서 다시 사내 둘이 방안으로 달려들어 온다, 그 순간.

"으악!"

달려 들어온 사내들의 입에서 거의 동시에 비명이 터진다. 그것은 가스총을 쏘던 사내의 머리통이 방바닥으로 떨어졌기 때문이다. 잘린 목에서 피가 거의 1미터 높이로 솟아오른다.

"으아악, 으악!"

두 눈에서 피를 뿜던 두 사내가 손으로 얼굴을 비비는 바람에 피투성이, 끝없이 지르는 비명! 가슴이 뚫린 사내는 탁자와 함께 넘어졌지만 일어나 앉아 헐떡인다. 비명은 못 지른다. 그때 아직 멀쩡한 둘 중 하나가 비명을 지른다.

"으아악!"

팔 한쪽이 어깨에서부터 잘려 떨어졌다. 놀란 다른 사내가 뒤로 물러섰다가 탁자에 걸려 넘어진다.

"아악!"

넘어진 사내의 비명, 사내의 배가 가로로 갈라지면서 창자가 쏟아져 나온다. 이제 방안은 비명과 피비린내로 가득 찼다. 사내 여섯이 피바다 속에서 뒹굴고 있다. 이곳이 바로 지옥이다.

"오상미의 변신 특징이 느는 것 같군."

조준기가 힐끗 신성만에게 시선을 주고 나서 말한다.

"오카를 냄새로 구분하고, 생각말 듣고, 시선으로 기절시키는 특징까지는 파악되었는데, 눈을 파내고 구둣주걱을 몸에 밀어 넣고 몸통을 두부처럼 자르는 힘까지 늘어났단 말인가?"

"모르겠습니다."

신성만이 바로 대답한다. 둘은 일산 사건 현장이 바로 보이는 길 건너편에 서 있다. 오후 1시, 사건 현장은 경찰에 의해 접근 통제가 되었고 소방차가 방금 진화를 끝낸 상황이다. 그것은 집행부 처리반이 현장에 불을 질러 증거를 소각시켰기 때문이다. 사건 보고를 받은 오카 집행부가 인류 경찰보다 빠르게 진입, 흔적을 지운 것이다. 어깨를 부풀린 신성만이 팀장 조준기를 본다.

"팀장, 오상미를 제거하려고 한 것은 사실입니까?"

"그 상태에서는 어쩔 수 없었어. 환자를 일본으로 데려가려면 얼마나 복잡한지 아나?"

"유전자를 빼내고 제거한다는 것이 맞지 않습니까?"

"할 수 없지."

"우리 둘은 감시당하고 있었군요."

"넌 아냐, 오상미지."

머리를 기울인 조준기가 이맛살을 찌푸린다.

"오상미가 어떻게 알았을까? 병원에서 말이야, 네가 당했을 때 우리가 보낸 팀원들은 도착하지도 않았어."

"미행을 눈치 챘는지도 모릅니다."

"오상미가 눈치 챌까봐 너한테도 그 사실을 말해주지 않았는데 말이야."

입맛을 다신 조준기가 둘러선 구경꾼들을 유심히 본다. 오상미가 끼어있는지 살피려는 것이다. 그때 신성만이 머리를 젓는다.

"우린 독사를 숲에 풀어놓았어요. 이제 오카 세상이 심상치 않게 될 겁니다, 팀장."

"야, 마쓰모도, 말조심해!"

눈을 치켜뜬 조준기가 목소리는 낮춘다.

이번에 한국에 파견된 특수팀원은 모두 한국인 가명을 썼고 한국인 신분증을 소지했으며 뇌에 한국어 칩을 이식 받아 한국어에 유창하다. 몇 명은 경상도와 전라도 사투리로 이식 받아서 영락없는 그쪽 출신이다. 화가 난 조준기가 신성만의 일본 이름을 부른 것이다. 그러나 화가 났더라도 한국말을 한다.

"긍정적으로 생각해라, 오상미와 함께 이강진이라는 별종 돌연변이 유전자를 얻게 되면 우린 한국 속담처럼 황금 더미 위에 앉게 된다구."

조준기의 시선을 받은 신성만이 심호흡을 하고 나서 말한다.

"다른 한국 속담도 있어요. 주저앉은 것이 똥 위라는 겁니다."

조준기는 외면하고 대답하지 않는다.

송파경찰서 강력1팀장 오길용이 카페 안으로 들어섰을 때는 오후 7시 10분, 약속 시간보다 10분 늦었다. 이곳은 송파경찰서 근처의 유흥지대여서 카페 안은 이미 손님으로 차 있다.

"어, 김상준이라고, 방 예약해놓았다고 하던데."

다가온 종업원에게 말하자 곧 몸을 돌리면서 말한다.

"따라오세요."

종업원이 앞장서 다가가 선 곳이 복도 끝 방, 방이 10개쯤 되는 룸카페다. 물론 아가씨도 많은 A급 카페다. 종업원이 돌아가자 오길용이 노크도 않고 문을 연다. 40대 초반의 오길용은 경감, 수사경력 18년의 전문가다. 그러나 작년에 술 마시고 기자를 패는 사고를 쳐서 앞으로 진급은 불가능하다. 서장이 손을 써주지 않았다면 파면당할 뻔했다. 그래서 6개월 중징계에 겨우 복직했다. 방안으로 들어선 오길용은 자리에서 일어서는 두 사내를 본다. 둘 다 20대, 그중 키가 큰 사내가 좀 더 어려 보인다. 그러나 눈빛이 위압적이다.

"여어, 김상준 씨?"

오길용이 다가가자 키가 작은 사내가 머리를 숙여 보인다.

"예, 접니다."

"반갑습니다."

오길용이 손을 내밀며 웃는다. 어제 오후에 김상준이 범죄 집단 신고할 것이 있다면서 밖에서 만나자고 한 것이다. 김상준은 제 주소와 신분도 밝혔는데 26세, 한국대 4학년생이다. 김상준이 제 옆에 선 사내를 소개한다.

"얜 이석규구요, 제 후배죠."

"오, 그래."

오길용이 후배하고도 악수를 나누면서 눈빛이 범상치 않다고 생각한다. 수십 년 사람을 겪은 터라 둘은 범죄형은 아니지만 녹록한 성품도 아니라고 추측한다. 앞쪽 자리에 앉은 오길용이 테이블에 놓인 술과 안주를 보고 웃는다. 술은 발렌타인 19년산에 스테이크와 마른안주, 과

일까지 놓여 못해도 30만 원 정도의 차림이다. 학생 신분치고는 고급이다, 그때 김상준이 웃음 띤 얼굴로 오길용의 잔에 술을 따르면서 말한다.

"팀장님, 웃으실지 모르지만 지금 팀장님은 역사에 남을 회동을 하고 계시는 겁니다. 물론 이 만남이 흔적도 없이 지워질 경우도 있겠지만요."

"허, 그래?"

쓴웃음을 지은 오길용이 술잔을 들고 냄새를 맡는다.

"혹시 술에 약을 타지는 않았지?"

"그럼요."

김상준이 웃지도 않고 말을 잇는다.

"제가 한 잔 따라 마시지요."

술병을 든 김상준이 제 잔에 술을 채우더니 한 모금에 삼킨다. 그것을 본 오길용이 술잔을 내려놓고 말한다.

"자, 그럼 듣지, 그 역사에 남을 이야기를."

"팀장님, 오카라는 말 들어보셨습니까?"

"오카?"

머리를 기울였던 오길용이 대답한다.

"처음 듣는데, 가게 이름인가?"

"아닙니다. 종족 이름입니다."

"종족?"

눈을 크게 뜬 오길용을 향해 김상준이 심호흡을 하고 나서 말한다.

"예, 한민족, 일본족처럼 말입니다."

"그러니까 오카족이란 종족이 있단 말이지?"

술잔을 들었다가 다시 내려놓은 오길용이 입맛을 다시는 것이 슬슬 지루해지는 것 같다. 김상준은 문영철이고 이석규는 이강진이다.

그때 오길용이 다시 묻는다.

"그럼 그 오카족이 어디 사나? 필리핀? 아니면…."

"예, 한국에도 살고 일본, 전 세계에 퍼져 있지요."

"아, 그런가? 그런데 그 오카족이 문제인가?"

"그 오카가 인류를 말살시키려고 합니다."

"허어."

"수백 년 전부터 계획을 세웠고 지금은 전 세계, 아니, 한국에도 사회 각층에 침투해서 이미 깊게 뿌리가 박혔습니다."

다시 지루해진 오길용이 하품을 참으려고 심호흡을 했다가 콧구멍이 벌름거린다. 그때 잠자코 있던 이강진이 입을 연다.

"지난번 남북한 포격전도 오카가 일으킨 것이지요. 오카는 그 짧은 전쟁으로 주식으로만 수천억을 벌었습니다."

"…"

"우리도 오카족입니다."

이번에는 문영철이 나선다. 오길용은 시선만 주었고 문영철이 말을 잇는다.

"오카에서 돌연변이로 태어나 도망자 신세가 되었지요. 오카는 돌연변이를 제거하거든요. 그래서 인류인 오 경감님께 상황을 설명해드린 것입니다."

그때 마침내 하품을 한 오길용이 손바닥으로 입을 막고 나서 손목시계를 보는 시늉을 한다.

"내가 바빠서, 어쨌든 이야기는 잘 들었어."

"팀장님."

"당장 경찰서로 끌고 가서 혼을 내고 싶지만 그랬다간 나도 웃음거리가 될 것 같아서."

"우린 정신병자가 아닙니다."

문영철이 오길용을 응시하며 말한다, 생각말을 들은 것이다.

"오카가 반란 집단이라는 것을 한국 정부도, 세계 각국의 정부도 알아야 된단 말입니다."

"이제 그만."

눈을 치켜뜬 오길용이 손바닥을 펴고 입을 막는다.

"진짜 경찰서로 끌고 갈 거야."

손을 내렸던 오길용이 어깨를 부풀리고 문영철에게 묻는다.

"옆의 친구 어디 갔어?"

옆에 앉아 있던 이강진이 눈 깜박도 안 했는데 사라졌기 때문이다. 그때 뒤쪽에서 목소리가 들린다.

"여기 있습니다."

"아니."

오길용이 이맛살을 찌푸렸다가 말한다.

"지금 장난하는 거야?"

"우리가 오카 돌연변이라는 증거를 보여드리지요."

그때 이강진이 오길용이 보고 있는데도 스르르 사라진다. 헛것이 보였던 것 같다.

10장 좌절

"이게 무슨 짓이야?"

버럭 소리쳤던 오길용은 다음 순간 온몸에서 소름이 돋아난다. 공포감이 밀려온 것이다. 함정에 빠졌다는 생각, 이놈들은 원한을 풀려는 것이 분명하다. 내가 잡은 피의자의 가족인가? 그때 사라졌던 사내가 다시 앞에 나타나더니 정색하고 말한다.

"우린 피의자 가족도 아니고 함정을 판 것도 아냐, 오 경감. 제발 있는 그대로를 봐줘."

그때 다른 사내가 말한다.

"오카는 불사의 존재지요. 머리가 크게 훼손되지 않는 경우 수백 년을 삽니다."

그 순간 사내가 주머니에서 회칼을 꺼내더니 제 팔을 푹 찌른다. 놀란 오길용이 숨을 들이켰을 때 사내가 피가 뚝뚝 떨어지는 팔을 보며 웃는다. 회칼은 팔을 관통한 채 꽂혀 있다.

"고통은 인류의 거의 1백분의 1 수준이라고 합니다. 보시지요."

사내가 팔에서 칼을 쑥 뽑더니 팔을 탁자 위에 놓는다. 오길용은 팔을 보다가 없어진 사내를 찾느라 두리번거린다, 산만한 자세다. 그때 사내가 팔을 들어 오길용에게 보인다.

"보십시오, 내 팔을."

오길용이 숨을 들이켠다. 조금 전에 칼에 찔린 자국은 사라졌다. 피만 어지럽게 묻어 있다. 그러나 오길용은 머리를 젓는다. 더 감동적인 마술을 수없이 보았다. 그때 오길용 뒤에서 목소리가 들린다.

"아직도 마술이라고 생각하시는군요."

머리를 돌린 오길용이 사내를 본다. 도대체 어디에서 나타났단 말인가? 이 좁은 방안에서. 사내가 말한다.

"잠깐 동안에 믿으리라고는 기대하지 않았어. 그럼 앞으로 나하고 같이 행동을 하지, 그럼 믿게 될 거야."

"어떻게 말이냐?"

화가 났지만 묻지 않을 수도 없었기 때문에 오길용이 눈을 부릅뜬다. 그때 사내가 웃음 띤 얼굴로 말한다.

"우리가 당신을 고심 끝에 선택한 건 그래도 가장 가능성이 있다고 보았기 때문이야. 지금까지 오카 정체를 밝히려고 우리 같은 돌연변이, 또는 오카 회의론자가 수없이 시도했지만 단 한 번도 성공하지 못한 것은 사회 깊숙이 박혀 있는 오카가 방해를 했기 때문이거든. 그들은 배신한 돌연변이, 오카뿐만 아니라 그 정보를 취득한 인류도 제거했어."

사내는 바로 이강진이다. 이강진이 번들거리는 눈으로 오길용을 본다.

"이제 못 믿겠다는 둥, 장난이라는 둥 그딴 소리 입 밖에 내지 마. 당장 죽일 테니까."

오길용이 숨을 들이켰을 때 이강진이 말을 잇는다.

"당신한테 오늘 오카의 존재를 머릿속에 집어넣은 것만으로 만족하기로 했어. 우리는 당신 직장은 물론 집, 당신 가족 사항까지 다 알고 있으니까 내가 다시 나타나기로 하지."

그러고는 이강진이 얼굴을 일그러뜨리며 웃는다.

"당신이 인류의 오카 제거반을 맡아야 될 테니까 말이야. 당신은 당분간 비밀작전을 수행해야 될 거야. 왜냐하면 당신 존재가 드러나는 즉시 오카로부터 제거될 테니까."

"무슨…."

어깨를 부풀린 오길용이 말을 잇지 못한다. 둘이 방을 나가버렸기 때문이다. 그러나 오길용은 뒤를 쫓지도 못한다, 어느덧 기세에 압도당했기 때문에.

서울로 숨어든 오상미가 가장 먼저 한 일은 숙소를 정하는 것이었다. 서교동, 홍대 앞쪽은 외국인 출입이 많아서 외국인 전용 민박집이 많다. 그래서 오상미는 유학생 행세를 하고 민박집 방 하나를 얻는다. 이제는 중국인 유학생이 된 것이다. 중국어도 유창한 터라 민박집 주인은 물론이고 투숙자 모두가 믿는다. 3개월분 방값을 내고 난 오상미는 이제는 돈을 구해야겠다는 생각을 한다. 수중에 현금이 바닥났다.

신성만은 물론이고 일본에서도 특수팀이 대거 몰려왔을 것은 분명하다. 지난번 일산에서의 대살육으로 오카는 비상 경계령을 내렸을 테니 매사에 신중해야 한다. 오상미는 이제 자신이 사냥감이 되어 있다는 현실에 좌절하지 않는다. 절박해질수록 투지가 끓어오르는 유전자를 느끼고 있다.

오후 8시 반. 오상미는 일산의 번화가 골목길에 서 있다. 이곳은 지난번 안기태를 만난 장소에서 2백 미터쯤 위쪽 지점이다. 안기태의 동선이 찍혀진 곳이다. 숙소는 서교동에 잡아놓고 이곳으로 온 이유는 바로 안기태를 잡으려는 것이다.

돌연변이, 자신을 기습해서 쓰러뜨린 놈이니 전문가다. 오카는 이제 그놈에 대한 추적은 잊고 자신에게만 집중하고 있다. 오상미는 오늘로 사흘째 이곳을 지키고 있다. 그놈이 한성백화점에서 근무한다고 했지만 거짓말이었다. 그놈은 자신이 병원에 입원했다가 탈주한 것을 알고 있을까?

벽에 등을 붙이고 선 오상미가 가늘게 숨을 뱉는다. 문득 외롭다는 느낌이 밀려온다. 오카는 외로운 감정이 없으니 돌연변이의 특징인 것 같다. 손목시계가 어느덧 오후 9시를 가리키고 있다. 오늘도 10시까지 이 근처를 지키다가 돌아갈 것이다.

"이름이 오상미였지만 바뀌었을 거야."

집행부 2차장 윤국진이 소파에 앉은 사내들을 둘러본다.

"일본에서 온 특수팀에게 전폭적으로 협조하라는 지시야."

둘러앉은 사내들은 집행부 조장들로 지난번 남북한 포격전 때 모였던 얼굴들이다. 대림동 사거리 근처의 2층 부동산 사무실은 오카 집행부의 현장 지휘소 역할을 한다. 그때 조장 하나가 묻는다.

"차장님, 이 여자가 죽인 건 우리 집행부 요원들입니다. 우리가 잡아서 처벌해야 되는 거 아닙니까?"

"그야, 그렇지만…."

입맛을 다신 윤국진이 말을 잇는다.

"지부장님 지시야. 그리고 우리 능력으로는 그년 체포가 힘들어."

244

윤국진이 찌푸린 얼굴로 조장들을 둘러본다.

"그년은 이강진보다 더 독종이야. 더구나 오카 체제를 두루 꿰는 년이라구. 특수팀에서 가장 우려하는 상황이 뭔지 알아?"

윤국진의 시선이 조장들을 다시 훑었고 방안이 조용해진다.

"그년하고 이강진의 결합이야. 그럼 시너지가 생기겠지. 최악이라구, 젠장."

어깨를 부풀린 윤국진이 뱉듯이 말한다.

"나가! 나가서 연놈들을 추적하라고!"

조장들이 우르르 일어나 방을 나갔을 때 윤국진이 옆쪽 탁자에 놓은 서류를 다시 집으려 한다. 그러나 손가락이 맨바닥만 더듬거렸을 뿐 서류는 없다. 방바닥을 훑어본 윤국진이 소파 밑까지 엎드려서 보았지만 보이지 않는다.

조장 하나를 따라 나온 이강진이 지하도로 들어서면서 본색을 드러낸다. 손에는 말린 서류가 쥐어져 있다. 지난번 통행금지 때 따라가 보았던 대림동의 집행부 현장 지휘소에 들어갔다가 정보를 얻은 것이다. 오상미에게 가는 돌연변이 체포조, 지금은 반역자로 몰린 여자를 알게 되었다.

"온다."

밤 10시 반, 오상미는 편의점 앞에 서 있다가 50미터쯤 앞에서 다가오는 안기태를 보았다. 거꾸로 온다, 지난번의 방향과 반대방향, 예상했던 대로다. 일을 마치고 돌아가는 중일 것이다. 여전히 배낭을 메었고 차분한 걸음이다. 오상미는 몸을 틀어 앞장서 걷는다. 거리에는 행인이 많아서 눈에 띄지 않을 것이다. 횡단도로를 건너고 옆쪽 골목으로 들어서면서 슬쩍 보았더니 따라오고 있다. 좋아, 이제 잡았다.

"씻으세요."

서경미가 옷을 받아들며 말한다.

"영식이는 아빠 기다리다가 자요."

"오늘 과외 수업이 있어서."

안기태가 영식이 방으로 다가가 문을 열고 안을 들여다본다. 방 불은 꺼졌고 조용하다.

"내일은 일찍 들어와야겠구만."

옷을 갈아입으면서 안기태가 서경미를 본다.

"어때? 내일 외식할까?"

"좋죠, 외식한 지도 오래되었네."

서경미의 얼굴에 웃음이 떠오른다.

"당신 요즘 무슨 일 있었죠?"

화장실로 들어서는 안기태의 등에 대고 서경미가 묻는다.

"왜?"

안기태가 건성으로 되묻자 서경미가 말을 잇는다.

"그리고 골치 아픈 일이 끝났구요, 그렇죠?"

"잘 아는구만."

쓴웃음을 지은 안기태가 화장실로 들어선다. 서경미는 인류다. 7년 전, 돌연변이로 도망친 안기태는 일산에서 학원 경리였던 서경미를 만나 결혼하고 6살짜리 아들 영식이를 낳았다. 안기태의 특징은 생각말에서부터 시작했지만 이제는 머릿속을 읽는 경지에 이르렀다. 생각말 특징은 생각으로 이루어진 말을 미리 아는 것이지만 안기태는 시선에 잡힌 상대의 과거까지 읽을 수 있게 된 것이다. 그래서 안기태는 영어 학원 강사를 하면서도 지금까지 생존해 왔던 것이다.

일주일 전 시내에서 돌연변이 사냥꾼을 만났을 때가 안기태의 인생에서 가장 위급한 때였다. 항상 만약의 경우에 대비하여 지니고 다니던 돌연변이 사냥꾼용 폭탄을 터트리지 않았다면 지금쯤 DNA만 추출된 시체가 되었을 것이다. 샤워를 마치고 욕실을 나왔을 때의 안기태는 밝은 얼굴이다. 적당히 상기되었고 웃음을 띠고 있다.

"어억!"

그러다 한 걸음 발을 뗀 순간 안기태의 입에서 비명이 터진다. 보라, 소파에 여자가 앉아 있다. 폭탄을 얼굴에 터트렸던 돌연변이 사냥꾼. 그리고 그 옆에 아내 서경미가 앉아 있다. 두 손을 뒤로 묶여 감겼고 두 다리도 마찬가지다. 치마가 걷혀서 흰 팬티가 드러났다. 산발한 머리, 입에도 청테이프가 붙여졌는데 눈에서 눈물이 흘러내린다. 사냥꾼이 서경미 뒤에 앉아 목에 회칼을 붙이고 있다. 그러나 웃음 띤 얼굴, 두 눈이 반짝인다.

"거기 꿇어 앉아, 이 개새끼야."

여자가 웃음 띤 얼굴로 말한다.

"두 번 말 않는다, 자."

회칼을 서경미 목에 딱 붙인다. 안기태는 털썩 무릎을 꿇는다.

"여자는 살려줘, 날 죽이고."

안기태가 헛소리처럼 말한다. 창백해진 얼굴, 두 눈동자는 초점이 흐려졌고 반쯤 열린 입 끝에서 침이 흘러내린다.

"날 죽이고, 내 아내하고 자식은, 제발…"

"입 닥치고 있어."

안기태가 입을 다문다. 그때 여자의 얼굴에 다시 웃음이 떠오른다.

"네가 머릿속을 읽는구나. 생각말보다 더 발전했군."

"처자식은 살려줘."

안기태가 다시 헛소리처럼 말한다.

"대단히군."

서류를 훑어본 문영철이 머리를 들고 정지우, 한명식, 이강진까지 차례로 본다.

"진짜 사냥꾼이다."

"그런데 이년이 쫓기는 신세가 되었단 말이지?"

같이 서류를 본 한명식이 이강진에게 묻는다.

"일산에서 우리 동족에게 당했다가 병원으로 실려 갔는데 동료들이 제거하려다가 실패한 거죠."

이강진의 얼굴에 쓴웃음이 번진다.

"오카족의 진면목이 드러난 거죠."

"중상을 입은 줄 알고 아예 제거하려고 했는데 아니었군?"

"그래요. 회복력이 엄청난 여자 같습니다."

"오카도 이년 특징을 잘 몰랐군."

"그러니까 제거하려고 했겠죠."

그때 둘의 이야기를 막듯 문영철이 이강진에게 묻는다.

"이 여자 어디 있을 것 같나?"

"나 같으면…."

머리를 기울였던 이강진이 말을 잇는다.

"가만히 숨어 있지는 않을 겁니다."

"그러면?"

"나를 찾겠지요."

이강진이 눈을 가늘게 뜬다.

"나하고 같이 복수를 하려고."

정지우가 사라진 것은 다음 날 아침이다. 식사 당번이었던 정지우가 보이지 않았기 때문에 일찍 알게 된 셈이다. 식사 당번이 아니었다면 늘어져 자는 줄 알고 오후에야 없어진 줄 알았을 것이다. 방의 탁자 위에 쪽지가 있다.

"걱정 마, 이곳은 불지 않을 테니까."

쪽지를 읽은 한명식이 감동한다.

"지우답다."

문영철과 이강진은 굳어진 채 눈만 깜박였고 한명식이 말을 잇는다.

"아주 요점만 썼어, 하긴 죽어도 이곳은 불지 않을 애야."

"야 이새꺄, 입 좀 닥쳐!"

마침내 문영철이 버럭 소리친다. 찔끔하더니 무안해진 한명식이 방을 나갔을 때 문영철이 이강진을 본다.

"…"

"너, 지우가 너 좋아하는 거 알고 있었지?"

시선이 마주쳤지만 서로 생각말을 닫은 상태다. 문영철이 말을 잇는다.

"걔가 겉은 그래도 여린 애다. 너, 걔한테 상처 준 것 아냐?"

"요즘 바빴잖아요?"

겨우 그렇게 말한 이강진이 어깨를 늘어뜨린다, 과연 정지우의 가출 책임이 자신에게 있는 것 같았기 때문에. 그때 문영철이 말한다.

"걔가 가끔 멍한 얼굴로 창밖을 보길래 좀 일거리를 만들어야겠다고 생각을 했는데…."

"막 놀면 안 되는데…."

"막 놀다니요?"

"전에 혼자 다니면서 오카 죽이고 다녔거든."

"…"

"너하고 정 붙어서 살기 바랐는데."

"형."

이맛살을 찌푸린 이강진이 문영철을 본다.

"그러니까 우리, 일이 있어야 한다구요."

이강진의 시선을 받은 문영철이 머리를 끄덕인다. 그 일이 무엇인지를 알기 때문이다. 문영철이 이 사이로 말한다.

"좋아, 일 하자."

문영철이 번들거리는 눈으로 이강진을 본다.

"우린 너만 믿는다."

벽제 쪽에는 잘 꾸며진 납골당이 많다. 주변 경관도 좋아서 납골당이 호텔처럼 보이기도 한다. 소형차 한 대가 납골당 마당에 주차되어 있다. 오전 10시 반, 햇살이 환하게 마당과 납골당의 유리벽을 비추고 있다. 소형차 운전석에 앉은 안기태가 앞쪽 납골당 유리문을 향한 채 말한다.

"그럼 내가 당신 신세를 조진 셈이군."

"말 참 점잖게 한다."

옆자리에 팔짱을 끼고 앉은 오상미가 대답한다. 오상미도 앞쪽을 바라보고 있어서 누구를 기다리는 자세다. 방금 오상미는 제 상황을 말해준 것이다. 그때 안기태가 다시 입을 연다.

"내 주민증에는 32세로 되어 있지만 난 오카 나이로 78세야, 42세 때 돌연변이 특징이 나와서 도망친 지 36년이 되었어."

그것까지는 모르는 터라 오상미가 머리를 돌려 안기태를 본다. 오카는 늙지 않는다. 안기태는 그대로 32세로 보인다. 안기태가 말을 잇는다.

"내가 42세까지는 연구실에서 일했어. 연구실에서 유전자 개발만 하는 것이 아니라는 것 알고 있지?"

"…"

"난 오카의 진화와 돌연변이의 진화를 연구했어. 인류식으로 말하면 역사학, 진화학이지."

"…"

"이제 돌연변이가 혁명을 일으킬 시기가 되었어."

다시 오상미가 시선을 주었고 앞쪽을 응시한 채 안기태가 말을 잇는다.

"그래서 내가 10여 년 전부터 일산, 서울 지역에다 소문을 퍼뜨렸지. 돌연변이가 세상을 지배할 시기가 왔다고."

"…"

"그랬더니 돌연변이들이 일산 지역에 모이는 효과가 일어났어."

안기태의 시선이 오상미에게로 옮겨진다.

"당신이 이곳에 온 것도 인류식으로 말하면 운명이야, 내 말이 실현

되기 위한 징조인지도 몰라."

"이강진."

오상미가 안기태의 말을 자른다.

"이강진이 나보다 먼저 이곳에 왔어."

"누구야? 이강진은?"

안기태가 갈라진 목소리로 묻자 오상미가 얼굴을 펴고 웃는다.

"네 예언을 실현시킬 가능성이 있는 놈이지, 난 그놈을 잡으려고 왔다가 이 꼴이 되었고."

손을 뻗어 안기태의 어깨를 쥔 오상미가 말을 잇는다.

"모두 다 네가 예언을 뿌린 때문에 일어난 효과인가?"

얼굴을 굳힌 안기태는 앞쪽에 시선만 준다. 만감이 교차하는 표정이다. 어젯밤 집안으로 쳐들어간 오상미는 결국 안기태의 아내 서경미를 풀어주었다. 그리고 나서 서경미의 뇌 기억창고를 눌러 조금 전의 기억을 모조리 지워놓았던 것이다. 서경미와 아들 안영식은 인류인 터라 인질이나 마찬가지다. 안기태는 오상미에게 협조하기로 약속을 한 것이다. 아침에 차를 가지고 나온 안기태가 오상미를 만나 이곳까지 온 것이다. 이윽고 안기태가 다시 입을 연다.

"그래, 이제 내가 만든 예언이 실현될 수가 있겠어."

"정보과 분석계장이 오카야."

옆에서 들린 목소리에 오길용이 기절초풍을 한다. 오후 12시 40분, 구내식당에서 점심을 먹고 나서 2층 사무실로 올라온 참이다. 팀원들은 커피숍으로 갔고 둘은 출장 중이라 사무실에는 혼자다. 그때 목소리가 다시 울린다.

"이곳 송파경찰서에도 어김없이 박혀있구만, 정보과 분석계장이니 정보를 다 쥐고 있겠군."

"이봐, 고 경감은 경찰대 수석 졸업생으로 장래가 촉망되는…."

"그러니까 오카야."

목소리가 날카로워진다.

"그놈, 능력이 좋지? 평가도 좋고?"

그러더니 갑자기 옆에 소형 녹음기가 놓이므로 오길용은 숨을 들이 켠다. 그러나 이 사이로 기어이 말을 뱉는다.

"내가 요즘 꿈자리가 사나워서, 계속 비몽사몽이구나."

"잔소리 말고 이것 들어봐."

그때 녹음기 시작 버튼이 눌러지더니 목소리가 들린다. 바로 고찬일 경감 목소리다.

"송파경찰서 관할에서는 이상이 없어요."

"그런데 특별반은 어떻게 움직이고 있습니까?"

"돌연변이 체포에 우리가 전혀 정보가 없어요, 병신 된 기분입니다."

"한국 오카를 무시하는 겁니다."

오길용이 숨을 들이켠다. 오카란 말을 처음 들은 것이다. 그것도 고 찬일의 목소리로, 그때 사내 목소리가 들린다.

"앞으로 자주 오카 소리를 듣게 될 거야."

"이건 도무지."

오길용이 투덜거렸지만 조금 정화된 얼굴이다.

"오카가 어떤 종자인지 보고 싶구만."

"멀쩡해, 인류와 똑같아. 다만 감정이 없고, 불사의 존재이며 인류를 종으로 부리다가 말살시키려는 괴물 집단일 뿐이지."

사내가 한마디씩 또박또박 말을 잇는다.

"우리는 그 오카에서 변형된 특징을 지닌 돌연변이지만 조금 더 인류에 가깝고 조금 더 진화된 종족이지."

오길용이 한숨만 쉬었을 때 탁자 위에 가방이 놓인다, 꽤 묵직한 비닐 가방이다.

"요즘 생기는 것도 없고 집에 애들 과외비, 생활비도 모자란 것 같아서 5만 원권 10뭉치 넣었어, 써."

눈을 치켜뜬 오길용이 분주히 머리를 돌렸지만 탁자 위에는 가방과 조금 전에 놓인 녹음기뿐이다.

"이봐, 어이."

오길용이 불렀지만 대답이 없다. 그때 문이 열리더니 아무도 들어오지 않았고 곧 닫힌다. 누가 나간 것이다. 머리끝이 곤두선 오길용이 서둘러 녹음기를 주머니에 넣고 가방을 집어 든다.

"세 명 잡았습니다."

팀원 하나가 웃음 띤 얼굴로 보고한다.

"지금까지 일곱 명입니다. 한국의 감찰대 반년 실적을 일주일 안에 달성한 셈이 되겠습니다."

"이봐, 한국 관계자들 있는 데서 그런 내색을 하지 마라."

조준기가 쓴웃음을 짓고 말한다.

"일산에서 일곱 중 넷을 잡은 걸 보면 일산이 돌연변이 메카가 맞다."

"예, 팀장."

이번에는 또 다른 팀원 하나가 보고한다.

"한 놈한테서 들었는데 돌연변이 사이에서 전부터 소문이 돌았답니다. 일산에서 돌연변이 지도자가 출현한다고 말입니다."

"그놈들도 사기 올리려는 수단을 쓰는군."

"그래서 돌연변이가 모인다는 겁니다. 잡힌 놈도 그 소문을 듣고 일산에 왔다는 겁니다."

"하긴 오상미도 일산에서 사건을 벌이고 도망쳤군."

혼잣소리로 말한 조준기가 주위를 둘러보는 시늉을 한다. 이곳은 특수팀 임시본부인 동교동 카슨호텔 스위트룸 안이다.

"신성만이 어디 갔나?"

조준기가 묻자 팀원 하나가 대답한다.

"조금 전에 밥 먹는다고 나갔습니다."

머리를 끄덕인 조준기가 다시 혼잣말을 한다.

"신성만이가 요즘 짝을 잃고 기가 죽었군."

"오길용한테 주고 왔습니다."

문영철 옆으로 다가온 이강진이 말한다.

"가방을 주니까 놀라더군요."

"매수하려는지 알겠지만 시간이 지나면 익숙해지겠지."

혼자서 밥을 챙겨 먹던 문영철이 반도 안 먹은 라면 그릇을 밀어놓더니 이강진을 본다.

"명식이가 지우 찾으러 나갔다."

시선만 주는 이강진에게 문영철이 말을 잇는다.

"지난번에 지우가 압구정동 클럽에서 일을 저질렀거든, 거기에 오카 애들이 자주 들르는 고급 카페가 많아."

"…."

"거기서 지우가 오카 애들을 여럿 처치했어. 그래서 명식이가 거기 가본다면서 나갔어."

"…."

"명식이가 지우를 좋아한 것 같다."

문영철이 쓴웃음을 지은 얼굴로 이강진을 본다.

"지우는 널 좋아했고, 그걸 안 명식이가 마음고생을 한 것 같다."

"형, 내가 가봐야겠는데요."

불쑥 이강진이 말하고는 손목시계를 본다. 오후 5시 반, 초겨울이어서 밖은 이미 어두워지고 있다. 이맛살을 찌푸린 문영철이 막 입을 열었을 때 이강진이 말을 막듯이 말한다.

"난 잡히지 않아요, 형."

"넌 그렇다고 쳐도 명식이, 지우가 문제야. 더구나 요즘은 감찰대에다 일본에서 온 특수팀까지 널 찾는 상황이야."

문영철의 목소리에 힘이 실린다.

"안 돼, 차라리 내가 찾으러 가겠다."

어깨를 부풀린 문영철이 말을 잇는다.

"넌 여기서 기다려. 넌 우리의 희망이야, 무슨 일이 일어나면 안 돼."

"저건 뭐야?"

박구태가 입술도 움직이지 않고 말한다. 오후 7시 반, 압구정동의 카페 '로리타'의 홀 안에서 박구태가 윤정기에게 물은 것이다. 윤정기가 박구태의 시선을 따라 안쪽을 본다. 두 쌍의 남녀, 오카다. 이곳은 오카의 단골 카페, 주인이 오카인 터라 손님도 오카가 많다. 그러나 대부분의 손님은 인류다.

"뭐가 말이야?"

윤정기가 다시 물었을 때 박구태가 입술을 비틀고 웃는다.

"돌연변이가 있어."

"어디?"

"숨어 있어."

"손님 사이에?"

"응, 기다려, 내가 찾아낼 테니까."

박구태가 술잔을 들고 말한다. 둘은 손님으로 위장하고 있었지만 일본에서 파견된 특수팀이다. 특히 박구태는 돌연변이 위장 특징을 주입받은 터라 위장 돌연변이 색출 전문이고 한팀인 윤정기는 달리기와 점퍼 특징과 사격 전문이어서 행동책임자다. 그때 박구태가 다시 이 사이로 말한다.

"옳지, 벽에 붙었구나, 위장 돌연변이다."

벽에서 시선을 뗀 박구태의 얼굴에 웃음이 떠오른다. 위장 돌연변이는 돌연변이 중 대어급이다. 드물어서 희소가치가 높다.

정지우가 벽에 붙어 서서 오카 남녀를 노리고 있다. 20대 초반의 남녀, 선택받은 종족, 특별한 존재라는 의식이 몸에 배어 있는 남녀, 오카 부모를 둔 터라 사회 중심에 박혀 단물을 빼먹는 위치에 있을 것이다. 따라서 어느 한 곳도 부족한 적이 없었던 것이다.

이윽고 정지우가 남녀에게 다가간다. 테이블이 벽에 붙어서 정지우는 벽을 타고 이동하면 된다. 주위는 소란하다. 어두운 홀에 비치는 조명의 현란한 광채, 음악은 소리와 진동으로 덮쳐오고 있다.

정지우는 먼저 여자에게로 손을 뻗친다. 정지우의 특징이 또 개량되어서 몸이 위장된 상태에서도 접촉이 가능하다. 손이 여자의 팔에 닿은 순간 정지우는 온몸을 굳힌다. 그 순간 손을 통해 뻗어 나간 사기(死氣)가 전류처럼 여자의 몸에 퍼진다. 술잔을 들고 있던 여자가 그대로 테이블에 머리를 부딪치며 엎어진다. 술병이 넘어지고 안주 그릇이 뒤집힌다.

"왜 그래?"

앞에 앉은 사내가 눈을 크게 뜨고 물은 순간이다.

옆으로 두 사내가 다가와서더니 하나가 벽을 향해 스프레이를 뿌린다. 붉은색 스프레이가 품어지면서 벽에 붙어선 사람의 형체가 드러난다. 정지우다. 그러나 홀 안은 혼잡했고 소음이 가득 덮여서 이쪽에 신경을 쓰는 사람이 없다. 설령 보았다고 해도 장난 같았을 것이다. 그 순간 옆쪽 사내가 손에 쥐고 있던 권총을 발사한다. 다른 손에 쥔 냅킨으로 권총을 덮고 있는 데다 소음기가 끼워진 발사음은 들리지 않는다.

"앗!"

쓰러진 여자 앞의 사내만 그 장면을 목격하고 낮게 외쳤지만 소음에 묻힌다. 그때 사내들이 벽으로 다가가 쓰러지고 있는 정지우를 양쪽에서 잡는다. 둘이 정지우의 양팔을 잡아들고 나오면서 사내에게 시선을 준다. 그때 사내 하나가 소리쳐 말한다.

"991로!"

991은 오카의 응급번호다. 일반인은 그 번호를 누르면 신호음이 가지도 않는다.

그러나 오카들은 991을 누르고 고유 비밀번호를 누르면 바로 통화가 된다. 이제 찬 시체가 되어 있는 여자를 처리하라는 것이다. 정신을 차린 사내가 핸드폰을 꺼내 쥐었고 사내들은 술에 취한 여자를 부축해 나가는 것처럼 로리타를 빠져나간다. 로리타는 여전히 소음과 번쩍이는 조명으로 덮여 있다.

그러나 그 장면을 눈여겨본 인간이 있었다. 우연히 로리타에 들른 인간 조석준은 여자 친구 박마리와 함께 근처 테이블에 앉아 있다가 여자가 쓰러지는 장면부터 보았다. 두 테이블 건너편이었지만 사내 둘이 난데없이 벽에서 나타난 여자를 양쪽에서 들고 나가는 장면을 보고 나서 머리까지 흔들었다. 술에 취해서 헛것을 본 것 같았기 때문이다. 사내들이 나간 후에 테이블에 남은 사내의 행동도 이해가 안 갔다. 술 취해 쓰러진 여자를 놔두고 핸드폰으로 전화질을 하더니 사라진 것이다. 여자는 그냥 엎드려 있었으므로 조석준은 가볼까 하다가 놔두었는데 5분도 안 되어서 사내 넷이 나타났다. 그러더니 여자를 떠메고 나가는 것이다. 술에 취해서 부축 받고 나가는 남녀가 많은 터라 아무도 관심을 보이지 않는다.

제대한 지 얼마 안 되는 조석준은 신고 정신이 뛰어났다. 그래서 그 자리에서 112에 신고를 한다.

"없어."

아침에 돌아온 문영철이 지친 얼굴로 말한다.

"압구정동 카페, 커피숍을 훑었지만 못 찾았어. 하긴 나로서는 능력 부족이지."

소파에 앉은 문영철이 길게 숨을 뱉는다.

"변장까지 하고 있어서 숨이 막혀 죽을 뻔했다."

문영철이 얼굴에 씌운 변장 부속을 떼어내며 말을 잇는다. 광대뼈가 떼어지고 콧등을 높인 부분도 떼어내자 본 얼굴이 나타난다.

"지우가 작심을 하고 숨으면 내가 찾아낼 방법이 없지."

"내가 경찰서에 가볼게요."

이강진이 말하자 문영철이 머리를 든다.

"지금?"

오전 8시 반이다, 이강신이 머리를 끄덕인다.

"어젯밤 사건 보고를 받을 때거든요."

"그래서 네가 보고를 받겠다는 거냐?"

"네."

그러자 입을 반쯤 벌렸던 문영철이 이해가 갔는지 어깨를 늘어뜨린다.

"하긴 너는 가능하겠지. 하지만 난 안 돼."

"다녀올게요."

"명식이가 아직 안 왔으니까 기다렸다가 보고 가지 그러냐?"

한명식도 어젯밤 정지우를 찾으러 나간 것이다.

"바로 돌아올게요."

이강진이 몸을 돌렸을 때 문영철이 등에 대고 묻는다.

"너, 명식이처럼 점퍼 능력이 있지?"

"예."

뒤도 안 보고 대답한 이강진이 문밖으로 나가기도 전에 사라진다. 그것을 본 문영철이 숨을 들이켠다.

"이 아파트에 오카가 세 가족이 살아."

아파트를 올려다보면서 안기태가 말한다.

바로 안기태의 낡은 아파트다. 12층짜리 건물로 28평형인데 모두 120세대, 그중에서 3세대가 오카 가족이라는 것이다.

"모두 자식 하나씩 낳아서 잘사는 집안에 들지, 세 가족이 드러내지 않고 친하게 지내는데 난 그놈들 덕분에 근처 오카들의 족보를 만들었어."

둘은 놀이터 구석에 놓인 벤치에 앉아 있었는데 외진 곳이라 놀이터 놀이기구는 부서져 있다. 주위는 인적이 보이지 않는다. 그때 오상미가 말한다.

"그 족보를 나한테 건네줘."

안기태의 시선을 받은 오상미의 얼굴에 웃음이 떠오른다.

"이강진을 끌어들이려고 그래."

안기태가 천천히 머리를 끄덕인다.

"이제 시작이구만."

시선을 돌린 안기태가 흐린 하늘을 본다. 오전 10시가 되어가고 있다. 오늘은 안기태가 직장에 휴가를 냈다.

"어젯밤에 잡았습니다."

핸드폰을 귀에 붙인 고찬일이 말한다.

"지금 특수팀이 데리고 있습니다."

그러더니 어깨를 부풀렸다가 내린다.

"결과는 알려주겠지요."

고찬일이 핸드폰을 귀에서 떼고 의자에 등을 붙인다. 오전 10시 반, 송파경찰서 정보과 사무실 안, 방금 집행부장 최기종과 통화를 한 것이다. 최기종은 서초경찰서장인 터라 통화는 자연스러웠고 내용도 어울린다. 그때 문에서 노크 소리가 들리더니 오길용이 들어선다.

"아, 오 선배, 어서오십쇼."

고찬일이 상반신을 세우면서 맞이한다. 분석 계장실 안에는 둘뿐이다. 같은 경감이지만 고찬일은 경찰대 출신으로 오길용보다 7년 연하, 37세다. 장래가 촉망되는 간부, 오카다. 앞쪽 자리에 앉은 오길용이 눈곱을 떼는 시늉을 하면서 고찬일에게 묻는다.

"어젯밤 강남지역에서 별일 없었어?"

"폭행 4건, 절도 4건, 교통사고 7건, 사망 1명, 음주난동 8건, 음주단속 17건, 이상입니다."

줄줄 외운 고찬일을 향해 오길용이 쓴웃음을 짓는다.

"천재로군."

"외우는 것이 버릇이 되어서요."

"곧 승진하겠다."

"선배부터 먼저 하십쇼."

"난 끝났고."

어깨를 부풀렸다가 내린 오길용이 다시 묻는다.

"어디, 신고 들어온 건 없고?"

"없습니다."

고찬일이 두 손바닥을 펴 보인다.

"어젯밤은 말짱했습니다."

고찬일의 방을 나온 오길용이 복도를 걸을 때 옆에서 목소리가 들린다.

"어때? 숨기고 있지?"

오길용이 흠칫 놀랐지만 곧 어금니를 문다. 다시 옆에서 목소리가 이어진다.

"어젯밤에 잡았다고 고찬일이 말하는 것을 들었어."

오길용이 걷기만 했고 목소리가 울렸다.

"지금 특수팀이 데리고 있다고 했어, 그 특수팀은 일본에서 온 돌연변이 체포 특수팀이야."

"…"

"고찬일은 오카 소속으로 특수팀에 협조를 해주고 있는 것이지."

그때 옆을 지나던 형사 하나가 오길용에게 인사를 한다. 건성으로 인사를 받은 오길용이 계단 안쪽의 창가로 다가가 멈춰 선다. 구석 쪽이다. 창밖으로 시선을 주면서 오길용이 묻는다.

"그럼 어젯밤 로리타에서 사건이 벌어졌다는 것이군, 그렇지?"

"그래, 거기서 돌연변이가 하나 잡혔어."

목소리 주인공은 이강진이다. 이강진은 지금 벽에 붙어 서 있다. 이강진이 말을 잇는다.

"고찬일은 어젯밤 로리타의 신고를 보고하지 않았어. 내가 기록실에서 빼낸 녹음테이프를 들려주지."

그러고는 곧 오길용의 귀에 다급한 남자의 목소리가 울린다. 주위에 가득 소음이 깔렸지만 목소리는 명료하다.

"여기 로리타인데요, 방금 여자 하나가 쓰러졌고 여자 하나는 잡혀 갔어요. 남자 둘이 데려갔는데요, 30대쯤으로 하나는 얼굴이 길고 스포츠 머리…"

잠깐 끊겼던 사내 목소리가 이어진다.

"29번 테이블 여자는 쓰러졌는데 죽은 것 같아요. 남자 넷이 갑자기 다가와서 데려갔는데요. 119사람들은 아닌 것 같아요, 저기 내가 신고 했는데 혹시 불이익이 있는 건 아니요?"

녹음이 끊기자 이강진이 말한다.

"이것들 넷은 오카 처리반이야. 시체 처리반이지. 내 오카 어머니 되는 여자가 처리반장이었어. 지금은 그 여자도 도망자가 되었지만."

눈을 크게 뜬 오길용이 곧 어깨를 늘어뜨렸을 때 이강진의 말이 이어진다.

"이제 점점 확신이 되지? 오카가 얼마나 넓게 퍼져 있는지도 말이야."

"이, 이봐, 난…."

"너한테 당장 어떻게 해달라는 것이 아냐, 지금 나섰다가는 개죽음 만 당할 뿐이야."

"…"

"함께 실력을 키우자고, 세력을 모으면서 말이야, 서로 도우면서 말이야."

"내가 어떻게 해야 돼?"

그때 이강진의 짧은 웃음소리가 들린다.

"힘을 키워, 내가 도울 테니까, 그럼 난 이만 간다."

그러고는 이강진의 말이 끊긴다.

그때 한명식은 영등포역 앞쪽 리베라 모텔에 투숙해 있었는데 방은 5층이다.

한명식은 항상 투숙할 때 맨 꼭대기 층을 이용한다. 그래야 도망칠

때 유리하다. 5층이건 10층이건 창문에서 뛰어내리면 추적자는 닭 쫓
던 개가 아니라 새 쫓던 돼지 꼴이 된다. 침대에 누워 있던 한명식이 탁
자 위에 놓인 핸드폰을 본다. 물론 핸드폰은 대포폰이었지만 전원을 끈
데다가 위치추적 장치도 떼어놓았으니 연락이 올 수가 없다. 온몸이 나
른했으므로 어깨를 흔들어 보인 한명식이 침대에서 일어선다. 어젯밤
에도 영등포역 근처의 카페, 나이트클럽을 훑고 다녔다.

이곳이 3년쯤 전에 정지우가 오카를 살해한 지역이다. 그때의 나이
트클럽은 문을 닫았지만 정지우는 이 근방 지리가 환하다고 한명식에
게 자랑했었다. 한명식은 정지우가 이 근처에서 배회하고 있을 것이라
고 믿는 것이다.

그때 방문 앞에서 인기척이 들렸으므로 한명식의 얼굴에 쓴웃음이
번진다. 집을 나온 지 오늘이 3일째, 올 것이 왔다는 표정이다. 차분한
동작으로 신발을 신은 한명식이 몸을 세웠을 때 문밖 인기척이 많아진
다. 압박감, 한명식은 창가로 다가가 문을 연다. 그 순간 창문에 어느새
그물이 쳐졌으므로 한명식이 숨을 들이켠다. 그때 굉음과 함께 문이 부
서지더니 사내들이 쏟아지듯 들어온다.

인류정복자 1

초판 1쇄 : 2016년 9월 23일

지은이 : 이원호
펴낸이 : 박 연

펴낸곳 : 한결미디어
등록일자 : 2006년 7월 24일
등록번호 : 제313-2006-000152호
주소 : 서울시 마포구 모래내로 83 (성산동, 한올빌딩 6층)
전화 : 02·704·3331
팩스 : 02·704·3360
e-mail : okpk@hanmail.net

ISBN 979-11-5916-021-9 04810
ISBN 979-11-5916-020-2(세트)

ⓒ 한결미디어 2016